동학 이야기

채길순 소설집

동학 이야기

채길순 소설집

국제문학사

차 례

작가의 말 ·· 4

두 쌍의 혼례 ·· 7
쌍무지개 뜨는 연못 ···································· 17
하늘 기운이 서린 영부 ································ 29
이 도를 양(養)할 자 누구인가 ······················ 39
지금 누가 베를 짜느냐 ································ 59
손응구가 짚신장수가 된 내력 ························ 67
이필제, 신미년 동짓달에 서소문 밖에서 꿈을 접다··· 77
잠실나루 사람들의 통곡 ······························· 89
전봉준, 나주성 함정에서 살아나다 ················ 99
예산 홍의소년 이야기 ································ 109
백마의 여장군 이 소사 이야기 ···················· 119
엄통령, 엄조이 이야기 ······························· 129
당진 승전곡 전투 바우 이야기 ···················· 139
이토정전(伊藤正傳) ···································· 149
예천 소야리 최맹순 최한걸 부자 이야기 ······· 171
보성 애기 접주 이관기 약전(略傳) ··············· 183
글 잘한다 오중문, 쌈 잘한다 오중문 ············ 195
부안 위도에 들어갔다가 돌아온 복장이 이야기 ··· 207
귀신으로 사는 동학농민군 ·························· 219
어린 뱃사공 윤성도 이야기 ························· 229
강령 탈춤 패와 동학농민군 ························· 247
조선의 동학 거괴(巨魁) 재판 참관기 ············ 259
진도 뱃노래 ··· 273
불사조 조병갑 이야기 ································ 283
동학 두령 박학래 연명기 ···························· 297
갑년이의 환생을 기다리며 ·························· 321

- 3 -

작가의 말

1

최제우는 19세기 말 서세동점(西勢東漸)의 불안한 국제 정세와 탐관오리의 횡포로 민초의 삶이 극도로 황폐해져 '더는 살 수 없는' 세상임을 진단하고 대안으로 동학(東學)을 창도했다. 동학의 핵심 사상은 모든 사람이 하늘을 모셨으니, 억압으로부터의 해방과 평등이었다.

1894년, 마침내 조선팔도를 뒤흔드는 동학농민혁명이 전개되어 10만여 민중이 희생됐다. 이렇게, 우리 민중은 스스로 세상을 변혁할 혁명적인 역량을 지녔고, 죽음으로써 우리 고유의 '민주주의 제단(祭壇)'을 쌓은 위대한 역사가 있었다.

이 소설은 동학·동학농민혁명과 관련된 이야기들이다.

2

나는 아주 오래전에 여러 마을을 떠돌았다. 신문과 잡지에 동학 기행

문을 연재했는데, 마을 경로당이나 팽나무 그늘에서 노인들로부터 아련한 동학 옛날이야기를 듣곤 했다. 역사기행이라 역사의 큰 덩어리를 걸러냈더니 저잣거리에 떠도는 이야기가 남았다. 이렇게 입에서 입으로 전해진 흥미 있는 이야기를 반죽하여 빚었으니 '동학 이야기'라고 부르는 게 맞겠다.

일찍이 『삼국유사』는 야사(野史)이고, 『삼국사기』는 정사(正史)로 불렸는데, 뒷날 사람들은 야사가 더 재미있고 진솔하다고 말했다. 이슬람 세계 각지에 떠도는 설화들이 반죽 되어 16세기경에 완성된 『천일야화(千一夜話, 아라비안나이트)』도 저잣거리에 떠도는 이야기다.

3

이 이야기는 1894년 동학농민혁명에서 이름 없이 죽어간 수만 민초(民草)들의 숨 가쁜 이야기거나, 이들을 죽인 지배자들의 이야기다.

이야기를 들려주는 사람도 옛사람과 지금 사람, 핍박하는 이와 핍박을 당하는 이, 승자와 패자, 영웅이거나 이름 없는 민초, 어른과 아이, 외국인 등 다양한 목소리로 들려준다.

두 쌍의 혼례

　문경 유곡리 주막의 새벽녘이다. 새벽 기운은 먼동이나 새벽닭 울음같이 아주 먼 곳에서 오기도 하지만 가까운 문살에 푸른빛이 걸리면서 잠들었던 세상의 사물들이 잠에서 깨어나듯 천천히 움직이기 시작한다. 이 중에 단연 두드러진 움직임이 새벽닭 울음이다. 한소끔 첫닭 울음이 지나가고 잠잠한 틈에 말 울음이 잠깐 나타났다가 사라졌다. 환청인가 싶었는데 쩔렁 요령 소리에 이어 한 가닥 말 코푸레질 하는 소리가 나타났다가 사라졌다.
　최제우(1824-1864) 동학 장도주. 호는 수운(水雲), 아명은 복술(福述)이고 초명은 제선(濟宣)이다.
　최제우는 명상에서 깨어나, 마치 하늘에서 내려온 소리 같아서 방문을 열고 밖으로 나갔다. 새벽어둠 속에 흰수염 노인이 말고삐를 쥐고 서 있었다. 흰수염 노인도 하늘에서 막 내려온 사람 같았다. 그가 지상의 목소리로 말했다.
　"혹시 최복술(崔福述, 최제우의 아명) 선생이시오?"
　"그렇소만, 뉘시오?"

"선생께서 이 말의 주인입니다."
"뭐라고요?"
최제우가 잘못 들었나 싶어 다시 물었다.
"뉘신데 날 더러 말의 주인이라고 하시오? 나는 하룻밤 묵어가는 객일 뿐이오."
"소인은 더 아는 게 없으니 묻지 마시오. 심부름을 마쳤으니 이만 가겠소."
 흰수염 노인이 최제우에게 말 고삐를 쥐어주고 새벽어둠 속으로 녹아들듯이 사라져버렸다. 최제우는 마치 꿈결인 듯 흰수염 노인이 사라진 어둠을 응시하는데, 손에 잡힌 말고삐와 눈앞에 서 있는 말 한 마리가 엄연한 현실이었다. 덩치가 큰 말이 보기보다 순하다 싶었는데, 갑자기 말이 히히힝- 울음을 터뜨리며 허공중으로 솟구쳐 올라 말고삐를 잡은 최제우의 몸이 기우뚱했다. 한차례 요동친 말이 곧 잠잠해졌다. 최제우가 난감해하고 서 있는 중에 주막집 내외가 놀라 문을 열고 나왔다.
"말이 생겼으니 좀 좋우? 정 성가시면 주막에 두고 가셔도 좋지요. 당연히 말값이야 쳐 드리지요."
 주막집 내외도 말이 최제우의 손에 든 과정을 지켜본 것이다. 주막집 바깥주인의 말을 이어 안주인이 말했다.
"에구머니! 정신이 없어 아침 진짓상도 못 차려드렸네요. 잠시만 기다리시소."

 주막 안주인이 급히 부엌으로 들어갔다. 어제저녁에 매몰차던 주막집 내외가 갑자기 생긴 말 한 마리 앞에 사근사근해졌다. 말 고삐를 잡고 선 최제우는 여전히 난감하여 서 있었다. 사내가 얼른 말고삐를 잡아 사립문 감나무에 매어놓았다.

아침이 되어 최제우가 길을 나서려고 짚신을 막 꿰려 할 때, 한 사내가 계집아이와 함께 주막집 사립문으로 들어섰다. 사내가 사람은 그만두고 감나무에 고삐가 묶인 말에 눈길을 주며 말을 향해 덕담했다.
"그 말 낯 한번 훤하오."
최제우가 빙그레 웃으며 말했다.
"나는 그 말 때문에 고심하는 중인데 무슨 말 치사요?"
"고심이라니요? 나는 계집종을 팔아서 말 한 마리를 사야 하는데, 그러면 내게 넘기시우."
최제우가 다시 웃으며 말했다.
"나는 돈도 계집도 필요 없는 사람이오."
"세상에 계집과 돈을 마다는 사람이 있소? 그러면, 말과 이 계집종을 바꾸면 어떻겠소? 내가 저 계집종 때문에 몇십 리를 걸어 예천장까지 가야 할 참인데, 서로 잘 됐지요."
그제야 최제우는 사내 옆에서 작은 새처럼 떨고 선 계집애에게 눈길이 멎었다. 갑자기 서글픈 감회가 밀려왔다. 오랫동안 주유천하(周遊天下) 하면서 고심했던 세상 문제를 맞닥뜨린 느낌이었다. 갑자기 환하게 세상이 밝아왔다. 그래! 세상 이대로는 안 된다. 개벽(開闢)으로 새 세상을 열어야 한다.
"그렇게 합시다."
최제우가 흔쾌히 대답했다. 사내가 얼른 품에서 종 문서를 꺼내며 말했다.
"보아하니 문자 속이 밝은 선비양반 같은데, 문서나 하나 써 주시오."
"알겠소. 그런데 무슨 사연이 있어서 계집종을 팔려 하오?"
"어디 사시는 나리인지 모르겠으나 올해같이 극심한 흉년에는 도지를 못 내는 집이 많아서 딸을 가진 집에서는 딸을 팔아서 한 해 흉년을 때

우는 집들이 수두룩하지요. 계집종 몇 마리가 들어올 줄로 예상하고 미리 처분하는 셈이지요."
 사내가 거침없이 말하면서 힐끗힐끗 계집종을 바라보았다.
 최제우가 봇짐을 풀어 먹과 벼루를 꺼내 먹을 갈아 종이를 펼쳐놓고 나서 물었다.
 "종의 이름, 주인의 함자, 증인이 되는 댁의 함자가 어찌 되오?"
 "이 계집은 안동 강부사댁 계집종 봉단입니다. 저는 김순명인데, 이래 봬도 뼈대 있는 안동 김가입니다."
 최제우가 서류 두 개를 만들어 김순명에게 들으라는 듯이 읽었다.
 "안동 강부사댁 계집종 봉단이를 아무런 조건 없이 말 한 필과 바꿀사, 경주 고을 최복술, 보증인 김순명. 되었소?"
 "예, 내용도 맞고 필체도 왕휘지요!"
 김순명이 들은 풍어리로 문자 속에 있는체했다.
 최제우가 문서 둘 중 하나는 김순명에게 내주고 나머지는 제품에 넣었다. 김순명이 문서를 받아 품에 넣고 나서 말했다.
 "봉단아, 넌 잠시 밖에 나가 있다가 소리하면 들어오너라."
 "예."
 봉단이가 얌전하게 밖으로 나가자 김순명이 말소리를 낮춰 말했다.
 "멀리 떨어진 경주 고을에 사신다니 안심은 되는데, 실은 저 계집종과 정분이 난 사내종이 있어서 팔아치웁지요. 아랫도리 정분이야 양반 상놈 가릴 거 없이 살인도 나는 법이니 도망치지 않게 단둘이 잘하시오. 원래 말씀드리지 않아도 좋을 말이지만, 점잖은 양반이 괜스레 낭패를 보지 말라는 뜻에서 드리는 말씀입니다. 달거리도 잘하고, 다른 건 아무 문제가 없는 계집입니다."
 "알겠소!"

김순명이 밖을 향해 말했다.
"얘야. 들어오너라!"
　김순명이 밖을 향해 기별하자 봉단이 쪼르르 방으로 들어왔다.
"시방부터 너는 저 어른네 종년이다. 어른 말씀 잘 받들어 모셔라."
　봉단이 잔뜩 겁에 질려 고개를 끄떡였고, 최제우가 측은한 눈으로 봉단이를 바라보고 서 있을 때, 김순명이 자리에서 일어섰다. 사립문 옆 감나무에 매어놓았던 말고삐를 풀어 말 여기저기를 살피며 흡족한 표정을 지었다. 김순명이 재빨리 말 등으로 훌쩍 오르고 나서 말했다.
"나는 이만 가볼랍니다!"
　김순명과 말이 눈앞에서 사라지자 비로소 겁에 질려서 떨고 서 있는 봉단이가 최제우의 눈에 들어왔다.
"자, 가자."
　최제우가 봉단이를 앞세워 방을 나섰을 때 안방에서 주인 내외가 달려 나왔다.
"나리! 수지맞으셨습니다요. 우리가 이 애를 딸 같이 데리고 살다가 좋은 혼처가 나오면 짝맞춰 살도록 합지요."
　옆에는 주막 사내가 고개를 끄떡이며 사람 좋은 웃음을 짓고 서 있었다. 여태는 볼 수 없던 인자한 낯빛이었다. 이때는 주막 방에 들었던 사내들이 모두 나와 둘러 서 있고, 눈빛들이 빛나고 있다. 주막 사람들의 많은 눈이 봉단이를 향하고, 봉단이는 사내들의 눈총에 기가 질려 한 줌으로 오그라들어 떨고 서 있었다. 봉단이가 기어드는 말로 나지막이 말했다.
"나리! 저는 나리를 따라가고 싶어요."
　최제우는 갑자기 닥친 상황에 분노와 함께 서글픈 감정이 회오리처럼 일었다. 분노는 세상에 대한 분노였고, 슬픔은 가련한 백성을 향한 분노였다. 세상, 이대로는 안 된다!
"갑시다."
최제우가 봉단이를 앞세워 길을 나섰다. 등 뒤에 사람들은 나도 말이나 계집의 주인이 될 수 있었는데 놓쳤다는 듯 아쉬운 눈으로 바라보고서 있었다.

호젓한 산길로 들어설 때까지 최제우의 눈에서는 눈물이 마구 흘러내렸다.
"세상, 이대로는 안 된다!"
내 말소리인지 아니면 먼 하늘에서 들려오는 말소리인지 분별이 되지 않았다.
"그러면 어찌해야 하오니까?"
최제우가 먼 하늘을 향해 되물었지만 어떤 말도 되돌아오지 않았다. 초조해졌다.
"이 세상, 어찌해야 하오니까?"
갑자기 눈앞이 캄캄해지면서 온 세상이 어둠 속으로 곤두박질쳤다. 순간 몸이 허공으로 잠시 떠올랐다가 주저앉았다.
"아!"
최제우가 신음을 흘리며 주저앉았다. 이때였다.
"나리!"
어둠 속에서 다급한 봉단이의 말소리가 들려왔다. 그리고 차츰 눈앞이 밝아 오면서 눈앞에 봉단이가 서 있고, 그 너머로는 천 길 낭떠러지가 아찔하게 내려다보였다.
"뉘시오?"
최제우가 봉단이를 향해 물었다.

"나리! 소녀는 주막에서 말 한 마리와 바꾼 종년 봉단입니다!"
"네, 그렇군요."
봉단이가 말끝에 깔깔대며 웃음을 터트렸다.
"나리께서 실성하신 듯 합니다. 하늘을 향해 중얼거리시면서 길을 벗어나 까딱하면 큰일 날뻔했습니다."
"그랬군요."
최제우가 그제야 한동안 섧게 울었던 자신을 떠올렸고, 부끄럽게 느껴졌다.
"나리, 그런데 왜 저같이 천한 종년에게 하대를 하시는지요?"
"하늘 아래 모든 사람은 하늘같이 귀합니다."
"소녀는 하늘 아래 가장 천한 종년인걸요."
최제우는 말없이 품에서 아까 챙겨 넣었던 종문서를 꺼내고, 봇짐을 풀어 부싯돌을 꺼냈다.
"나리, 지금 무엇을 하시려는지요?"
"종문서를 태워서 종에서 놓아주려는 것입니다."
"그렇다면 문서를 태우지 않는 것이 좋습니다."
"그게 무슨 말이오?"
"제가 관에 잡혀 문서가 없으면 도망 종이고, 문서가 있으면 그나마 나리의 종입니다. 당분간 지니는 것이 좋은 일입니다."
"과연 소녀의 말이 옳습니다. 총명하오."
최제우가 감탄하여 종문서를 봉단에게 건네주었다. 종문서를 받아든 봉단이 '흑!' 울음을 터트렸다. 최제우의 가슴으로 그 울음이 스며들었다. 이는 천하를 떠도는 동안 보아왔던 탐관오리들의 '가렴주구(苛斂誅求)'의 현실보다 더 절실하게 다가오는 아픔이었다. 봉단이의 한소끔 울음이 지나가자 최제우가 말했다.

"이제 가고 싶은 곳으로 가시오. 조금 전에 천길 벼랑으로 떨어질 뻔한 나를 구했으니 소녀는 내 생명의 은인이오. 그러니 이제 마음의 빚도 없을 것이오."

봉단이가 조금 전까지 지니고 있던 장난스러운 빛이 가셔지고 차게 굳어 있었다.

"나리. 또 궁금합니다. 저를 왜 종에서 풀어주시는지요?"

"아까 누구나 한울님처럼 귀하기 때문이라고 말하지 않았소? 천하는 지금 괴질에 걸려 있어서 다시 개벽하지 않으면 안 되는 세상입니다. 귀한 것을 일깨워줬으니 그에 보답 한 것입니다."

이 말에 봉단이의 얼굴에 밝은 웃음꽃이 피었다.

"이번에는 소녀가 나리께 청을 드려도 될런지요?"

"무엇이오?"

"제가 하루아침에 종에서 풀려났으니 세상 물정 아무것도 모릅니다. 제가 인연을 맺을 때까지 나리께서 저를 거두어 주시면 안 될까요?"

봉단이의 말에 이번에는 최제우가 껄껄 웃은 끝에 말했다.

"내 입으로 시집가겠다는 말을 하는 처녀는 세상 처음 보오."

"이렇게 말씀드리지 않으면 평생 의지하겠다는 말로 들으실 테니 미리 바르게 말씀을 드려야지요."

"안 그래도 경주 집에는 같은 처지로 묵는 처녀가 있으니 인연이 생길 때까지 같이 지내면 되겠소. 어서 길을 갑시다. 이제는 내가 길을 가다가 한눈을 팔 일은 없을 것이오."

경주 용담골의 봄날 아침이다. 눈부신 봄햇살 아래 꽃과 나뭇잎이 한창 피어나고 있었다.

용담정에서 수련하던 최제우가 눈을 들어 부신 햇살에 눈을 줬다. 연분홍 살구꽃 잎이 지는 마당 가에 서서 가늘게 한숨을 몰아쉬는 봉단이를 보자 최제우는 문득 짚이는 것이 있었다. 최제우가 마침 물동이를 이고 나가는 박 씨 부인에게 나직이 말을 건넸다.
"부인, 잠깐 들어와 보시오."
박 씨 부인이 물동이를 내려놓고 용담정 뜨락으로 올라섰다.
"무슨 일이에요?"
"오늘 홍숙이와 봉단이를 경주장에 보내 독을 좀 들여오게 하시오."
"뜬금없이 웬 독이오?"
최제우가 빙그레 웃으며 말했다.
"독이야 살림 밑천 아니오? 장 담글 절기이기도 하고. 싸게 다녀오게 하시오."
"알았어요. 수련하시던 어른이 뜬금없이 웬 독 타령인가 놀랐어요."
"실은 나도 왜 내 머릿속에 독이 떠올랐는지 이상하긴 하오."

봄날의 경주 장거리였다. 홍숙이와 봉단이 장 여기저기 돌아보고 있었다. 그러다 홍숙이가 떠꺼머리총각의 옹기 지게 앞에 멈춰 섰다. 함께 온 봉단이가 좀 떨어진 방물 점방 앞에 기웃거리고 서 있었다.
"봉단아, 이쪽으로 와. 여기 옹기장수가 있어."
홍숙이 말에 봉단이 쫓아왔다가 깜짝 놀라 그 자리에 얼어붙은 듯 서 버렸다.
"바우야!"
놀라기는 옹기장이 떠꺼머리총각도 마찬가지였다.
"봉단아!"
두 사람이 더 말을 잊지 못했다.
"봉단이 네가 경주의 어느 나리를 따라갔다는 집사 김진명의 말을 들고 도망 나와 내처 여기까지 왔다."
 "무사히 왔으니 다행이다. 그렇다면 우리가 빨리 경주를 떠야 하네."
 봉단이와 바우가 서로 반겨 말을 나누고 나서 바로 걱정이 앞섰다.

 봉단이와 홍숙이가 바우의 옹이지게를 앞세우고 용담골로 들어왔을 때는 저물녘이었다.
 그날 밤 횃불을 밝혀놓은 마당에서 행례가 치러졌다. 하얀 바지저고리를 차려입은 새신랑 최세정과 바우가 청수를 가운데 놓고 섰고, 연지곤지를 찍은 봉단이와 흥숙이 마주 섰다. 가까운 가정골에서 동학 도인이 하객으로 올라와 둘러섰다.
 두 쌍의 맞절 예식이 끝나기가 무섭게 최제우가 봉단이와 바우를 불러 말했다.
 "두 사람은 초례를 치를 겨를 없이 바로 길을 나서 부산 김진구를 찾아가시오. 인연이 있으면 다시 볼 날이 있겠지요."
 "나리의 말씀대로 하겠습니다."
 박 씨 부인도 그간 봉단이와 정이 들어 눈물을 훔치며 말했다.
 "이제 여기가 친정이니 가끔 들리게나."
 "예, 그러겠습니다."
 봉단이와 흥숙이도 그동안 정이 들었던 터라 부둥켜안고 눈물로 작별했다.
 "그러면 만수무강 하세요."
 봉단이와 바우가 절을 하자 모든 사람이 맞절하게 되어 한꺼번에 마당에 엎드리게 되었다.
 (*)

쌍무지개 뜨는 연못

1

　봄 하늘은 마냥 푸르렀다. 온 세상이 포근한 아지랑이 속에 풀 나무들이 푸른 기운을 뿜어내고, 봄꽃들이 다투어 피어나 벌 나비와 어우러졌다. 푸른 봄기운을 머금은 새들이 푸른 하늘로 솟구쳐 올랐다.
　임익서(林益瑞)가 아미산 마루에 앉아 보리밭 위를 짝지어 솟구쳐 오르는 종달새를 먼눈으로 쫓다가 갑자기 눈물이 솟았다. 이 좋은 봄날에 세상을 뜨시다니! 곁에 앉았던 아내 손 소저도 같은 생각이었을까, 옷고름을 가져다가 눈물을 닦았다.
　"그만 갑시다."
　임익서가 먼저 일어서자 손 소저가 말없이 따라 일어섰다.
　관덕당 마당으로 가는 길은 어제 내린 비로 땅이 흠뻑 젖어 있었고, 풀잎 위에 맺힌 구슬 같은 비이슬이 봄 햇살에 반짝였다.
　대구 남문 밖 관덕당 앞 너른 마당에는 차일이 쳐졌고, 일찍 구경 나온 사람들이 군데군데 모여 웅성거리고 서 있었다. 모두 낯익은 동학교도였지만 임익서와 손 소저 내외는 서로 아는 채 않고 사방 눈치를 보고 있었다.

남문 쪽에서는 구경꾼들이 밀려들고 있었다. 대부분 동학교도인 줄 알지만, 벙거지에 전복 입은 군졸들은 조금도 동요하는 기색 없이 꼿꼿이 서 있었다. 군졸들에게는 무기를 들지 않은 동학교도가 무섭기는커녕 재물 자루로 여기고 있었다. 이제 바야흐로 동학 창도주 최제우의 참형이 시작되나보다 싶었다.

이때, 관덕당 아래 차일 쪽에서 한 노인이 걸어왔다. 갓을 쓰고 흰 두루마기를 입었지만 행여 흙이 묻을까봐 두루마기 자락을 깡총하게 걷어 올려 묶었다. 노인이 임익서 내외를 향해 말했다.

"오늘 동학 두령 참형을 구경 나왔소?"

임익서가 잠시 머뭇거리자 노인이 냉큼 나서서 말했다.

"헛걸음이오. 동학 두령 최복술(崔福述, 아명)이는 벌써 북수리가 되어 멀리 달아났다고 합니다."

임익서가 깜짝 놀라 '그게 아니다'라고 말하려 할 때 노인이 빠르게 다른 곳으로 걸음을 옮겼다. 대체 무슨 말인가?

2

지난해 12월 10일 새벽, 군졸 60여 명을 거느린 선전관 정운구가 용담정에 들이닥쳤다. 동학 교세가 들불처럼 번져가자 화들짝 놀란 조정에서 선전관 정운구에게 명하여 동학의 실태를 조사하여 보고하도록 명을 내렸다. 정운구가 조사할 것도 없이 대뜸 '동학 수괴 최제우가 반역을 꾀하고 있다'는 죄목을 앞세워 용담정에 들이닥쳐서 최제우와 함께 있던 제자들을 굴비 엮듯 묶어서 대구감영으로 이송했다.

오래전부터 창도주 최제우의 동향을 보아오던 경상감사 서헌순이 선전관 정운구와 '동학교도 두릅'이 감영에 들이닥치자 더럭 겁부터 났다. 소문에 최제우가 신이(神異)한 조화를 부린다고 했고, 주문이나 부적으로 온갖 병을 다스려 백성들 너도나도 동학교도가 되었다는 것이다. 지금은 동학 교세가 경상도를 넘어 강원 충청 전라도까지 빠르게 번져갔다는 것이다. 서헌순이 근심 건더기를 두고 고심이 될 참인데 서울에서 내려온 선전관 정운구가 먼저 말했다.

"역적 최제우를 조정으로 올려서 다스려야겠소."

정운구의 말에 서헌순이 눈앞에 근심 건더기를 치우게 되었으니 '옳거니!' 싶었다.

"나리께서 잘 보셨소. 역적을 사헌부에 올려 다스려 주시오."

그렇지만 선전관 정운구는 다른 계산을 하고 있었다. 한양으로 압송하는 길에 창도주를 험하게 다스리면 동학교도의 돈이 쏟아져 들어올 것이다. 과연 정운구의 예측이 맞아떨어졌다.

대구 감영을 떠나 압송 행렬이 선산 구미를 지날 때 길가에 동학교도가 허옇게 몰려나와 읍하면서 "우예든지 우리 선상님 잘 모셔 주소!" 하면서 엽전꾸러미를 바치는 것이다. 눈치 빠른 군졸들이 동학교도가 볼 때 가마 살 틈으로 막대기를 쑤셔 넣어 최제우를 찔러대니 뒷돈이 더 많이 들어왔다.

임익서가 봇짐을 지고 이들 뒤를 천천히 따르고 있었다. 임익서가 가마 살 틈으로 연신 막대기를 넣고 찔러대는 군졸을 보자니 가슴이 찢어지듯 아팠다. 그렇다고 동학교도에게 돈을 바치지 말라고 할 수도 없었다. 이렇게 되자 호송 행렬의 발걸음은 자연 더딜 수밖에 없었다. 상주 중모 보은 회인 청주를 지나는 동안 동학교도의 엄청나게 많은 돈을 긁어모았고, 머무는 곳마다 돼지나 닭을 잡아 술을 내고 밥을 삶아내느라 이래저래 백성들 등골이 휘었다.

　죄수 압송 행렬이 청주를 벗어나면서 길가에 동학교도가 없어지니 걸음이 자연 빨라졌다.

　과천에 도착했을 때 파발이 달려와 '임금의 승하' 소식을 전하면서 '죄인을 대구 감영에서 처리하라' 하여 호송행렬은 발길을 돌렸다. 이번에는 충주 조령 길을 택했는데, 충주에 이르자 동학교도가 다시 연도에 늘어서기 시작했다. 문경새재에 이르러 수천 명의 동학교도가 몰려나와 한바탕 싸움이 벌어질 뻔했다. 한밤중이었는데, 동학교도가 든 횃불이 대낮같이 밝았다. 이필제가 거느린 동학교도는 몸에 칼을 숨기고 있어서 여차하면 호송 군졸과 큰 싸움이 벌어질 판이었다.

　급기야 새재 고갯마루에서 칼을 뽑아 든 이필제가 가마를 가로막고 섰다.

　"우리 스승님을 풀어주시오! 오만 년 후천개벽의 큰 도를 여신 창도주를 어찌 역죄죄인 취급을 한단 말이오?"

　이필제가 일갈하니 마침내 정운구가 칼을 뽑고, 군졸들이 한꺼번에 칼을 뽑아들었다. 일촉즉발의 다급한 상황이 되었다. 그러자 수레 살 속에 갇힌 최제우가 나섰다.

　"모두 물러나 길을 비키시오. 나는 천명을 믿고 따를 뿐이오. 내가 오늘 걷는 길은 천명이니 여러분은 아무 염려 말고 오직 도를 믿고 수도에 힘쓰시오."

　"스승님!"

　그제야 이필제와 동학교도가 길 양쪽으로 물러서서 길을 트고 엎드렸다.

　최제우의 압송 행렬은 그해의 마지막 밤을 문경 유곡동 원에서 묵고 새로운 육십 간지가 시작되는 갑자년 정월 초하룻날 대구 감영을 향해 길을 재촉했다.

임익서가 정운구 일행을 따라 과천까지 올라갔다가 경주 집으로 돌아왔다. 집에서 며칠을 쉬면서 정월 대보름을 쇠었다.

3

임익서가 대구 남문 시장에서 약방을 하는 김진호 집을 찾아갔을 때는 정월 스무날이었다. 벌써 김진호가 옥졸을 돈으로 사놓아서 하루 이틀 새로 감영에서 벌어지는 일을 낱낱이 전해 듣고 있었다.

대구감영으로 이송되어온 최제우를 다시 맞아들인 경상감사 서헌순은 다시 마음이 무거워졌다. 조정의 서슬로는 마땅히 참형인데, 경상도 많은 백성이 동학교도이니 그렇게 되면 원망의 덤터기를 경상감사 서헌순이 고스란히 뒤집어쓰게 될 것이기 때문이다.

서헌순이 궁리해낸 것이 심문을 혼자 하지 않고 참사관을 많이 배석시켰다. 서헌순은 자신의 말을 잘 들을만한 상주목사 조영화, 지례현감 정기화, 산청현감 이기재를 급히 감영으로 불러들였다.

심문은 여러 고을 수령들이 도착한 정월 스무하룻날부터 시작되었다. 임금이 승하한 예를 갖춰 북향 배례를 마치고 나서 동학 창도주 최제우와 강원보 최자원 이내겸 이정화 박창욱 박응환 조상빈 조상식 정석교 백원수 신덕훈 성일규 등 열두 제자에 대한 심문에 대해 의논했다. 국상이 난지 49일이 지나게 되니 "좌도난정률에 따라 엄한 참형으로 다스려야 한다"는 결론이 단박에 났다.

최제우와 열두 제자에 대한 심문이 시작되었다. 심문이란 가혹한 매질로 시작했다. 살을 에 듯 혹독한 추위에 벌겋게 옷을 벗겨놓고 언 살에 매질하면 살이 찢어져 피가 사방으로 튀고 비명이 터져 나왔다. 날마다 심문이 벌어지니 참사관으로 온 수령들은 비명을 들으면서 밥을 먹었다.

그날도 수령들은 점심 때 반주로 마신 낮술로 거나하게 취해 각기 제 방으로 돌아갔다. 서헌순이 잠깐 자리에 누워 졸고 있는데 "우지끈"하고 뭐가 부러지는 소리가 들려 화들짝 잠에서 깨어났다가 다시 잠들었다. 날이 어둑해서야 낮잠에서 깨어나니 밖에 기척이 있어서 '게 누구 없느냐?'고 물었다. 아전이 방문을 열고 머리를 들이밀었다.

"아까 잠결에 무슨 요란한 소리가 들리던데 무엇이더냐?"
"예, 동학 두령 최제우의 정강이가 부러지는 소리입니다."
"뭐라고?"

서헌순은 '왜 그렇게 심한 형을 했느냐'고 나무라려다 입을 다물자 이방이 내처 말했다.

"뭐 그래도 걱정할 것 없습니다. 뼈가 부러져도 얼마 안 있어 뼈가 다시 붙고 찢어진 살도 금방 아물어버린께요."

아직 잠이 덜 깨기는 했지만 서헌순은 대체 무슨 말인가 싶었다.

"그게 무슨 말이냐?"
"주리를 틀어 정강이가 자끈둥 부러졌는데도 얼마 아니 되어 최제우는 멀쩡히 걸었고, 얼굴도 피를 닦아내니 금방 환한 얼굴이 되었습지요."
"너, 그 말이 진정이더냐?"
"그렇다니까요? 소인이 두 눈으로 똑똑히 봤습지요."
"으음!"

서헌순은 그만 정신이 아뜩해졌다. 눈앞에 아른거리던 해 기운이 갑자기 가셔지고 어둠이 몰려왔고, 어둑시니가 불쑥 나타날 것만 같아서 몸이 후들후들 떨렸다.

"누, 누구 없느냐?"

서헌순이 밖을 향해 말했다. 방안으로 머리를 들이밀고 있던 이방이 말했다.

"나리! 저 아무 데도 가지 않고 여기 있습니다요."

"그렇구나. 내가 잠시 실성한 모양이로구나. 너 어디 가지 말고 여기 있어라."

4

하얀 봄 햇살이 흰 차일 위로 쏟아져 눈부시게 빛나고 난데없는 봄바람이 차일을 흔들고 지나갔다. 이때 둥! 둥! 북소리가 바람처럼 일어났다.

"훠어이! 비켰거라!"

전복에 벙거지를 쓴 군졸들이 벽제 소리를 치며 관덕당 앞에 쳐놓은 차일 안으로 들어섰다. 관덕당 마당을 가득 메우고 웅성대던 사람들이 일제히 입을 다물었다. 임익서 내외는 바로 앞쪽에 서 있었다. 임익서는 아까 노인의 말대로 북수리가 되어 날아갔는지, 아니면 스승님께서 정말 끌려 나올지 궁금해졌다. 스승님께서는 천명을 따른다고 하셨으니 노인의 말은 헛소리가 자명했다.

"비켰거라! 죄인 들어온다."

아니나 다를까 군졸의 말에 따라 무거운 칼을 쓴 죄수가 나졸 네 명에 옹위되어 마당으로 들어섰다. 최제우는 칼을 쓰고 뒷짐결박까지 지웠으나 꼿꼿하게 걸었다. 칼끝에 연 꼬리 같이 매달린 종이에는 "동학 괴수 최제우"라 씌어 있었다.

"아! 스승님!"

임익서 입에서 자신도 모르게 신음이 터져 나왔다. 오랫동안 온갖 고문에 시달렸지만 여전히 얼굴이 맑게 빛나고 눈빛이 형형했다. 마당에 늘어섰던 사람들이 일제히 허리를 납신 접거나 비에 젖은 마당 진흙 바닥에 엎드렸다. 임익서 내외도 엎드렸다가 일어섰는데, 일어나보니 모두 옷자락에 흙이 묻어서 모두 동학교도인 줄을 알았다.

이때 둥둥 북소리가 다시 일어나고 군졸이 소리쳤다.

"훠어이! 물렀거라! 감사 나리 납신다."

북소리 장단에 맞춰서 맨 앞에 경상감사 서헌순과 뒤로 참관 수령들이 위엄을 갖춰 들어섰다. 그렇지만 마당을 가득 메운 백성 어느 누구도 허리를 접거나 엎드리는 사람이 없었다. 이것이 서헌순의 심기를 건드렸을까? 곧장 자리에서 일어나 명을 내렸다.

"동학 수괴 최제우는 들어라. 너는 요망한 말로 사람을 모아 인심을 어지럽히고 혹세무민하였으니 좌도난정률로 참형에 처하노라."

순간 '아!' 하는 사람들의 탄성과 함께 어디선가 낮은 울음이 들리기 시작했다.

"참형을 시작하라!"

경상감사 서헌순의 호령이 여기까지는 기세가 등등했다. 명에 따라 둥! 둥! 북소리가 일어나고 벌겋게 웃통을 벗은 망나니가 반달 모양으로 휘어진 작두날 같이 큰 칼을 들고 덩실덩실 춤을 추며 나타났다.

"훠어이!"

망나니가 괴성을 지르며 죄수의 머리 위로 칼을 날렸다. 사람들이 아! 하는 탄성을 지르며 손으로 얼굴을 가리거나 눈을 감았다. 북 장단이 다시 이어져 실눈을 뜨고 보니 다시 칼춤을 추며 죄수 주위를 돌았다.

"에이잇!"

이번에는 목을 향해 칼을 내리쳤으나 죄수의 머리가 그대로 붙어 있고, 흰 칼날도 그대였다.

아! 이번에는 차일 속에서 감사와 참사관, 군졸들의 입에서 탄성이 흘러나왔다. 서헌순이 깜짝 놀라 자리에서 벌떡 일어섰다.

"어찌 된 일이냐?"

이방이 서헌순에게 급히 달려가 아뢰었다. 그동안 북소리가 멎고, 낯빛이 허옇게 가셔진 서헌순이 죄수를 향해 다가섰다. 서헌순이 최제우를 향해 나직이 말했다.

"그대의 참형은 나라님의 명이니 나도 어찌할 도리가 없소. 어명이니 따라 주시오."

최제우가 머리를 들어 말했다.

"나라님의 명이 중하다고 하나 어찌 한울님의 명에 미치겠소. 동학의 거룩한 도를 위해 나는 천명을 기꺼이 따르겠소. 죽기 전에 청수 한 그릇을 내어주시오."

곁에 섰던 이방이 듣고 달려가 물 한 그릇을 소반에 받쳐 내어왔다. 최제우가 자리를 고쳐 앉아 정좌하여 동학 주문을 외었다.

"시천주조화정 영세불망만사지…"

이때 마당에 늘어선 사람들의 입에서도 일제히 동학 주문이 흘러나와 관덕당 앞마당은 금세 동학 주문이 물결 같이 넘실댔다.

이윽고 최제우의 입에서 동학 주문이 멎자 관덕당 마당은 다시 고요해졌다. 최제우가 칼을 땅에 찌르고 선 망나니를 향해 말했다.

"이제 안심하고 내 목을 베시오!"

다시 북소리가 일어나고, 망나니의 춤이 시작되었다. 이윽고 "에이잇!" 하는 망나니의 외침과 함께 흰 칼이 허공을 갈랐다. 붉은 피가 한 길 위로 솟구쳐 오르고 목이 소반 위로 떨어져 청수를 피로 물들이고 땅 위로 굴러떨어졌다.

아! 사람들의 탄성도 잠깐, 햇살을 뿜어 내리던 하늘에 갑자기 검은 구름이 몰려오고 광풍이 일더니 폭우가 쏟아져 내렸다.
"스승님!"
마당에 모였던 사람들이 일제히 엎드려 통곡했다.

5

최제우의 목은 사흘 동안 남문 밖 길거리에 효시되었다가 감영 옥에 갇혀 있던 박 씨 부인과 큰아들을 풀어주고 시신을 인계했다. 임익서가 미리 준비해둔 관에 머리와 몸을 이어 담고 관 뚜껑을 덮으려다 문득 어떤 예감이 들어서 관 뚜껑을 덮지 않고 곁에 세웠다. 곁에 있던 김경필 김경숙 정용서 곽덕원 전덕원 등 제자 6명에 의해 경주 용담을 향해 길을 떠났다.

운구 행렬이 자인현(慈仁懸) 서쪽 후연(後淵) 주막에 이르렀을 때였다. 마침 주모가 기다린 듯 달려 나와 물었다.

"어디서 오는 상차(喪次)요?"

"대구에서 오오."

"그렇다면 용담 최 선생님 아니에요?"

"어떻게 아시오?"

"어젯밤 꿈에 귀한 손님이 들 거라고 해서 방을 치우고 종일 기다리던 참입니다."

주막집 방 위목으로 관을 모시는데 관속 얼굴에 붉은 기운이 돌고, 차갑던 몸에 더운 기운이 감돌았다.

"스승님께서 살아나실 모양이오!"

행여 소생할까 싶어 사흘 동안 동학 주문을 외며 주막에 머물렀다.

임익서가 이른 아침나절에 마당으로 내려서니 주막 앞 연못에 발을 담근 쌍무지개가 하늘을 향해 솟아 있었다. 임익서가 놀라 소리쳤다.
 "쌍무지개다! 스승님께서 떠나신다."
 마침 뒤따라 나온 제자들도 함께 바라보고 서 있었다. 어느덧 무지개가 사라지고 방으로 돌아오자 윗목 시체에서 시즙(屍汁)이 흐르고 있었다.
 임익서 일행은 관을 수습하여 용담을 향해 걸음을 재촉했다.
 (*)

하늘 기운이 서린 영부

1

10월 스무여드레 밤하늘에 별이 총총했다. 금방이라도 별의 무게에 겨워 하늘이 찢어져 어두운 땅 위로 별이 쏟아져 내릴 것만 같았다. 땅의 적막을 뚫고 귀뚜라미 소리가 청아하게 굴러갔다. 바야흐로 세상 모든 것들이 잠이 들었다. 최제선(崔濟宣)은 초조해졌다. 급히 여기를 떠나야 한다. 날이 새기 무섭게 빚쟁이들이 한꺼번에 들이닥칠 거라고 했다.

조카 맹윤이 말을 전하면서 대책까지 내놓았다.

"작은아버지, 저도 빚쟁이들한테 아무 말도 하지 못했습니다. 이제 야반도주밖에는 어떤 방책이 없습니다. 그것도 오늘 밤 당장에요."

"오냐, 알겠다."

최제선의 입에서 신음이 흘러나왔고, 하늘이 무너져 내렸다.

"제가 이따가 삽짝 밖에 소달구지 대놓고 군호로 쩔렁 풍경소리를 내겠습니다."

그나마 맹윤이 아니면 이 사태를 해결해 줄 사람이 없었다.
"알았다."
최제선은 어쩌다 이 지경에 이르렀는지, 꼭 뭔가에 홀린 듯 했다.
과연 풍경 소리가 쩔렁! 울려서 밖으로 나가보니 어둠 속에 소달구지가 서 있었다. 달구지에는 아홉 살 여섯 살짜리 두 아이와 박 씨 부인이 앉아 있었다. 어둠 속이라 잘 보이지 않았지만 모두 눈물짓고 있을 것 같았다. 박 씨 부인의 가느다란 한숨이 최제선의 가슴을 벨 듯 아프게 스치고 지나갔다.
최제선이 뒤에 서자 소고삐를 쥔 맹윤이 천천히 소달구지를 끌어 길을 나섰다. 최제선이 달구지 뒤를 따라 터벅터벅 걸었다. 마을을 거의 빠져나왔을 때 가까운 데서 개 한 마리가 짖기 시작하더니 마을의 뭇 개들이 짖어대 출렁이기 시작했다. 당장 어둠 속 어디에서 도망치는 최제선을 뒤쫓아 올 것만 같았다. 사람들의 눈에는 핏기가 서려 있었다.
"내 돈 내놓아요! 그게 어떤 돈인데…우리한테는 목숨이나 마찬가지예요."
"나는 그 돈 없으면 죽은 목숨이네."
홀로 아이를 기르는 청상과부와 의지할 곳 없이 홀로 사는 노인의 하소연이 최제선의 귀를 찢었다. 모두 '목숨'으로 끌어댔는데, 왜 아니랴.

이태 전, 49일 기도를 작정하고 적멸굴로 길을 떠나기 전이었다. 집에 양식이 떨어졌다는 사실을 알았다. 가장으로 책임감이 무겁게 다가왔다. 얼른 생각해낸 것이 철점 운영이었다. 천하를 주유하던 시절에 함경도 함흥 철점에서 한 스무날 묵으면서 쇠를 녹여 연장을 벼리는 것을 본 적이 있었다. 논 6두락을 팔아 철점을 차려서 쇠를 제작하고 판매하여 이문 낼 계획을 세웠다. 막상 판을 벌이고 보니 본디 일을 해 본 적이 없는 최제선이 할 일은 아무것도 없었다. 원석을 캐내는 일에서 용광로에 녹여서 쇠를 뽑아내는 일까지 모두 품을 사야 했다. 예상과 달리 운영 자금이 계속 들어갔고, 여기저기 아는 사람들을 찾아다니며 돈을 빌려서 충당했다. 쇠를 팔아서 이문으로 나오는 돈이 없으니 갚아야 할 돈만 점점 늘어갔다.

이제 내일 아침이면 이 집에 빚쟁이들이 모여 철점을 팔고 집을 팔아 얼마 되지 않는 돈을 나눠 가지는 빚잔치를 할 것이다.

2

밤새 걸어 구미산이 먼눈에 들어왔다. 구미산 머리에 자줏빛 기운이 얹혀 있어서 날이 밝아 오는 모양이었다. 아이들과 박씨 부인은 덜 흔들리는 달구지 위에서 자다 깨기를 반복하는지 가끔 머리를 들었다가 숙이기를 거듭하고 있었다. 최제선은 차라리 졸음이라도 왔으면 그나마 근심을 덜련마는 정신이 매화같이 맑아서 더 고통스러웠다.

소달구지가 조카 맹윤이 사는 지동마을로 들어섰다.

"작은아버지 작은어머니 어서 오시어요. 얘들아, 오느라 고생이 많았구나."

조카며느리가 사립문을 열어놓고 기다리고 있었다.

방으로 들어가니 뼈 없이 잘 지은 따뜻한 밥상이 차려져 있었다.

"오늘은 여기서 쉬시고 용담골은 내일에나 들어가시지요."

"아니다. 좀 쉬었다가 오늘 저녁나절쯤에 올라가자."

"그러면 제가 먼저 올라가 고래에 불이라도 넣고 집을 수리하고 있을 테니 저녁나절에나 올라오시지요."

"그래 알았다."

아침 끝에 한잠을 자고 점심 먹고 나서 이번에는 최제선이 손수 수레에 소 멍에를 달아 고삐를 쥐고 용담골을 향해 길을 나섰다.
용담정으로 들어서자 맹윤이 몇 해 동안 비워졌던 집을 대충 다스려 놓아서 제법 사람의 온기가 채워져 있었다.
"작은아버님 작은어머님, 선 이만 내려가 보겠습니다."
"오냐, 고생이 많았다. 내려가 쉬어라."
그러고 보니 어젯밤부터 지금까지 눈도 붙일 여가 없이 헌신해준 맹윤이 고맙기만 했다. 맹윤이 피곤한 기색이나 싫은 기색 없이 생글생글 웃으며 다짐 같은 말을 냈다.
"작은아버님 이제 무엇을 하시렵니까?"
최제선의 머리를 후려치는 말이었다. 이제부터 뭘 할 것인가 궁리하지 않은 것은 아니지만 어떤 것도 정하지 못했기 때문이다. 최제선이 깊이 헤아릴 것 없이 불쑥 말했다.
"도를 얻을 것이다."
"여태 도를 얻겠다고 오랫동안 수련을 하셨는데, 언제까지 수련하실 겁니까?"
맹윤의 이 말은 아까보다 더 충격으로 다가왔다. 정말 언제까지 도를 얻을 것인가? 뜻밖에 최제선의 입에서 작정해 두지 않았던 말이 불쑥 튀어 나왔다.
"돌아오는 봄까지는 필시 도를 얻겠다."
최제선의 눈앞에 복사꽃이 환하게 핀 봄날 풍경이 눈앞에 나타났다가 사라졌다.
맹윤이 싱글벙글 웃으며 말했다.
"만일 그때까지 도를 얻지 못하면 어찌하시겠습니까?"
맹윤의 물음에는 뼈가 들어있었다.

"나는 이 세상에 더 살아남지 않을 것이다."

최제선은 자신이 말해놓고 자못 섬뜩했다. 어쩌면 내가 도를 얻지 못하면 이 세상에 살아남지 못할지도 모른다는 예감 때문이었다.

맹윤이 용담골을 떠났다.

박 씨 부인은 당장 저녁밥을 지어야 했다. 솥에 밥을 안치고 고래에 불을 지펴야 한다. 아까 맹윤이 고래에 불을 넣어 열기가 찼을 법한데, 고래가 불기운을 빨아들이지 못하고 독한연기가 토해냈다. 매운 연기가 마당을 가득 메우고, 연기 때문에 눈에서 눈물이 흘렀다. 연기가 아니더라도 기막힌 처지에 눈물이 절로 흘렀을 것이다.

연기가 온 마당에, 온 골짜기를 채우고 한참 더 지나서야 저녁 밥상이 들어왔다. 밥 한 그릇에, 국 한 그릇이 놓인 밥상 앞에 앉으니 설운 심사가 와락 몰려왔다. 어떻게 살 것인가. 무엇을 하면서 살 것인가. 이제 가족을 위해 돈을 벌겠다고 나설 일도 아니고, 그렇다고 밭떼기를 일궈낼 처지도 아니었다.

밤이 깊어 잠자리에 들 때까지 최제선의 그 고민은 계속되었다. 멀리서 구슬픈 밤새 울음이 들려왔다.

1859년 10월 스무아흐레, 5년 만에 돌아온 용담골의 밤이었다.

3

최제선은 "불출산외(不出山外)"라는 글을 써서 들고나는 곳에 붙였고, 제우(濟愚)로 개명했다.

최제우가 얻고자 한 도는 좀체 다가오지 않았다. 10여 년의 주유천하 끝에 지친 몸을 이끌고 집으로 돌아왔고, 49일 기도와 수련을 했으나 득도하지 못했다. 전날, 어느 낮잠 끝에 금강산 유점사에서 왔다는 선승으로부터 "을묘천서(乙卯天書)"를 받고 나서 이듬해 양산 천성산 내원암에 들어가 49일 기도를 올릴 때 다가왔던 도의 기운도 아득히 멀어져 있었다. 그간 세속적인 철점 운영으로 속세에 때 묻은 심성 때문일까? 정신이 산란해져서 기가 모아지지 않았다. 정신이 사방으로 헝클어지자 몸도 찢어지는 듯 아프고 기력도 쇠잔해져서 몸을 가누고 앉아 있을 수가 없었다.

어느덧 절기는 가을이 가고 깊은 겨울 속으로 빨려 들어갔다. 용담 골짜기가 눈에 덮여서 바깥세상과 절연되었다. 급기야 최제우는 덜컥 몸져눕고 말았다.

"아이고! 여보! 어찌 된 일이오?"

최제우의 신음을 들었던지 박 씨 부인이 놀라 방안으로 들어왔다.

"걱정하지 마시오. 괜찮소. 다 마음에서 오는 병이니 스스로 다스려야지요."

"아니에요. 앓는 소리가 어찌나 큰지 온 식구가 다 놀랐어요. 지금 아이들도 아버지가 어떻게 되셨다고 근심이 되어 울고 있어요. 조카에게 말해서 경주부에 나가 의원이라도 모셔 와야 하는데 눈에 길이 막혔으니 어쩌면 좋아요."

"어허! 괜찮대두요."

이 말을 하는 중에 최제우의 입에서는 연신 신음이 흘러나왔다. 박 씨 부인이 무거운 근심을 안고 방을 나갔다.

최제우는 이 길로 영영 세상과 작별할지도 모른다는 불길한 예감이 엄습하여 엉금엉금 기어서 방문을 열고 눈에 덮인 밖을 내다보았다. 푸른 하늘 아래는 온통 눈 세상인데, 꿩 노루들이 마당을 점벙점벙 돌아다니고 있었다. 눈 속이라 저들도 먹을 것이 없었던 걸까. 갑자기 머릿속이 백지처럼 맑아지고 시 한 구절이 스며들었다.

道氣長存邪不入(도기장존사불입)
世間衆人不同歸(세간중인부동귀)
도의 기운을 길이 보존함에 사악한 것이 들지 못하니
세상의 뭇사람과 같이 들어가지 않으리라.

최제우가 전날 맹윤에게 했던 말 같이 '이듬 해 입춘 날까지 도를 얻지 못하면 세상에 살아남지 않겠다'는 단호한 결기가 든 결심이었다.
최제우가 몸을 추슬러 자리에 앉았다. 살을 에는 추위 속에서, 삿된 것이 끼어들지 않도록 수도에 전념했다.

4

용담 골짜기에 겨울 장막이 걷히고 봄이 왔다. 눈과 얼음이 녹아내려 계곡의 물소리가 우렁찼고, 산새들이 나뭇가지 사이를 넘나들며 우짖었다.
아직 새벽 기운은 싸늘했다. 최제우가 하늘 마당에 널린 하얀 별들을 가래질하여 별을 담았다. 이를 조리질하여 건져 올린 밝은 별을 그릇에 담았다. 발걸음을 옮길 때마다 그릇에 담긴 별 구슬들이 달그락거리는 소리를 냈다. 갑자기 울컥, 까닭 모를 슬픈 감정이 솟아 눈물이 흘러내렸다.
"오! 한울님, 감응하옵소서!"
청수에 빛나던 하얀 별빛이 아침 황금빛으로 바뀌었다. 그릇에 담긴 황금빛 구슬이 천천히 일렁였다. 내 몸이 흔들려서일까, 아니면 하늘과 땅이 움직여서일까.

이른 아침, 맹윤이 제 생일잔치에 관복까지 지어서 올려보내어 지동 마을로 내려갔다.
"작은아버지 어서 오시지요."
최제우가 방에 들어가 앉은 지 얼마 지나지 않아서였다. 갑자기 몸에 한기가 돌더니 몸이 와들와들 떨리기 시작했다. 몸이 떨리면서 마음의 안정도 찾을 수가 없었다. 최제우는 맹윤의 집을 나와 용담정을 향해 걸었다. 아득해지는 정신을 수습하기 어려운 중에 한 발씩 발걸음을 옮겼다.
최제우가 용담정에 들어가 앉았다. 온몸에 뜨거운 불기운이 솟더니 알 수 없는 기운에 휘말려 몸이 허공으로 튀어 올랐다가 떨어졌다. 몸이 앞으로 꼬꾸라졌다가 뒤로 자빠지고 사정없이 내동댕이쳐졌다. 꿈인지 생시인지, 이 세상인지 저세상인지 모를 황홀지경이었다. 이때 갑자기 하늘이 찢어지는 소리가 스쳐 가고 그 틈으로 음성이 들려왔다.
"두려워 말고 놀라지 말라."
"누구시오니까?"
최제우는 처음 듣는 소리에 어리둥절했다.
"나는 상제(한울님)니라. 내가 너에게 무궁의 도를 내리노니 갈고 닦고 다듬어 글을 지어 사람을 가르치고, 법을 바르게 하여 세상에 덕을 널리 펴도록 하라."
"세상에 덕을 펴는 법을 가르쳐 주소서."
"나의 영부(靈符)를 받아 사람들을 질병에서 고치고, 나의 주문(呪文)을 받아 사람을 가르치도록 하라."
최제우가 마침내 갈망하던 하늘의 소리를 듣고 도를 얻게 된 것이다.
"사람들 저마다 하늘을 마음에 모시고 있으니 사람이 곧 하늘이니라. 마음을 갈고 닦아서 저마다 하늘을 모시도록 하며, 사람을 하늘처럼 받들도록 하라."

"영부란 무엇입니까?"

"한울님 기운의 약동을 보여주는 징표이니라. 백지에 이 영부를 받아라."

최제우는 가슴이 터질 듯 벅찬 감동으로 백지를 펼쳤다. 백지 위에는 둥근 은빛 형상이 휘몰아치고 있었다. 두렵기도, 신비하기도 했다. 이때 하늘에서 소리가 내려왔다.

"붓을 들어 그 형상을 그려라."

하얀 종이 위에 영부가 새겨졌다.

최제우가 감격하여 아내 박 씨를 불러 종이를 보여줬다.

"여보! 여기에 무엇이 보이오?"

그러나 박 씨는 최제우의 얼굴만 빤히 쳐다보고 서 있을 뿐이었다.

"이 종이에 무엇이 새겨져 있소?"

"멀쩡한 종이에 대체 뭐가 보인단 말이에요?"

"그러면 세정이를 불러오시오."

"아이고! 세정아. 네 아버지가 실성하셨구나! 전날 지동 네 사촌 생일날부터 이상하시더니 끝내 실성하셨구나!"

세정이가 제 어머니의 비명을 듣고 달려와 최제우가 든 종이를 물끄러미 바라보고 서 있었다. 박 씨 부인이 너무 기가 막혀 와락 울음을 터트렸다. 무슨 일인가 싶어서 둘째 아들 세청이가 달려왔고, 사태를 알아차린 두 형제가 제 어미를 따라 울음을 터트렸다.

최제우는 세 사람의 통곡을 들으며 영부를 태워 재를 청수에 타서 마시고 나서 박씨 부인과 두 아이를 향해 큰절을 올렸다. 갑자기 세 사람의 울음이 그치고 한꺼번에 일어나 최제우를 향해 맞절을 올렸다. 최제우의 몸에서 둥근 광채가 무지개처럼 떴다.

1860년 4월 5일이었다. 최제우 나이 37세였고, 주유천하 17년 만이고, 구도 수행 6년 만이었다.

(*)

이 도를 양(養)할 자 누구인가

검등골 연초록빛 나무들이 차츰 짙어갔다. 멀고 가까운 산에서 산새들이 다투어 지저귀고, 먼 산 뻐꾹새 굵직한 울음이 섞여들었다. 세상의 문이 열리듯, 갑자기 세상의 모든 소리가 최경상[1]의 몸 안으로 빨려들어 왔다. 최경상이 몸이 들뜨는 기운에 휩싸여 눈앞에 펼쳐진 세상을 둘러보았다.

"왔노라! 내가 왔노라!"

새소리에 섞인 하늘의 소리가 들렸다.

"아! 스승님!"

지난가을 홀연히 떠났던 스승께서 박대여의 집으로 들어서는 모습이 보였다.

최경상이 사립문으로 달려들어 오면서 아이처럼 들떠 말했다.

"여보! 나 어디 좀 급히 다녀와야겠소."

---

1) 최시형(崔時亨, 1827~1898)은 조선 후기 종교지도자이자 사상가. 동학 제2대 교주. 경상(慶翔)은 초명이고, 영해작변 이후인 1875년에 최시형으로 개명했다.

"스승님께서 돌아오셨군요."
"당신이 어찌 아셨소? 대단하시오."
"참, 당신도…멀리서 스승님 소식을 아신 당신이 대단하시지 경주 가시는 것을 짐작한 제가 대수겠어요?"
"내가 헛걸음을 할지 아직 모르지 않소?"
"당신의 짐작이 맞아요. 그나저나 집에 돌아오신 지 며칠 지나지 않았는데 피곤하시지 않겠어요?"

손 씨 부인이 두루마기와 갓을 챙겨주며 말했다. 하기는 손 씨 부인에게 좀 미안하기도 했다.

최경상은 지난 정월 대보름을 쇠고 나서 포덕을 하기 위해 흥해 영덕 영양 울진까지 올라갔다가 돌아왔다. 내가 역마살이 끼었을까. 최경상은 길 위에서 사람을 만날 때가 즐거웠다.

갓을 쓰고 길을 나서자 스승님을 뵙는다는 설렘으로 다시 들떴다. 경주부로 들어서면서 스승님이 계신 곳을 추측해 보았다. 관의 지목 때문에 용담정에 계실 것 같지 않았다. 그렇다면 가정의 최맹윤, 서산 박대여, 산천리 백사길 박하선, 부하마을 이무중…여러 제자가 스쳐 가는데, 맨 앞이 수운의 조카 최맹윤의 집이었다.

"최 선생께서 여기는 웬일이오?"

최경상이 대문 안으로 들어서자 마당을 서성이던 최맹윤이 놀라 물었다. 그 말을 듣는 순간 스승님이 이곳에는 안 계시는구나 싶었다.

"혹시, 스승님께서 계신가 해서요."
"스승님이라니? 검등골에 있는 최 선생께서 어떻게 아셨단 말이오?"

말투로 보아 스승님께서 돌아오셨다는 추측은 맞았다.

"지금 스승님께서는 어디 계시오?"
"나도 모르겠소. 스승님께서 관아에 지목을 심하게 받는 처지라 섣불리 여쭙지 못했소."

그런데 발이 내려진 문 너머 방안에 사람의 기운이 느껴졌다. 그렇지만 댓돌 위에는 신발이 보이지 않았다. 이 눈치를 채고 최맹윤이 나지막이 말해줬다.

"강수(姜洙) 선생이오. 수운 스승께서 동학경전을 집필하여 돌아오셨는데, 필사를 부탁하신 모양입니다."

"그동안 스승님께서 큰일을 해내셨군요."

최경상은 자신의 짧은 문자 속으로 경전을 어떻게 읽어낼까 근심이 앞섰다. 이때 최맹윤이 더 낮게 말했다.

"아무래도 스승님께서 강수 선생을 후계자로 지목하신 거 같소."

그렇다면 후계자를 근심해야 할 만큼 관의 지목이 심해져 있다는 뜻일까. 최경상이 최맹윤의 집을 나서면서 다시 궁리했다. 최경상이 황남동 산 같은 봉분 발치에 앉아 심고하니 부드러운 봄 햇살이 드는 방안에 박대여와 수운 선생이 마주 앉은 모습이 보였다. 이때 마침 등 뒤에서 말이 넘어왔다.

"경상! 경주는 어인 일이오?"

돌아보니 신령사람 하치욱과 박하선 백사길이 급한 걸음으로 걸어오고 있었다.

"박대여의 집으로 가는 길이오."

최경상이 무심코 말했더니 되물었다.

"거기는 무슨 일로 가오?"

"수운 스승을 뵈러 갑니다."

최경상의 말에 박하선이 되물었다.

"검등골에 계신 최 선생께서 어떻게 수운 스승께서 돌아오신 걸 아셨소?"

"오늘 아침, 하늘로부터 스승님의 목소리가 들려서 달려왔습니다."
"우리도 각자 꿈에서 스승님을 만나서 혹시 오셨나 싶어서 뵈러 가는 길이오. 함께 갑시다."
박대여 가로 들어서니 과연 봄 햇살 드는 방안에 수운 스승과 박대여가 앉아 있었다. 반겨 맞절하고 자리 잡아 앉으니 먼저 수운이 물었다.
"제군들은 내가 돌아온 것을 어찌 알고 찾아왔는가?"
박하선이 대신 나서 대답했다.
"우리 셋은 모두 꿈에서 보았고, 최경상은 하늘에서 스승님을 뵈었다고 했습니다."
수운이 이윽히 고개를 끄덕이고 나서 말했다.
"하늘의 소리를 들은 것은 도를 깨치는 일이니 영험한 일이지."
최경상의 입에서 아이같이 자랑이 절로 나왔다.
"지난겨울에는 흰 눈이 온 세상을 덮었는데, 눈을 걷어내고 얼음을 깨고 들어가 목욕을 하는데, '찬물에 목욕하는 것은 몸에 해롭다.'는 스승님의 말씀을 들었습니다."
"그런가? 내가 남원 은적암에서 「수덕문」을 지으면서 한 말이었는데, 천릿길에 그대로 전해진 모양일세."
최경상은 신기하게도 아귀가 맞아떨어져 내심 신이 났다.
"지난 정월에는 기름 반 종지로 20일을 보내고 하루를 더 밝혔으니 신기한 일입니다. 뿐만 아니라 검등골에서 백 리 밖 경주 부내를 훤히 둘러보게 되었는데, 이는 무엇이오니까?"
"본디 천지의 기운은 하나요, 우리 몸의 기운 또한 하나이니 도에서는 천리도 지척이지. 최 군은 이적의 영험한 정체를 깨닫게 되었으니 포덕에 힘쓰도록 하시오."
"그러면 남원 고을에 계셨다는 말씀이오니까? 들판 가운데 산이 솟고

산 중턱을 조금 넘은 곳에 큰 절이 보이고 그 위로 작은 암자가 보였습니다."
 "은적암일세. 거기서 동학의 경전을 집필했네."
 최경상은 스스로 도를 깨쳤다고 생각하니 모든 일이 신기하기만 했다.
 "이적이란 도를 이뤄가는 과정이 될지 모르나 그것이 목적이 되어서는 안 되네. 도란 어느 시기에 씻은 듯 부신 듯 사라지기도 하니까."
 "스승님 말씀 명심하겠습니다."
 최경상은 그제야 여럿에게 자랑한 것이 부끄러워 낯이 붉어졌다. 그렇지만 최경상은 자신이 겪은 모든 이적이 사실인지 꼭 알고 싶었다.

 그해 임술년에는 가뭄이 극심하여 모를 낸 논이 많지 않아 흉년이 들었다. 그래도 관의 착취가 극심했다. 안동김씨의 세도정치로 삼정은 더없이 문란했고, 탐관오리는 별 해괴한 이름을 붙여 재물을 빼앗아갔다. 황구첨정(黃口簽丁)은 젖먹이에게, 백골징포(白骨徵布)는 죽은 이에게 세금을 매겼다. 족징(族徵)은 본인이 내지 못하면 친척이 대신 내야하는 세금이고, 인징(隣徵)은 이웃이 내지 못하면 대신 세금을 떠안아야 했다. 그래서 이웃도 잘 둬야 한다는 말이 있을 정도였다.
 최경상이 스승을 만나고 돌아오는 길은 발걸음이 가벼웠다. 이적으로 그동안의 수련이 헛되지 않은 것을 확인한 것이다.
 최경상의 발걸음은 검등골 집이 아니라 내처 영일로 향했다. 푸른 바다 한가운데 뜰 것이 솟아오르듯, 영일 김이서의 집이 불쑥 떠올라 발걸음을 재촉했다.
 김이서와 맞절을 마치고 마주 앉자마자 주인 김이서가 먼저 말을 꺼냈다.

"오늘, 최 선생께서 오실 듯하여 마침 기다리던 참입니다."

최경상이 얼마 전에 수운 스승을 만나러 갔을 때 스승이 했던 질문을 따라했다.

"내가 올 것을 어찌 짐작하셨소?"

"그야 최 선생께서 포덕하실 때 수심정기를 설법하신 덕분이지요."

최경상은 내심 기쁘기도 했지만 부끄러워 낯이 붉어지기도 했다. 최경상이 얼른 말머리를 돌렸다.

"세상을 돌아다니다보니 올해는 흉년이 극심하여 백성들 근심이 여간 아닙디다."

"저도 짐작했습니다. 포덕을 위해 제가 벼 이백 섬을 내면 어떻겠습니까?"

최경상은 다시 놀랐다. 이번 포덕 여정을 안동 영덕 예천 영천 상주로 잡았는데, 벼 1백 섬을 부탁하려던 참이었다. 최경상이 말을 꺼내기 전에 먼저 김이서가 말을 꺼낸 것이다.

그해 7월, 최경상은 애초 계획한대로 안동 영덕 예천 영천 상주를 포덕하고 경주로 내려왔다가 수운 스승과 합류하여 제자 몇을 대동하고 경산 선산 고을 마을 순회에 나섰다. 전날 박대여 가에 모였던 백사길 박하선 하치욱이 동행했다.

아침에 현서마을 강원보의 집을 떠나 경주로 돌아오는 길이었다. 가뭄 든 7월 뜨겁게 달구던 해가 지고 경산 회곡으로 가는 길로 들어섰다. 산 아래로 수십 길이나 되는 절벽 아래로 길이 나 있었다. 날이 저물기 전에 경산에 대려면 갈 길이 급한데 수운 스승이 탄 말이 갑자기 걸음을 멈췄다. 뒤따르던 제자들의 발걸음이 함께 멎었다.

"이러! 이놈의 말이 갑자기 왜 이러나?"

말고삐를 잡은 최중희가 고삐로 말 엉덩이를 치며 재촉해도 말이 말을 듣지 않으니 최경상이 나서 말렸다.
"가만 기다려 보시오, 말도 필시 무슨 영문이 있을 것이오."
말 위의 수운도 잠자코 있었다.
"스승님, 잠시 말에서 내리셔야겠습니다."
최경상이 수운에게 다가가 팔을 뻗자 잠자코 말에서 내렸다. 이때 갑자기 굉음과 함께 몇 걸음 앞 절벽이 무너져 내려 길을 막았다. 이에 놀란 말이 갑자기 몸을 솟구쳐 올라 수운이 말 등에 그냥 있었더라면 낙상하여 크게 다칠 뻔 했다. 모든 사람이 화를 모면한 것이다.
"오늘 밤에 마른 천하를 적시는 큰 비가 내릴 것이다!"
수운이 중얼거리듯 말했다.
과연 경산 김경운 도인 집에 머물던 그 날 밤, 오랜 가뭄을 가리는 큰 비가 내렸다. 그곳에 강수가 미리 도착하여 지난 세한에 수운이 남원 은적암에서 지었다는 동학경전을 필사하고 있었다. 필사를 마치는 대로 접주들에게 경전을 나눠주는데, 어느 접주가 받았는지는 알지 못했다. 곁에 많은 제자들이 수운의 총애를 받는 강수가 장차 도를 이을 사람이라고 생각하고 있었다.
그날 밤, 둘러앉아 도담을 듣는 자리에서 백사길이 수운에게 물었다.
"지금까지 동학의 도를 제대로 깨친 사람이 세상에 몇이오니까?"
물은 사람이나 묻지 않은 제자들은 모두 강수를 꼽을 것으로 기대하고 있었다. 그러나 수운은 예상 밖의 말을 했다.
"아직 찾아볼 수 없다. 그러나 뒷날 동학의 문에서 반드시 나오게 될 것이다."
그 말끝에 수운이 강수를 향해 말했다.
"강군. 지금 필사된 경서가 있던가?"

"네, 한 벌이 있습니다."
"가져오게."
강수가 윗목에 올려뒀던 탁상에서 『동경대전』과 『용담유사』를 수운 앞에 내려놓았다. 수운이 두 책을 최경상 앞으로 옮겨 놓으며 말했다.
"이 책으로 포덕에 힘쓰도록 하게."
최경상이 깜짝 놀라 일어나 무릎을 꿇어앉으며 말했다.
"스승님! 저는 아직 문자속이 밝지 않아 경전을 온전히 알아내지 못하고 있습니다. 학식이 높은 도인을 주시는 것이 옳을 줄 압니다."
"경전은 문자 속으로 읽는 것이 아니라 도로써 읽는 것이니 문제가 없을 것이오. 앞으로 모든 도인들은 경전을 모두 도로써 읽으리라."
"명심하겠습니다."
제자들이 일제히 수운의 도담에 사례했고, 수운의 도담이 이어졌다.
"경전에 무엇이 적혔던가? 선천 오만 년의 어두운 시대가 지나가고, 이제 후천 오만년의 새로운 세상이 오도. 그 지상천국은 사람 모두가 한울님이 되는 새로운 세상이다."
경산 김경운 도인의 집을 떠나 길을 나서 강가에 이르렀다. 하룻밤 사이에 강물이 불어나 사람이나 말이 강을 건널 수가 없었다. 수운이 말에 올라 이윽히 강을 바라보았다. 고삐를 잡은 최중희가 말했다.
"스승님, 멀리 돌아가는 길이 있으니 돌아가야겠습니다."
"어제는 최경상이 장차 일어날 일을 내다보아 화를 피했으니 오늘은 내가 앞을 내다보리라."
제자들이 무슨 뜻인지를 몰라 잠시 어리둥절해하니 수운이 웃음을 지어 말했다.
"내가 먼저 강을 건너보리라."
수운이 최중희가 쥐고 있던 고삐를 받아 쥐고 강으로 말을 몰았다.

말이 첨벙대며 강으로 다가갔다. 말의 무릎까지 물이 차고, 더 깊은 곳으로 들어갔지만 더 이상 말이 물에 잠기지 않아 무사히 개울을 건넜다.

"아!"

숨죽이고 바라보던 제자들이 일제히 탄성을 냈다. 제자 무리 중 최경상이 먼저 두루마기를 걷어 올려 허리에 감고 개울을 건너기 시작했다. 말의 무릎이나 사람의 무릎 높이가 엇비슷하여 최경상은 물이 무릎 위로 차오르지 않고 강을 건넜다. 제자들이 하나 둘 따라 강을 건너기 시작했다. 동학 스승과 제자가 모두 개울을 건너게 되니 뒤에서 이를 구경하고 섰던 장꾼들이 너도나도 허리춤에 옷을 걷어 올리고 강으로 덤벼들었다. 강물이 무릎을 넘쳐 올라 순식간에 짐을 적시고 물살에 휩쓸려 내려가니 화들짝 놀라 강가로 되돌아갔다.

다음 날, 경주 장날 그 장꾼들이 퍼트린 소문이 온 경주부내를 떠돌았다.

"동학도인은 강물 위도 걷는다!"

이 소문이 경주부를 한창 떠돌고 있을 때 윤선달이 경주부사를 찾아왔다. 윤선달과 경주부사는 가깝게 지내는 동무 사이라서 사령이나 아전을 거치지 않고 동헌에 들어왔다.

"아무래도 용담골 동학 두목 최복술의 행실이 심상치 않습니다."

"동학두목과 제자들이 강 위를 걸었다는 소문 말인가?"

"백성들이 소문을 듣고 너도나도 동학에 입도하는데, 마치 돌림병이 번지듯 한답니다."

"나도 들었네."

"좋은 계책이 있습니다. 동학두목 최복술이를 잡아들이면 탄원한답시고 동학교도가 바치는 돈이 수만 냥에 이를 것입니다."

부사가 무릎을 치며 말했다.

"좋은 계책일세. 그러면 최복술이를 추석 쇠고 바로 잡아들이자."

1862년 8월 13일, 추석을 앞두고 동학교도들이 사방에서 용담골로 모여들었다.

그날 밤 용담정에서 최복술의 설법이 있어 접주로 임명된 제자들이 앞자리에 앉았다. 누가 시킨 것도 아닌데 최경상과 강수가 가운데 자리를 잡았다. 추석을 앞둔 용담정 지붕 위에 뜬 달이 휘영청 밝았다. 달빛에 녹아든 향기가 은은하고, 하늘에서 신비한 노랫가락이 달빛을 타고 내려왔다. 여러 색깔로 물든 옅은 구름이 달 주변으로 모여들어 들었다. 누군가가 외쳤다.

"저기! 하늘의 신선들이다!"

구미산 골짜기로 퍼져나가던 주문 소리가 먼 하늘로 퍼져나갔다.

이때 최복술이 용담정으로 걸어 들어오자 도인들이 일제히 일어나 절하고, 이에 최복술이 맞절로 화답했다. 도담이 이어졌다.

龍潭流水四海源(용담류수사해원) 용담의 물이 흘러 온 세상의 근원이오.

劍鍔人在一片心(검악인재일편심) 검악에 사람이 있어 일편단심이오.

교도들은 검악인이 최경상인 줄 알아서 장차 도를 이을 자라는 말로 들려서 잠시 놀라기는 했지만, 대부분의 도인들은 도의 말로 들었을 뿐이었다.

추석을 지낸 지 한 달이 더 지난 9월 29일이었다. 경주부의 사령들이 용담정으로 들이닥쳤다. 최복술의 생신일이라 많은 교도들이 왔다가 돌아간 다음날이었다.

"기어코 일이 닥쳤구나!"

소식을 들은 제자들이나 교도들이 모두 탄식했다.

그나마 다행으로, 사령들이 최복술을 포박하지 않고 경주부로 인도하는 중이었다. 그렇지만 이도 안심할 일이 아니었다. 고분고분 좋은 말로 잡아들인 뒤에 '옥에 가두고 나서 조져야한다'는 윤선달의 계략으로 시작되었기 때문이다.

최복술을 인도하는 행렬이 경주부 서천 냇가에 이르렀을 때였다. 마침 가을비로 물이 불어 도도하게 흘러내렸다. 많은 사람들이 밀린 **빨랫감**을 가지고 나와 빨래를 하고, 곡식을 일어 말리고 있었다.

"저기! 빛이다!"

빨래하던 아낙네들이나 곡식을 씻던 사내들이 소리치며 길 가로 달려 나와 엎드렸다. 동학 두령을 인도하는 사령들의 눈에는 보이지 않지만 사람들의 눈에 최복술의 몸에 어린 서기를 보았기 때문이었다. 처음에 몇 사람이 뒤따르다가 점차 사람이 많아지기 시작했다. 그러나 최복술은 묵묵히 걸음을 옮길 뿐이었다. 경주 동헌으로 사람들을 꼬리에 달고 들어왔기 때문에 부사는 벌써 잔뜩 겁에 질려 말했다.

"그대는 한낱 시골 선비에 지나지 않는데, 어찌 이렇게 따르는 이가 많은가?"

"천도로 사람을 가르치는데도 아직 나를 따르지 않는 자가 있으니 오히려 부족하지 않소?"

"과연 선비의 말씀이 맞소이다."

부사도 최복술의 몸에 서린 서기에 겁에 질린 것 같았다. 부사가 금세 딴 사람이 되어 호령했다.
"요망한 거짓말을 한 윤 선달을 당장 잡아들이도록 하라!"
"예이—"
동헌마당에 늘어섰던 아전이나 사령들이 일제히 대답하여 명을 받들어 흩어졌다. 얼마 아니 되어 이방이 달려와 아뢰었다.
"윤 선달이 벌써 낌새를 알아차리고 달아났다고 하옵니다."
"속았구나! 날이 저물어가니 최복술이라는 선비에게 침소를 마련하여 잘 대접하고 내일 날이 밝는 대로 가마를 내어 댁으로 모시도록 하라."
그날 밤, 최복술이 동헌에 딸린 방에 머물게 되었다. 한밤중에 예방이라는 자가 다급하게 달려와 헛기침으로 기별할 틈도 없이 최복술을 향해 말했다.
"동학두령 나리!"
두령에다 나리라는 호칭은 정신없이 나온 말이지 세상에 그런 말은 없다. 최복술이 일어났는지 말았는지 다급하여 용건부터 방으로 밀어 넣었다.
"부사 나리의 부인께서 갑자기 기절하셨는데, 부디 살려주소서!"
마침 최복술이 앉아서 심고하는 중이었다. 예방이 어두운 방으로 엉금엉금 기어 들어와 호롱불을 켰다. 심지가 짧아 불이 흐려서 심지를 돋울 때 최복술이 감았던 눈을 떴다. 눈빛이 막 돋운 호롱불보다 더 밝았다. 예방이 눈부셔하며 머리를 조아렸다. 최복술이 나직이 말했다.
"병이 나았을 테니 어서 돌아가 보시오."
"고맙소이다. 고맙소이다!"
예방이 쏜살같이 어두운 마당을 질러 사라졌다.

용담정으로 돌아온 날부터 최복술의 얼굴에 드리워진 어두운 그림자가 내내 가셔지지 않았다. 온화하던 풍모가 사라지고 온몸에 분노의 기운이 가득 찼다. 그 분기가 여러 모양으로 나타나는가 싶더니, 하루는 털썩 주저앉으며 중얼거렸다.
"천명! 아, 천명! 하필 지금이란 말인가!"
최복술의 몸이 땀으로 범벅이 되었다. 최복술의 이런 모습을 본 제자들은 도인들의 방문을 자제시키고 좀 떨어진 용담골 어귀에 기거하면서 최복술의 행동을 지켜보고 있었다.

1892년 11월 20일이었다. 조정 어전회의에서 동학 교주 최복술을 체포하라는 어명이 내려졌다. 말이 어전회의지, 임금은 병상에 누워 거동이 끊긴 지 오래였다. 그래서 임금이 없어도 있는 듯이 항상 발을 쳐놓았다.
"임술년에 들어서 고을 곳곳에서 요망한 소문이 창궐하여 민요(民擾)가 끊이지 않고 있습니다. 이는 처음부터 엄히 다스리지 못하여 들불처럼 번진 것입니다. 동학이라는 요망한 말로 백성들을 현혹하는 경주 최복술이를 잡아들이라는 어명이오!"
임진년 들어서 도처에서 일어난 민요가 탐관오리의 수탈이 원인인데 근본 대책은 없고 맥없이 경주 최복술이를 잡아 다스리겠다니 어처구니 없었다.
선전관(宣傳官) 정운구(鄭雲龜)가 어명을 받들어 최복술을 압송하기 위해 포졸들을 거느리고 길을 떠나 12월 9일 경주부에 닿았다.
선전관 정운구가 동헌으로 들어서자 부사는 겁부터 났다. 행여 먼저 다스리지 못했다는 질책이라도 떨어질까 봐 미리 겁을 먹고 말했다.
"안 그래도 지난 추석을 쇠고 최복술이라는 자를 잡아들여서 엄히 다스렸습지요."

"어떻게 다스렸단 말이오?"

무심코 뱉은 말이라 얼버무려 말했다.

"최복술이를 따르는 도인들이 하도 많아서 감히 건드리지 못하고 풀어줬습지요."

"그런가?"

정운구가 부사를 크게 나무라고 싶었지만 나라 곳곳에서 민요가 끊이지 않는 마당이라 이곳 사정을 먼저 알아보고 나무라겠다는 생각에 꾹 참았다.

"알겠네. 먼저 군사를 보내 구미골 용담정을 정탐코자 하니 길라잡이 사령 두엇을 앞장세워 주시게."

"예, 알겠습니다."

무예별감 양유풍과 포졸 고영준이 용담정에 이르자 적막강산에 나지막이 동학 주문이 흐르고 있었다. 곁에 제자 둘이 함께 앉아 주문을 외는데, 슬퍼보였다. 별스런 동향이 없어서 그냥 돌아와 본대로 전했다.

다음날 새벽이었다. 군사를 거느린 정운구가 용담정으로 들이닥쳤다. 마치 정운구가 거느린 군사를 외면하듯이 태연히 일어나 북향배례(北向拜禮) 하더니 '아이고! 아이고!' 몇 차례 곡을 하는 것이다.

선전관 정운구가 포박을 명하려다 말고 괴이히 여겨 물었다.

"무슨 연유로 북향배례에 곡을 하는가?"

"차츰 아시게 될 것이오."

최복술은 어느새 달라져 있었다. 마치 광풍이 휩쓸고 지나간 자리에 피워올린 꽃처럼 평온했다.

최복술을 실은 함거가 경주를 출발한 날은 12월 11일이었다. 함거는 선산 상주 화령 보은 회인 오산을 거쳐 12월 19일 과천에 도착했다.

관악산 아래 과천 객사 온온정(溫溫亭)에는 온갖 나뭇잎이 지고 초겨울 기운이 감돌았다. 정운구는 초저녁부터 초조해졌다. 집을 떠나온 지 여러 날이라 집이 그립기도 했지만, 왜인지 집으로 돌아갈 날이 지체될 것 같았다. 죄인 최복술의 함거가 과천에 도착한 것은 오늘 아침나절이었다. 조정에서 파발이 미리 도착하여 '국상(國喪) 중이니 죄인 최복술의 함거를 과천에서 기다리게 하라'는 명이었다. 임금의 승하라니! 그제야 정운구는 무릎을 쳤다. 최복술을 경주 용담정에서 연행하려고 할 때 북향재배하고 호곡한 이유를 그제야 안 것이다. 세상에 떠도는 소문대로 과연 최복술이 이인(異人)이다 싶었다.

날이 저물자 정운구가 부탁해둔 술상이 들어왔다.

"마침 걸러 놓은 정종이 있어서 올리고자 하는데, 차게 드실지, 데워야 좋을지 궁금하여 여쭙습니다."

아전의 말에 정운구는 마침 한기가 느껴져 데워달라고 말하고 나서 더 가까이 불러 나직이 말했다.

"파수 보는 군사에게 말하여 죄수 최복술을 좀 데려다 주게시나."

"예, 알겠습니다."

얼마쯤 지나 최복술이 방 안으로 들어오는데, 어둠 속에서도 얼굴빛이 빛났다. 여러 날을 함께 했지만 이렇게 가까이에서 본 것은 처음이었다. 정운구는 최복술이 사람을 압도하는 기운이 느껴져 주눅이 들었다.

"어서 오시오."

대면하자 차분한 기운이 느껴졌다.

"그동안 고생이 많았소이다."

자리에 앉자 정운구가 말을 꺼냈다.

"저보다 귀관께서 노고가 많으셨지요."

이 말끝에 잠시 대화가 끊겼다. 어색한 틈을 술잔 주고받는 것으로 채웠다.
"동학 선생께 궁금한 것이 있습니다. 자신의 앞날에 대해 모르는 바가 아닐 텐데 어찌 이토록 평온할 수가 있겠소?"
"왜 두려움이 없겠소? 천명이라고 받아들이게 되자 편안해졌습니다."
술잔이 다시 오갔다.
"장차 우리는 어떻게 되겠소?"
취기 때문인지 정운구의 입에서 '우리'라는 말이 나왔다. 최복술의 대답이 바로 나왔다.
"귀관이 더 고생을 하시게 될 겁니다."
"그게 무슨 말이오?"
"다시 경상감영으로 내려가시게 될 것이니 지금 객지에서 보낸 날짜만큼 더 고생하셔야 합니다."
"흐음!"
정운구가 신음을 쏟았다.
다음 날 아침 날씨는 어제 밤보다 더 싸늘한 기운이 감돌았다. 아침 햇살이 퍼지기도 전에 파발이 당도했다.
"어명이오!"
새 임금으로 누가 올랐는지 모르지만 '어지(御旨)'라 씌어 있었다. "지금은 국상 중이니 경상감영에서 죄수를 다스린 뒤에 보고하라!"는 어명이었다.
정운구는 모든 일이 어젯밤 최복술이 한 말과 같아서 다시 놀랐다. 정신이 번쩍 들었다. 이제 새로운 임금의 시대가 되었으니 잘 보이지 않으면 자칫 이 자리 보존도 쉽지 않을 것이다. 만일 죄수라도 도중에 놓치는 날이면 목숨도 부지하기도 어려울 것이다.
먼저 좌우익 두 군사를 불러들이고, 지도를 펼쳐놓았다. 경상감영으로 들어가는 여러 갈래의 길 중 먼길을 택했다. 올라올 때도 곳곳에 동학교도가 떼를 지어 교주를 구출하려고 한다는 소문 때문에 하루 전에 갈 길을 알려주고 선발대를 보내 살펴왔다.

"우리가 내려갈 길에 대해 엄히 함구하도록 하라!"

이어 모든 군사를 동헌 마당에 세워 놓고 엄하게 명을 하달했다.

"우리가 다시 경상감영으로 내려간다는 소문을 누구에게라도 흘려서는 안 된다. 그리고 죄수 수직에 소홀함이 없도록 하라!"

"예이!"

최복술을 실은 수레가 다시 길을 떠났다.

섣달그믐으로 가는 길목이라 해도 짧고, 해가 떨어지자 어둠과 함께 추위가 몰려왔다.

"자, 가자!"

정운구가 목청을 높여서 명을 내렸지만 초조해졌다. 아까 낮에 문경새재 동정을 살피고 돌아온 정탐꾼이 '동학교도 수백 명이 모여 있다'는 보고를 받자 아연 긴장이 되었다. 동학교도가 칼로 무장한 것도 아니고 단지 동학 교주를 배웅한다고 했지만 내내 켕겼다. 창과 칼로 무장한 날랜 군사를 앞에 배치하면서 성급히 칼을 빼어 동학교도를 자극하지 말라고 단단히 일렀지만 무슨 돌발사태가 벌어질지 모를 일이었다.

새재 마루에 이르자 과연 염탐꾼의 말대로 동학교도가 밝혀든 횃불로 대낮같이 밝았다. 정운구가 소리쳤다.

"썩 물렀거라! 나라의 죄수 행차에 웬 훼방이냐?"

"우리 창도주께서 어찌 죄인이란 말이오?"

횃불 속에서 한 동학교도가 앞으로 나서 말했다.

"죄의 유무는 나라에서 심판할 일이거늘 어찌 죄인이 아니라고 하느냐?"
"동학은 사람을 살리는 교인데 어찌 창도주가 죄인이란 말이오?"
어느새 동학교도가 길을 막아서고 함거를 둘러싼 모양이 되었다. 함거가 앞으로 나갈 수 없는 긴박한 순간이었다. 정운구가 당황하여 함거 안에 든 최복술을 바라보았다. 함거 속에서 최복술이 밖의 동학교도를 향해 말했다.
"모두 길을 비켜서시오! 지금 내가 가는 길은 천명이니 아무 염려 말고 모두 돌아가 수도에 힘쓰도록 하시오."
"스승님!"
횃불을 들었던 교도들이 앞에다 횃불을 내려놓고 일제히 엎드려 절했다.
"앞으로 가시오!"
이번에는 정운구 대신 최복술이 명을 내렸다. 함거가 천천히 앞으로 나가자 길을 막았던 교도들이 양쪽으로 갈라져 길을 텄다.
"스승님!"
교도의 통곡이 밤하늘로 퍼져나갔다.
새재를 넘자 정운구는 비로소 안도의 한숨을 내쉬었다.
최복술은 섣달 스무아흐렛날을 유곡 역말에서 묵고, 정월 초하룻날에 길을 떠나 초엿샛날 대구감영에 도착하여 옥에 갇혔다. 정운구는 비로소 마지막으로 안도의 한숨을 내쉬고 군사를 거느리고 한양을 향해 길을 나섰다.

엄동설한에 최복술에 대한 모진 심문이 시작되었다. 최경상이 최복술을 찾아왔을 때는 고문에 정강이뼈가 부러지고 몰골이 흉했는데, 최경상이 이를 보고 눈물짓자 최복술이 말했다.

"울지 말게. 세상의 들꽃 하나도 아픔 없이 꽃을 피우지 못하네. 이 담뱃대를 가지고 나가게."

최경상이 감영을 나와 담뱃대를 쪼개보았다. 그 안에서 돌돌 말린 종이를 풀자 '고비원주(高飛遠走)'라 씌어 있었다. 동학의 도통을 이어받은 최경상을 비롯한 수많은 제자들이 사방으로 흩어져 잠행에 들어가 도를 펴기 시작했다.

3월 초이튿날. 경상감사 서헌순이 조정에 「동학의 두목 최복술 신문장계」를 지어 올렸고, 조정에서 명을 내려 3월 초열흘 대구 관덕정에서 순도(殉道)했다.

(*)

지금 누가 베를 짜느냐

 최시형이 화양계곡을 중화참에 나와서 다시 산을 탔다. 해가 설핏해졌을 무렵에 구녀봉을 넘어 초정리 어름에 닿았다. 산 아래로 먼눈으로 마을이 내려다보였다.
 최시형은 관원들의 눈을 피할 수 있는 어둠이 내리자 비로소 안도했다. 평편한 바위 위에 걸터앉아 크게 숨을 내쉬었다. 구수한 저녁연기에 섞인 밥 냄새 때문에 갑자기 허기가 몰려왔다. 그러고 보니 아침에 본 어느 집에서 찬밥 한 덩이 얻어먹은 것이 고작이었다. 최시형은 무슨 기척이 느껴져 깜짝 놀라 주위를 둘러보며 잠시 귀를 기울였다. 쫄쫄 실개천 물 흐르는 소리인가 싶더니 사내의 울음이 확실했다. 발 아래로 골짜기 밭이 펼쳐졌고, 풀이 우거진 밭둑에 덩치가 황소만한 떠꺼머리총각이 앉아 울고 있었다.
 "뉘시오?"
 최시형은 어차피 마을로 내려갈 요량이어서 조심스레 말을 걸었다. 울던 떠꺼머리총각이 놀라 소매를 가져다 눈물을 훔치고 나서 말했다.
 "그렇게 묻는 어른께서는 뉘시오?"

"지나는 객인데, 무슨 사연이 있어 눈물을 짓고 있소?"
"눈물은 누가 흘렸다고 그러시오? 헛것을 보셨나 보오."
"내가 잘못 보았구려."
최시형이 말끝에 웃음을 달았지만 허기져서 말이 입 밖으로 온전하게 흘러나오지 못했다.
"저야 억울한 사연이 있어 한숨 좀 내쉬었지만, 어른께서는 무슨 사연으로 쫓기시오?"
"쫓기기는 누가 쫓긴단 말이오? 허허허."
최시형이 정색하여 웃음을 터트렸으나 허기져서 웃음이 입 언저리에서 맴돌았다.
"마음에 두고 있던 계집종이 화양동 만동묘 묘지기에게 팔려갔소. 계집의 신세가 가련하고, 종으로 사는 내 신세가 기박하여 울었소. 하기야 종놈에게 무슨 계집 인연이 있겠소?"
떠꺼머리가 마치 근심을 털어버리기라도 하듯이 자리에서 일어서더니 엉덩이를 훌훌 털었다. 최시형이 좀 서둘러 말했다.
"하늘에서 너나없이 귀하게 내린 인명이오. 나를 아끼시오."
"천한 종놈으로 태어난 몸, 뭐 아낄 것이 있단 말이오?"
"초면에 내가 총각한테 부탁을 좀 해도 되겠소?"
"무엇이오?"
"내가 먼길에 몹시 시장하오. 밥 좀 한 그릇 얻어먹을 수 있겠소?"
"마을로 같이 내려갑시다."
"내가 그럴만한 처지가 못 되오."
"옳거니! 쫓기는 사람이구려. 그렇다면 내가 퍼뜩 댕겨오겠소."
최시형은 옳거니 잘되었다 싶었다.
마을로 내려간 떠꺼머리는 좀체 올라오지 않았다. 설핏하던 해거름을 지나 어느새 어둠이 짙게 내려 있었다. 그래도 떠꺼머리가 다시 나타나리라는 확신이 있었다.

마을로 내려갔던 떠꺼머리가 어둠 속에서 헛기침을 앞세우고 나타났다. 지게에 밥 광주리가 얹혔고, 광주리에는 제법 찬까지 갖춰진 상차림이었다.

최시형이 허겁지겁 밥을 먹어치우고, 물주전자를 들어 물을 넘길 때쯤에 떠꺼머리가 말했다.

"몹시 시장했던 모양이구려. 사연은 묻지 않겠으나, 이 밤중에 어디를 가시려오?"

"발길 닿는 대로 가겠소. 그나저나 어디 사는 누구시오?"

"저는 초정리 이진사댁 종 동리개요."

"고맙소. 인연이 있으면 다시 볼 날이 있겠지요."

최시형이 자리에서 일어섰다. 그래도 밥술이 들어간 뒤여서 무겁던 발걸음이 한결 가벼워졌다.

최시형이 밤길을 걸어 대주리에 닿았을 때는 첫닭이 울기 전이었다. 최시형은 동네 개가 짖지 않도록 발걸음을 사뿐히 딛었다. 포근한 봄밤에 밤꽃 냄새가 맵게 풍겨왔다. 푸른 새벽빛이 감도는 마당 안을 넘겨다보고 있을 때 마당을 질러가는 아낙이 눈에 들어왔다. 조신한 아낙의 사뿐한 발걸음이 건넌방으로 들어가는가 싶더니 얼마 뒤에 철컥철컥 베틀소리가 나기 시작했다. 그 베틀 소리에 온 세상이 깨어났다. 멀리서 첫닭이 울더니 닭들이 이어 울고, 동네 개들이 짖기 시작했다.

"계시오?"

최시형이 사립문 앞에 서서 나지막하게 말을 밀어 넣었다.

"뉘시오?"

건넌방에 베틀 소리는 여전했고, 사랑채 방문이 열리고, 서택순이 보였다.
"어서 오시오."
최시형이 몸을 보이기도 전인데 서택순이 사람을 알아보고 달려 나왔다. 최시형이 사립문 안으로 들어서자 서택순이 넙죽 엎드려 질하여 마주 엎드려 절했다. 아침 이슬이 내린 마당이라 도포에 흙가루가 묻었다.
"서 군은 어찌 나인 줄 알았는가?"
최시형이 사랑방으로 들어와 앉으며 물었다.
"지난 밤 꿈에 최 선생님의 모습이 선명하게 보였습니다."
"허! 서 군의 지극정성이 하늘에 닿아 앞의 일이 보이는구려."
"지성이지 못한데, 부끄럽습니다. 먼길에 고단하실 터이니 진지를 드시고 쉬셔야지요."
서택순이 말을 마치고 나서, 사랑문을 열고 밖을 향해 말했다. 부엌에 있던 서택순의 아내가 먼저 달려왔고, 자식들이 뒤따라 나와 머리를 숙였다. 아직 아침 문안 인사도 전이었다. 그렇다면 지금 베를 짜는 아낙은 누구일까. 아까부터 궁금했다.
"우리 집에 귀한 손님이 오셨으니 아침을 준비하고, 진지 뒤에는 쉬시는데 번거로움이 없도록 조신들 하게."
"네, 말씀대로 하겠습니다."
서택순의 말에 아내와 자식들이 물러갔다.
"서 군! 새끼 꼴 짚을 좀 들여 주게."
"밤길에 고단하실 테니 좀 쉬시지요."
"아닐세. 아침상이 들어올 때까지 쉬지 않고 일을 해야지. 사지가 멀쩡하면 밥값을 해야지."
"명심하겠습니다. '일하는 한울님'을 잠시 잊고 있었습니다."

서택순의 말에 따라 새끼를 꼴 짚단이 들어오고, 사랑방 안은 최시형과 서택순이 새끼를 꼬기 시작했다.
 "손천민 접주로부터 을유지환(乙酉之患, 1885년)의 소식을 들었습니다. 여기서는 며칠이나 머무실지요."
 "그야 알 수 있나? 한 치 앞을 내다볼 수 없네."
 을유지환이란 충청관찰사 심상훈이 온 고을 동학교도를 잡아들이라는 명으로 시작되었다. 특히 단양군수 최희진의 탄압이 극심하여, 사령들이 들이닥쳐 교도 강시원 이경교 김성길이 체포되어 옥에 갇혔다. 마침 최시형은 보은에 머물고 있을 때여서 가족을 김연국에게 맡기고 강한주와 함께 도피 길에 나섰다. 상주로 들어섰다가 상주 관아에서도 사령을 풀어 강한주는 의성 쪽으로 떠나고 최시형은 괴산 화양동으로 숨어들었다가 여기까지 오게 된 것이다.
 아침 밥상이 들어와서야 새끼 꼬기를 멈추고 밥상 앞에 마주 앉았다.
 아침밥을 먹는 중에 베틀소리가 멎었다. 최시형이 아침상을 물리자 갑자기 무거운 피로가 몰려와 목침을 찾아 베고 누웠다.
 최시형이 한잠 끝에 깨어났을 때는 한낮이었다. 밖에서 가마때기로 문을 가렸는지 방안은 어둠 속이었다.
 방문을 열고 밖으로 나가니 오월의 눈부신 한낮 해가 자글자글 끓고 있었다. 마당을 질러 뒷간을 가는데, 키 작은 앵두나무 아래에 앳된 아낙이 눈물을 짓다가 최시형을 보자 깜짝 놀라 뒤꼍으로 달아났다. 눈물 짓는 아낙의 애잔한 모습이 머리에 남았다. 베를 짜던 아낙일 것이다.
 마당에 닭들이 모여 모이를 쪼고 있었다. 아들이 그중 실한 암탉 한 마리를 잡아 날갯죽지를 움켜쥐었다. 최시형을 대접하려고 닭을 잡으려는 것이다. 최시형이 말했다.
 "그 닭을 풀어주게."

"아버님께서 선생님께서 먼길에 고단하실 테니 보양을 하셔야 한다고 말씀하셨습니다."

"아닐세. 닭은 예로부터 다섯 가지의 덕을 갖춘 짐승이라네."

아들이 난감한 표정을 짓고 섰다가 쥐고 있던 닭날개를 놓아주었다.

사랑방으로 돌아오자 서택순의 얼굴에 초조한 빛이 역력했다. 서택순이 입을 열었다.

"청주 관아에도 동학교도를 잡아들이라는 명이 하달되었답니다."

"알겠네."

"마을 들고 나는 목에 번을 세워뒀으니 화를 당하실 일은 없을 겁니다. 어서 진지를 드시지요."

밥상이 들어왔다. 최시형과 서택순이 밥상 앞에 마주 앉았다. 이때 다시 베를 짜는 소리가 들려왔다.

"서 군! 끼니때가 되어 베를 짜는 이가 누구인가?"

서택순의 얼굴이 붉어졌다.

"제 며느리입니다."

"며느리라 이르지 말고 한울님이라 이르게."

"무슨 말씀인지 알겠습니다. 며느리를 한울님으로 공경하겠습니다."

최시형은 여전히 수저를 들지 않으니 두 사람은 밥상을 사이에 놓고 며느리의 베틀 소리를 듣는 격이 되었다.

"저 한울님은 어떤 사연이 있는가?"

"맏며느리인데, 이태 전에 행례를 올렸으나 바로 아들이 세상 뜨는 바람에 하루아침에 청상과부가 되었습니다."

"장차 저 한울님을 어찌할 텐가?"

"안 그래도 가슴이 얹힌 듯 늘 무겁습니다. 행여 친정으로 보내면 소박으로 보일 테고, 데리고 있자니 가는 청춘이 아깝습니다."

최시형이 불쑥 말했다.
"초정 이진사댁 종 동리개에게 보내시오."
"선생님께서 동리개를 어찌 아시오니까? 안 그래도 마음에는 두고 있었지만 면천시킬 소 한 마리가 없어 주저하고 있습니다."
"오늘 내가 닭 한 마리를 살렸으니 종잣닭으로 삼아 속히 소 한 마리를 장만하시오."
"선생께서 험한 길을 가시려면 보양을 하셔야 하는데…"
"두 방법이 있는데. 하나는 면천을 시켜주고 그들에게 소 한 마리를 벌어 갚게 하거나, 아니면 이 진사를 동학교도가 되도록 하게."
"제 생각이 짧았습니다. 두 가지를 한꺼번에 찾아보겠습니다."
그 말끝에 밥상을 안방에 모으고, 온 가족이 한 방에 둘러앉고서야 최시형 서택순이 밥을 먹기 시작했다.

그날 한밤중에 청주 관아에서 사령들이 들이닥쳐 최시형은 다시 쫓기게 되었다.
최시형은 공주 마곡사로 들어가 6월을 보내고, 7월에 다시 쫓겨 영천군 불냇마을에 초막을 짓고 살았다.
가을 지나 절기가 겨울 어귀에 이르자 여름옷으로 겨울을 날 수 없으니 최시형은 가족이 사는 상주 앞재를 찾아갔다. 오랜만에 가족이 둘러앉아 밥을 먹는데, 이웃집에서 베 짜는 소리가 넘어왔다.
"끼니 때가 되어 베를 짜는 사람이 누구인가?"
최시형의 말에 부인이 조용히 웃으며 말했다.
"어쩌면 어른께서도 아시는 분일 겁니다. 모셔 올까요?"
"어디 한번 불러 보시오."
최시형의 우스갯말이 정말이 되어서 이웃집 내외가 밥상을 들고 와

한 식구처럼 둘러앉았다.
 이웃집 내외란 초정리 이 진사댁 종에서 면천된 동리개와 서택순 가에서 베를 짜던 아낙이었다.
 (*)

손응구가 짚신장수가 된 내력

1

 멀리서 첫닭 울음이 들렸다. 주막 방안에 모든 사람이 잠의 무게에서 짓눌려 눈꺼풀이 달혀갈 때였지만, 누구하나 조는 사람이 없었다. 지금은 바야흐로 황소 한 마리가 걸린 섰다 판 마지막 패를 까는 순간이었기 때문이다.
 "먼저 패를 까시지?"
 텁석부리 김 서방이 슬쩍 웃음을 날렸다. 자신만만한 웃음이었다. 그렇지만 막판까지 끌고 온 손응구도 주눅이 들지 않았다.
 "나, 잠깐 나갈 테니 알아서 까시지."
 손응구가 제 패를 내려놓고 자리에서 일어섰다.
 "이 사람아! 패를 두고 어딜 가?"
 "급히 뒤가 마려워서."
 손응구가 말을 떨어뜨리고 문을 열고 밖으로 나갔다. 아까 시작한 먼 새벽닭 울음이 푹 잦아들었지만 손응구는 한참이 지나도 돌아오지 않았다.
"대체 어찌 된 거야?"
텁석부리 김 서방이 그제야 낌새를 알아차리고 패거리 중 한 사람을 향해 말했다.
"한번 나가봐라. 어디를 갔는지."
텁석부리의 말에 따라 밖으로 나갔던 사내가 금방 돌아와 말했다.
"세상에! 봉놋방에 천하태평으로 누워 자고 있어요. 일찍이 손응구의 배포가 크다는 말은 들었지만 이렇게 큰 줄은 몰랐어요."
패를 펼쳐보니 텁석부리는 9끗인데 손응구의 패는 겨우 3끗이었다.
"이런 패로 황소 한 마리 값까지 덤벼들다니!"
"판돈은 어쩔깝시오?"
"자루에 담고, 술이나 내어오게."
아침 해가 퍼진 뒤에 손응구가 잠에서 깼고, 그동안 텁석부리 패는 거나하게 취했다.
"여 와서 술 한 잔 하시오."
텁석부리가 손응구를 향해 인정스레 말했다.
"됐소. 돈이야 딸 때도 있고, 잃을 때도 있는 거 아니오?"
손응구가 휘이 휘이 주막을 빠져나갔다.
"어쩌지요?"
"관둬라. 그렇다고 말을 들을 사람이 아니다."
주막을 나온 손응구의 발길이 초정 약수터를 향하고 있었다. 해가 푹 퍼진 한낮이라 목마른 사람들이 줄을 길게 늘이고 섰다. 손응구가 약수를 마시려고 줄 끝에 섰다. 이때였다.
"훠이! 비켰거라!"
요란한 길라잡이가 길을 트면서 양반이 탄 가마가 나타났다. 근동에서 행실이 고약하기로 소문 난 청안 김 진사였다. 사람들이 옆으로 물러나 트인 길로 가마가 다가왔다. 뒤따르던 하인이 항아리를 들고 손응구의 뒤에 줄을 서자 길라잡이가 불같이 호통쳤다.
"언제 줄을 서서 기다리겠다는 거냐? 앞으로 가라."
항아리를 든 하인이 쭈뼛거리며 앞으로 가자 손응구가 큰 목소리로 호통쳤다.
"줄을 서시오! 땅에서 솟는 물은 위아래가 없는데 이를 마시는 사람은 층하가 있단 말이오?"
"너는 웬 놈인데 나서느냐?"
길라잡이가 손응구 앞에 섰고, 가마를 내려놓고 땀을 닦던 가마꾼들이 손응구를 에워쌌다. 제힘을 믿었던지 길라잡이가 손응구를 향해 주먹을 뻗었다. 손응구가 손목을 한 손으로 움켜쥐었다.
"아구구! 이놈이 사람 잡네."
손응구가 길라잡이의 몸을 불끈 들어 양반이 탄 가마를 향해 집어 던졌다.
"에구구!"
두 사람이 뒤엉켜 김 진사의 갓이 쭈그러졌다. 졸지에 봉변을 당한 김 진사가 핏대를 세워 소리쳤다.
"저, 저런 무도한 놈! 감히 어디다 행패더냐?"
"행패를 부린 게 누군지 세상이 다 아는데, 나더러 행패라니? 참 못난 양반일세. 하하하."
손응구가 호탕하게 웃음을 터트렸다. 구경하는 사람들이야 감히 양반이 무서워 따라 웃지는 못하고 속웃음만 날렸다.
"네 이놈! 두고 보자. 가자!"
봉변을 당한 김 진사의 가마가 사라지자 구경하던 사람들이 시원하게 웃음을 터트렸다.
"어, 속이 다 시원하다!"
"양반이라고 으스대더니 꼴좋다."
이때 사내 하나가 손응구를 향해 다가서는데, 벌써 얼굴빛이 하얗게 질려 있었다. 이웃집에 사는 서택순의 아들 복동이었다.
"복동아. 너 여기는 무슨 일이더냐?"
복동이가 말 대신 손으로 쌍다리 쪽을 가리키는데, 감영 사령들이 눈에 들어왔다.
"사랑에 귀한 손님이 오셨는데, 잡으러 오는 가봐유. 사령들 발길 좀 늦춰 줘유."
손응구가 무슨 뜻인 줄 알아차려서 말했다.
"알겠다. 어서 가라."
복동이가 달아나고 얼마 아니 되어 붉고 검은 더그레를 입은 사령 떼가 초정 어귀로 들어섰다. 이번에는 손응구가 영접하듯 허리를 납신 접어 말했다.
"사령나리! 어서 옵시오. 공무에 노고가 많으십니다."
"누구신가?"
"이방 손천민의 당숙되는 손응구올시다. 당숙을 봐서라도 제가 조촐하나마 대접을 좀 할까 합니다."
더그레에 붉은 띠를 두른 머릿사령이 근엄하게 말했다.
"말은 고맙네만 우리는 공무수행 중이라 급히 가야하네."
"제아무리 공무 중이라도 선술 한 잔이야 어떻겠습니까?"
그제야 머리사령이 아래 사령의 의향을 묻듯 바라보니 사령들 모두 먼길에 목이 마른 터라 고개를 끄떡였다.
손응구가 앞장서고 뒤에 사령들이 주막으로 들어서니 거나하게 취한 텁석부리와 노름패들이 화들짝 놀라 달아났다. 텁석부리 패들 눈에는 손응구가 사령을 달고 온 것으로 안 것이다.

 사령들은 술 몇 잔씩 걸치고 점심 무렵이 되어서야 주막을 나섰다. 창과 칼을 들어 위용을 부렸지만 거나하게 취해 휘청댔다. 멀어져가는 사령들의 뒷모습을 바라보던 손응구가 중얼거렸다.

 "저 꼴로 누굴 잡겠다고. 쯧쯧."

 사령들이 대주리를 향해 들어갔지만 갈 곳을 두고 잠시 망설였다.

 손응구가 산성으로 올라가는 고갯길로 잡아들었다가 길 가 바위 뒤쪽에 후미진 곳을 찾아 들어갔다. 노름판에서 큰돈을 잃었고, 양반을 혼뜨검 내긴 했지만 차마 집으로 들어갈 면목이 없었다. 이제 어떻게 살아갈 것인가, 비로소 눈앞이 캄캄했다.

 이때였다. 손응구의 눈앞에 엄지발가락에 날줄을 걸고 짚신을 삼는 노인이 눈에 들어왔다. 곁에는 보따리와 갓을 벗어놓아 딴은 한가롭게 보였다. 손응구는 직감으로 서택순의 집을 찾아왔다가 쫓기는 동학 선생인 줄 알아차렸다. 시시각각으로 쫓기면서도 이렇게 태평하게 짚신을 삼고 앉아 있다니!

 요즘, 나이가 두 살 더 많은 조카 손천민이 손응구에게 동학 입도를 몇 차례 권유할 때였다.

 "당숙! 동학을 믿으면 요즘같이 험한 세상에 삼재팔난(三災八難)을 면할 수 있다오."

 "내 한 몸 간수 하겠다고 동학을 믿는단 말인가? 난 싫네. 나는 제발 양반 놈들이 쫄딱 망하는 세상이 왔으면 좋겠네."

 손응구는 단번에 거절했다. 그런데 이번에는 동학 선생이 서택순 접주의 집에 머물고 있으니 함께 만나보자고 했지만 이마저도 거절했다.

 "혹시, 서택순 집에 오신 동학 선생이시오?"

손응구의 말에 동학 선생이 빙그레 웃으며 말했다.
"그렇소만, 뉘시오?"
"그 댁에 이웃하여 사는 사람이오."
"그렇소? 복동이에게 들었소. 고맙소."
동학 선생은 갑자기 삼던 짚신을 남겨둔 채 황급히 갓을 쓰고 보따리를 들고 일어섰다.
"인연이 있으면 다시 보리다."
손응구 앞에 말을 떨어뜨려 놓고 푸른 숲속으로 빨려들 듯 사라졌다. 손응구가 엉겁결에 삼던 짚신을 이어 삼게 되었다. 그냥 짚으로 삼는 짚신이 아니라 좀 질긴 너삼을 섞어서 삼는 짚신이었다.

2

먼 산에 나뭇잎들이 저마다 고운 색깔로 갈아입었다. 그 아래 들판에 누런 벼들이 고개를 숙였다. 일 철이라 부지깽이도 데려다 쓸 만큼 바쁜 절기인데, 괴산 주막거리는 장날이라 사람들로 왁작댔다. 둘러선 구경꾼들 안에는 말꼬리에 상투가 묶인 사내가 말이 움직일 때마다 조리돌림을 당하고 있었다. 벌써 온몸이 피투성이가 되어 있었다. 바로 앞마루에는 갓을 쓴 관원이 틀스럽게 앉아 술을 마시며 이를 내려다보고 있었다.
"아이고! 나리. 그저 목숨이나 살려 줍시오."
아낙네가 울며 관원을 향해 하소연을 하고 있었다.
"무슨 일이오?"
손응구의 물음에 그의 아낙이 마치 구원자를 만난 듯이 울며 말했다.
"아이고 나리! 살려줍시오. 수신사 나리께서 대접이 소홀했다고 저러

신다오."

 손응구가 헛간으로 달려가 낫을 들고 뛰어나와 말꼬리를 잘랐다. 이번에는 말이 피를 뿌리며 길길이 날뛰는 바람에 사람들이 급히 물러섰다. 손응구가 피투성이가 된 사내를 길길이 날뛰는 말발굽에서 끌어냈다. 이를 본 수신사가 깜짝 놀라 말했다.

 "너, 넌 어떤 놈이냐?"

 피 묻은 낫을 든 손응구가 수신사를 노려보며 말했다.

 "나는 손응구라는 사람이다! 아무리 죄를 지었기로 사람에게 무슨 짓이냐? 너의 상투를 저 말꼬리에 묶어버리겠다."

 손응구가 달려드니 수신사가 그만 혼비백산하여 신발을 주워들고 달아났다. 그제야 숨을 죽이고 구경하던 사람들이 손뼉을 치며 환호했다.

 사람들이 다 흩어지고 피투성이가 된 역졸과 그의 아내가 남았는데, 손응구의 등 뒤에 전날 노름판 텁석부리가 서 있었다.

 "구경도 끝났는데 왜 여기에 남아 있소?"

 손응구의 말에 텁석부리는 대꾸하지 않고 역졸 내외에게 엽전을 내주며 말했다.

 "어서 의원에게 보여 몸도 치료하고 몸보신도 시켜주시오."

 "놀음판 구린 돈을 바른 곳에 쓰는구려."

 "오늘, 내가 한턱 내겠소."

 "한턱이든 두 턱이든 어디 한번 내어 보시오."

 "좋소! 오늘 저녁 역말 내 집으로 오시오."

 "알았소."

 그날 저녁에 텁석부리가 배포 크게 돼지 한 마리를 잡아 굽고 말술을 준비하여 어울렸다. 밤이 이슥하도록 돼지고기와 술을 먹고 마시게 되었는데, 텁석부리가 제 사연을 펼쳐놓았다. 김석연이란 사내로, 대원군이 화양동 만동묘지기에게 앞정갱이를 깨이는 능욕을 당할 때 곁에 있다가 묘지기를 엎어치기 했다. 이를 인연으로 대원군을 따라 한양에 올라가 군인이 되었다. 나라 곳간이 비어서 군사의 급료를 열 세 달이나 주지 못해 미뤄오다 그나마 쌀에 겨와 모래를 섞어 내주자 군사들이 들고일어났다. 성난 군인들이 선혜청 당상관 민겸호를 죽이고 궁을 습격하여 민비가 도피하는 사건이 벌어지자 몸을 피해 고향으로 내려왔다. 이 사건이 1882년 6월에 일어난 임오군란(壬午軍亂)이다.

그날 밤이었다. 손응구가 모처럼 좋은 음식 대접을 받아 속이 속절없이 부글대더니 뜨거운 것이 아래로 쏟아졌다. 손응구가 정신없이 자는 사람을 밟고 밖으로 뛰쳐나갔지만 똥이 바짓가랑이를 거쳐 아래로 흘러내렸다.

"입에다 똥 흘린 새끼가 어떤 개새끼여?"

손응구가 문을 박차고 달아나는 경황에 방에다 말을 집어넣었다.

"똥 처먹은 놈이 개새끼지 싼 놈은 사람 새끼여."

손응구가 뒤를 보고 옷을 추슬러 올렸다. 똥칠갑이 된 바지를 입은 채 방으로 들어갈 엄두가 나지 않아 강으로 내려갔다.

안개 덮인 가을 절기 괴강 물은 싸늘했다. 찬 강물에 몸을 씻고 바지를 씻어 꼭 짜서 옷을 입었지만 몸이 떨리고 꿉꿉했다. 문득 등 뒤에 사람의 기운이 느껴져 돌아보니 전날 초정 고갯길에서 만났던 동학 선생이 보따리를 지고 서 있었다. 푸른 새벽 기운에 두 눈은 샛별같이 빛났다. 손응구가 동학 선생을 대하자 자신도 모르게 몸을 엎드리게 되자 동학 선생도 맞절로 응대했다.

"그러면 제가 동학에 입도한 것입니까?"

추위에 손응구의 목소리가 떨렸다.

"목욕재계하고 맞절을 했으니 이보다 더 경건한 입도가 어디 있겠소? 몸에 한울님을 모셨으니 부디 한울님을 모시고 사시오."
"선생님의 말씀을 평생토록 마음에 새겨 살겠습니다."

3

청주 장날마다 나타나는 손응구라는 짚신 장수가 있었다. 여느 짚신과 달리 너삼을 섞은 짚신이라 더디게 닳아서 많은 사람이 찾았다. 손응구가 짚신값을 더 비싸게 받았는지는 모르지만, 전날 노름과 왈가닥을 청산했으며, 값을 한 푼도 깎아주지 않는 고집이 센 짚신장수로 소문이 났다.
(*)

이필제, 신미년 동짓달에 서소문 밖에서 꿈을 접다

 인왕산 쪽에 동짓달 해가 붉게 충혈되어 있었다. 반대쪽 목멱산 하늘은 봉화대에서 피워 올린 검은 연기가 산발한 여인네의 머리카락처럼 풀어져 하늘 어둠 속으로 빨려 들어가고 있었다. 이는 마치 땅 위의 혼령들을 거두어 하늘로 들어가는 형상이었다.
 땅거미가 내리는 땅 위에서는 많은 것들이 바삐 움직이고 있었다. 그런 중에 한 사내의 발걸음이 유난히 총총하다. 머리에는 흰 헝겊을 씌운 삿갓을 썼고, 손에는 대지팡이를 짚어서 상주 행색이었다. 사내는 동대문 어름에서 도성을 가로질러 성 한복판 종각과 전옥서 광통교를 지나 서소문 밖으로 내달았다. 서소문 밖 주막거리로 동짓달 한기가 스며들고, 칠패시장 쪽으로 길게 늘어선 주막에서는 고기 굽는 냄새가 매운 연기가 뒤섞여 허기진 사람들의 애간장을 끓이고 있었다.
 사내가 들어선 주막 마당에는 그리 오래지 않은 오동나무 한 그루가 섰고, 두어 키 높이 나뭇가지에 주막 등이 걸려 있었다.
 "계신가?"
 말과 함께 삿갓 사내 신정엽이 주막 사립문 안으로 성큼 들어섰다.

안에는 손님 몇이 어울려 술을 마시고 있었다. 연신 사립문 쪽에 눈을 주면서 초조하게 서성이던 주막집 주인 박돌이 종종걸음으로 달려 나왔다.

"선다님, 어서 옵시오."

박돌이 공손히 허리를 접어 절하고 나서 빠른 걸음으로 앞장섰다. 신정엽이 박돌이의 뒤를 따라서 안채 모퉁이를 돌아 들어가자 작은 별채가 나오고 야트막한 툇마루가 놓인 방 문 앞에 섰다. 박돌이 낮은 기침을 바투 하자, 방문이 조용히 열렸다. 방 안에는 허 소저가 음전하게 앉아 있다가 자리에서 일어섰다. 신정엽이 자리에 앉자마자 낮지만 다급하게 말을 내었다.

"오늘 판결이 내려졌소! 이 처사에게는 모반대역부도죄로 능지처사형, 정기현 정옥현은 모반대역죄로 참형 판결이 각각 내려졌답니다. 행여 유배형이 내려지면 유배길 길목에서 구출하려던 우리의 계획은 이제 허망하게 되었소."

박돌이와 허 소저는 마치 이미 알고 있는 일처럼 자별한 반응이 없었다. 다만 머리를 숙이고 앉아 있던 허 소저의 눈에 고였던 눈물이 주르르 흘러내렸다. 그녀의 몸 안에서는 통곡보다 더 큰 무게의 슬픔이 똬리를 틀고 있더라도 이렇게 보일 것이다.

"그동안 지극정성으로 뒷바라지 해주신 여러 어른께 감사드립니다. 이 처사께서도 오래전부터 마음의 준비를 해오셨으니 이제 편안해하실 거예요."

"저희가 한 일은 모두 북접주인의 뜻이니 사례는 그쪽에 하시오."

허 소저의 눈에서는 연신 눈물이 흐르고 있었다. 눈물을 거두고 나서 허 소저가 물었다.

"형 집행은 언제 어떻게 된다고 합니까?"

신정엽이 끓어오르는 격정을 가까스로 수습하고 겨우 입을 열었다.
"바로 내일 아침입니다. 경무청(警務廳)에 갇혀 있는 이 처사를 아침에 순무영으로 압송하여 올려보내 중군(中軍)이 형을 집행하게 된다고 합니다. 허 소저께서도 날이 새는 대로 피신을 하셔야 합니다."
신정엽이 찾아온 것은 처형 소식과 함께 허 소저를 도피시키는 일을 상의하기 위해서였다. 그러나 허 소저는 머리를 아래로 숙인 채 더 말이 없었다.
"며칠 전부터 사람을 보내 송파 나루에 허 소저의 거처를 마련해 뒀습니다."
허 소저가 경황이 없기도 하겠지만, 당장 내일 옮겨 갈 집에 대해서는 되묻지 않아서 신정엽이 내처 말해줬다.
"내일 아침 일찍 형이 집행되기 때문에 면회도 끝나버렸고, 이제 먼 눈으로도 뵙기도 어려운 형편입니다. 허 소저께서는 내일 파라 치기 무섭게 서둘러 강을 건너셔야 합니다."
허 소저는 아무런 말이 없었다. 신정엽이 손을 뻗어서 벗어둔 갓을 쓰고 대지팡이를 집어 들면서 말했다.
"송파 나루에서, 우물집이라면 근동에서 모르는 사람이 없다고 합니다. 집에 들어가시면 그곳 동학교도가 나서서 도와드릴 겁니다."
신정엽이 자리에서 일어섰고, 박돌이도 따라 일어섰다.
"접주 어른. 그간 노고가 많으셨어요."
허 소저가 비로소 인사말을 했다. 허 소저의 눈에서는 눈물이 흐르고 있었다.
주막으로 나오자 세밑이어서 그런지 주막 안은 아까보다 더 많은 사람들이 들어와 있었다. 신정엽이 박돌이에게 말했다.
"애초에는 집으로 돌아갈 작정이었는데, 아무래도 오늘 밤 여기서 묵고 내일 아침 일을 지켜보아야겠소."

"그렇지 않아도 방을 마련해 뒀소이다."

박돌이 중노미를 불러서 방으로 안내하도록 이르고 나서, 등 뒤에 대고 말했다.

"술상을 보아 올리도록 하겠소이다."

신정엽이 어둠 속에서 말했다.

"되었소. 세상 하직하는 사람을 두고 무슨 덧정이 있어서 음식이 목을 넘어가겠소?"

신정엽이 중노미가 열어준 방으로 들어갔다. 중노미가 들어가 관솔불이라도 붙이려 했지만 그냥 돌려보내어 방안은 칠흑 같은 어둠이 촘촘하게 들어차 있었다. 신정엽이 멍하니 서 있다가 무너지듯 자리에 털썩 주저앉았다. 마치 사람을 곁에 둔 듯이 나직이 말했다.

"이 공! 오늘이 이승의 마지막 밤이구려. 잘 가시오. 우리가 같은 길을 걷기로 했으니 나도 머지않아서 이 공의 뒤를 따라갈 것이오."

지난날의 감회가 몰려오면서 뜨거운 기운이 올라왔다.

이필제가 25세 무렵에 경상도 풍기에 있는 외가를 다니러 갔다. 외삼촌 안재백이 키가 훤칠하고 인물이 잘나고 학식까지 뛰어난 이필제를 귀하게 여겨서 풍기 서부면 교촌에 사는 명망이 높은 선비 허선(許璿)에게 소개했다. 허선은 이필제의 시 「남정록(南征錄)」[2]을 보더니 감탄하여 말했다.

---

2) 이필제의 시 「남정록(南征錄)」이 《우포도청등록》 25책에 소개되었지만, 제목 이 외에 구체적인 내용이 알려지진 않았다. 다만 이필제가 허선을 만나고 나서부터 나라를 바로잡고 북으로 중국까지 정벌한다는 큰 꿈을 키워갔다는 사실은 확실하다.

"과연 대장부의 기개가 하늘을 찌르고도 남음이 있다. 장차 대양국(大洋國, 서양의 나라)은 오래지 않아 천하를 소동시켜 우리에게 심한 독을 끼칠 것이다. 대양국을 누르고 북쪽으로는 흉노를 정벌하는 일이 그대에게는 그다지 어렵지 않을 것이다. 원하건대 그대는 자애하여 진충보국하여 나라에 큰 공훈을 세우라."

이필제가 허선의 집을 나서기 전에 하직 인사를 하기 위해 들렀을 때 뜻밖의 말을 내놓았다.

"내게 한 여식이 있는데, 혼사로 길을 떠났다가 연이 닿지 못해 돌아와 10년을 수절하고 산다네. 그대와 인연일 듯하니 반드시 거두어가는 것이 어떤가?"

"송구하오나, 당장에 제가 할 일이 많아서 그 말씀을 받아들이기 어렵습니다."

이필제가 거절하여 말한 뒤 물러났다. 그런데 대문을 나서려 할 때 머리를 숙인 허 소저가 밥보자기를 들고 서 있었다. 허 소저가 잠깐 머리를 들어서 배꽃같이 젖은 눈빛과 이필제의 눈이 한순간 마주쳤다. 대체 저 눈물에는 어떤 뜻이 담겼을까.

"…고맙소이다."

이필제가 허 소저의 손에 든 보자기를 받고 나서 돌아섰다.

진천으로 돌아온 이필제는 근동을 돌아다니며 거침없이 활동을 벌였다. 공주 해미 태안 등지를 바쁘게 돌아다니면서 동조 세력을 모으거나, 그들의 의식에 변혁의 불길을 당겼다.

그러던 어느 날, 이웃 마을 논실에 사는 신 서방(申書房)이란 자와 다투게 되었다. 신 서방이 친척인 충청감사에게 이필제를 밀고하여 감영에서 체포령이 내려지는 바람에 졸지에 도피하는 신세가 되었다가 붙잡였다. 이필제는 35세 되던 해인 1859년에 별 뚜렷하지 않은 죄목으로 경상도 영천 땅으로 유배되었다가, 이듬해 1월에 귀양살이에서 풀려났다.

귀양살이에서 돌아오는 길에 이필제가 조령을 넘다가 산적들에게 붙잡혀서 소굴로 끌려가게 되었다. 산적 두령이 붙잡혀 들어오는 이필제를 보자 그의 형형한 눈빛을 보고 범상치 않은 인물임을 알아보고 털썩 무릎을 꿇고 두령이 되어달라고 간청했다. 이필제가 하루아침에 산적 두령이 되어서 산채에 머물게 되었다. 그런데 이필제가 뜻밖에 산적들에게 납치되어 산채에 머물던 허 소저를 그곳에서 다시 만나게 되었다. 전날 허선이 '인연'이라고 했던 말뜻을 비로소 알아차렸다. 이렇게 되어 이필제는 산적들이 마련해 준 두령소(頭領所)에다 신접살림까지 차리게 되었다.

그러던 어느 날이었다. 부하들이 한 사람을 포박하여 오는데, 동학교도 이수용이었다. 이수용은 포박이 되었는데도 두려움은커녕 얼굴이 마치 꿈에 든 듯 평온해 보였다. 전날 도둑 두령이 이필제 앞에서 무릎을 꿇었던 것처럼, 이번에는 이필제가 부하들에게 호령하여 이수용에게서 물러서게 한 뒤 손수 포박을 풀어주고 그 앞에 무릎을 꿇었다. 그날 밤 이필제는 허 소저와 함께 밤새도록 이수용으로부터 동학 도담을 들었고, 다음날 청수봉전으로 동학교도가 되어서 조령 산적소굴을 함께 나오게 되었다.

이 시기에 평생 동지인 김낙균(金洛均)이 천안에서 보은으로 이사 가서 살다가 목천으로 옮겨서 살고 있었다. 이필제가 김낙균을 만나 목천 근동에서 동지들을 모으는데 분주했다.

1861년, 이필제는 가족을 데리고 진천 외면 석현으로 옮겨 가 살았다. 당시 허 소저는 목천 부근에 거처를 마련한 것으로 보인다. 왜냐하면 이필제가 잡혔을 때 진천에 살던 정실 가족이 청주 옥에 갇히고, 허소저는 공주 옥에 갇혔기 때문이다.

이필제는 진천 진주 영해 문경 등지에서 봉기를 주도해왔다. 1869년에 일어난 진천작변은 공주 천안 진천 등지를 중심으로 사람을 모으던 중에 누군가의 밀고로 실패했다. 이 사건 뒤에 이필제는 거창 합천 등지에서 주성칠 혹은 주성필로 이름을 바꾸어 유영렬 성하첨 정만식 등과 12월에 남해 거사를 준비했다. 이도 여의치 않아 중도에 포기하고 이웃 고을 진주로 들어가 진주작변을 계획했다. 그리하여 1870년 2월 28일에 덕산에서 사람들을 모아 진주로 들어가 읍성을 공략하고 군기를 탈취하기로 계획했으나 이번 역시 밀고로 실패하고 말았다. 진주작변이 실패로 돌아가자 이필제는 진천작변 때부터 함께했던 동지 김낙균을 데리고 영해로 들어가 새로운 거사를 준비했다.

이필제는 조령 산적 소굴에서 알게 된 동학교도 이수용을 만나 영해 동학교도를 중심으로 거사를 준비했다. 당시 최시형은 최제우의 순도 이후 동학 교단을 정비하고 포덕에 나서 경상도 영해 영덕 경주 상주 등지에 많은 동학교도를 거느리고 있었다. 최시형이 처음에는 섣부른 교조신원운동은 동학 교단이 뿌리째 흔들릴 위험에 처할 것을 염려하여 극구 반대했다. 그러나 최시형도 결국 이필제의 영해 거사를 수락하고 말았다.

1871년 3월 10일, 창도주 최제우의 순도 일을 맞이하여 전국의 동학교도 500여 명이 영해부 서면 우정동 병풍바위에 집결했다. 동학교도들은 형제봉에 올라 소를 잡아 하늘에 제를 올리고 황혼 무렵에 영해부 공격에 나섰다. 이필제가 영해부로 쳐들어가 부사 이정을 처단하고 관아를 점령하는 데 성공했다. 보국안민의 방문을 써 붙이고 이정의 목을 문루에 매달았다. 그러나 결국 관군의 공격에 대비하여 점령했던 관아를 내놓고 일월산으로 피할 수밖에 없었다. 일월산 싸움에서 관군의 포위 공격을 받아 수많은 동학교도가 사살되거나 잡히거나 흩어졌다. 이필제는 눈물을 삼키며 피 흘리며 죽어가는 부하들을 지켜보았다.

"나는 이미 동지들과 같이 죽은 몸이다. 잠시 명을 이어 우리의 뜻을 천하에 알리려는 것이니 이야말로 천재일우(千載一遇)가 아닌가?"

명을 보존한 이필제와 김낙균은 조령관 내 초곡으로 도피했다. 이곳에서 전부터 단양을 중심으로 난을 준비해오던 정기현과 합세하여 새로운 거사 계획을 세웠다. 세력을 모아 지방 관아를 차례로 석권하여 서울로 쳐들어가고, 내처 국경을 넘어 중국 서원까지 점령하자는 계획이었다. 1871년 8월 2일, 이번에도 거사 직전에 미리 눈치를 챈 조령별장의 수색으로 이필제 정기현 등이 전격 체포되었다. 이로써 이필제의 야망은 마침내 막을 내리게 되었다.

신정엽이 2대교주 최시형으로부터 이필제의 옥바라지를 부탁받은 것은 전옥서에 갇힌 직후인 8월 중순 무렵이었다. 이필제 등 죄수를 문초하기 위해 추국청(推鞫廳)이 설치되어 심문이 본격적으로 시작되었을 때였다. 신정엽이 석 달 동안 뒷바라지를 하면서 몇 차례 면회하는 동안 이필제가 왜 몇 차례에 걸쳐 거사했는지, 가슴에 담긴 뜻을 전해 듣게 되었다.

1871년 12월 23일, 이날로 모든 심문이 끝나고 오늘 판결이 내려지고 내일 형 집행을 앞두게 된 것이다.

다음날, 하늘은 잔뜩 구겨져 있었고, 뼈마디로 싸늘한 기운이 스며들고 있었다. 군기시 앞은 순무영에서 나온 중군들이 깔려 있었고, 구경나온 사람들로 붐비고 있었다. 그 사람들 속에 흰 상갓에 대지팡이를 든 신정엽과 허 소저가 섞여 있었다. 신정엽은 어제 저물녘 행색 그대로였지만 허 소저는 깡총한 남장을 하고 있었다. 말 다섯 마리가 각기 코푸레와 함께 풍경소리를 철렁대며 서 있을 뿐, 세상의 모든 것들이 숨을 죽이고 있었다.

이윽고 전배(前排)를 앞세운 순무영 중군 군사들이 앞장서고 죄수를 태운 두 수레가 나타났다. 군기시 앞에서 능지처참할 이필제를 태운 수레가 앞서고, 서소문 밖에서 참수할 정기현 정옥현을 실은 수레가 뒤따르고 있었다. 수레 행렬이 일제히 멈춰서고, 앞에 선 수레에서 무거운 칼과 차고를 채운 이필제가 내렸다. 벌건 맨발에 풀어헤친 머리카락이 온 얼굴을 덮고 있었다. 처음 땅을 디딜 때 잠깐 비틀했으나 당당하게 꼿꼿이 몸을 세웠다. 가끔 불어오는 싸늘한 바람결에 머리카락이 날려서 불타는 눈빛이 드러났다. 이필제의 몸에서 오라를 풀고 칠성판 위에 하늘을 향해 눕혔다. 몸통을 묶으면서 목에 차고 있던 칼과 다리에 채운 차꼬를 풀었다. 말 한 마리로 몸통을 묶어서 한가운데 고정시킨 다음, 팔과 다리 사방으로 말을 세우고, 줄을 매어 말안장에 매달았다. 사람들이 한껏 긴장되어 숨을 죽이고 이를 바라보는 중에 허 소저가 '흑!' 울음을 토해냈다.

이때 얼굴빛이 하얗게 가셔진 박돌이 나타났다. 박돌이 신정엽과 허 소저를 데리고 무교 쪽으로 급히 내려갔다.

"급박하오! 어제 판결 때는 그 말이 없었는데, 오늘 처형되는 죄수는 참형과 동시에 가산을 적몰하고 가족도 연좌하여 형을 집행하라는 명이 같이 내려졌답니다. 허 소저께서도 급히 몸을 피하셔야 합니다."

허 소저가 잠시 머리를 숙여 뭘 헤아리나 싶더니 곧 얼굴을 들어 말했다.

"제가 진천 본가에 급히 기별하겠습니다."

"아니오. 허 소저도 가족에 지목되어서 위험하오니 기별하는 일은 우리에게 맡기시고 송파로 피신하시지요. 동학교도 중에 발 빠른 파발이 있소이다."

"아니에요. 제가 조령 산채에 머물 때 파발을 했으니 더 빨리 갈 수 있어요. 제가 진천의 가족을 송파 나루 우물집으로 올려보낼 테니 잘 돌봐 주세요."

두 사람이 허 소저의 매운 기개를 알고 잠시 말을 잃고 멍히 서 잊었다. 그리고 보니 허 소저가 남장을 한 것도 미리 헤아려둔 일인 듯했다. 겨우 신정엽이 말했다.

"그러면, 허 소저께서 방패막이가 되겠다는 말씀이오?"

"저는 이 처사가 없는 세상은 살지 않겠다고 작정한 지 이미 오래입니다. 어른께서 가시는 길이 외롭지 않게 바로 따라가는 것도 저로서는 기쁨입니다. 거기다 정실을 도와 대를 잇게 한다면 큰 보람이겠지요."

허 소저 말은 미리 준비해 둔 말이어서 앞뒤로 아귀가 맞았다. 신정엽과 박돌이의 눈이 마주치나 싶더니, 박돌이 말했다.

"이 길로 송파 나루로 가시오. 여물을 배불리 먹여놓은 말이 준비되어 있을 것이오."

세 사람이 각기 제 갈 길로 갈라서려 할 때였다. 갑자기 '둥! 두둥!' 크고 짧은 북소리가 일어나고 '히히힝!' 말 울음과 함께 말 네 마리가 사방으로 달아났다. 이필제의 몸이 몸통을 가운데 두고 사방으로 갈가리 찢어지는 순간이었다. 사방으로 피를 뿜어냈다.

그날 도성 안 군기시 앞과 서소문 밖은 사람의 피비린내가 찬 기운에 섞여 진동했다. 피가 흥건하게 고인 자리에 재를 뿌려 덮어도 피비린내는 가릴 수가 없었다. 신시(申時, 오후3-5시) 무렵, 서소문 밖 광마장 공터에 나무 막대기 세 개의 꼭지를 묶어 삼발이를 세우고, 그 가운데 모시 끈으로 상투채를 묶어 머리를 매달았다. 개나 뭇짐승들이 달려들지 못하도록 포졸 두 사람을 세워 밤낮으로 지키게 했으나, 밤에는 한 군데로 모아 멍석으로 덮고 멀리서 지켜보았다. 이나마도 초저녁이고, 한밤중이 되면 근처 주막에 들어가서 자고 아침에 나와서 다시 걸었다. 사흘 동안 효시가 끝나면 해당 지방 관아로 내려보내 다시 사흘을 효시하도록 했다.

　나라의 기록 「일성록(日省錄)」에는 "이필제는 모반대역부도죄로 능지처사, 정기현 정옥현은 모반대역죄로 군기시 앞과 서소문 밖 형장에서 참형에 처해졌고, 가족도 연좌하여 참형하는 동시에 가산이 적몰되었다."고 적혔다.

　그렇지만 세상에 떠도는 이야기는 허 소저가 정실 대신 죽고, 이필제의 정실 가족은 살아남아서 대를 이었다고 전한다.

　(*)

잠실나루 사람들의 통곡

　비가 오락가락하는 장마철이라 어둠이 숨 막히도록 촘촘했다. 횃불을 든 훈련도감 군병들이 피에 주린 이리 떼처럼 내전을 향해 쳐들어오고 있었다. 내전에는 다 달아나고 궁녀 삼실이만 방구석에 쪼그리고 앉아 바들바들 떨고 있었다. 다급해진 민비가 궁녀의 쓰개치마를 빼앗아 둘러쓰고 방을 나왔다. 군병들의 요란한 함성이 가까이에서 들려오고 횃불이 가까이 다가왔다.
　"나라를 농단하는 민비를 죽여라!"
　민비가 급히 뒤꼍으로 돌았다. 어둠 속에 웬 사람이 기둥같이 우뚝 서 있었다. 아! 민비의 입에서 신음이 비집고 나왔다. 군병들이 마당으로 쏟아져 들어왔다.
　"민비를 죽여라!"
　군병들이 민비가 금방 빠져나온 방으로 뛰어드나 싶더니 "아악!" 궁녀 삼실이의 비명이 찢어졌다. 삼실이가 민비를 대신하여 칼을 맞아 죽은 셈이다.
　"중전마마! 어서 업히시지요."

민비에게 멍석같이 널찍한 등짝을 들이댄 이는 문지기 홍계훈이었다.
"저기다! 민비가 도망친다!"
횃불을 든 한 떼의 군병들이 이쪽을 향해 소리쳤다. 이때 갑자기 하늘에서 빗장이 열리듯 비가 쏟아졌다. 거짓말처럼 군병들의 횃불이 꺼지고, 민비를 들쳐 업은 홍계훈이 날듯이 담을 타고 넘었다.
"저기 민비가 달아난다!"
군병들이 뒤쫓는 소리가 등 뒤 어둠 속에서 들려왔다.
홍계훈이 광희문(光熙門, 시구문(屍口門) 어귀로 들어서자 성문을 지키던 군병들의 횃불이 눈에 들어왔다.
"누구냐? 밤중에 어디를 가느냐?"
"누이동생이 토사광란이 나서 의원을 보러 가는 길이오."
"어디 좀 보자."
군병의 횃불이 다가왔다. 민비는 간담이 서늘했다. 쓰개치마를 들추면 궁중 옷이 그냥 눈앞에 드러난다.
"여보시오. 토사광란 난 아녀자의 흉한 꼴을 보아 뭐 하겠소? 출출할 테니 어디가서 술 한 잔 하시오."
홍계훈이 돈을 건네나 듯싶더니 저쪽에서 "어서 가보시오."하는 말이 나왔다. 무사히 성문을 빠져나온 것이다.
"계신가?"
어느 집 사립문 앞에 선 홍계훈이 낮고 또렷이 기별했다. 마침 천둥과 벼락이 하늘 복판을 질러갔다.
"이 빗속에 뉘시오?"
빗소리 틈에 말소리가 전해졌던지 기척이 나고 방에 불도 켜졌다.
"홍 장사. 이 밤중에 무슨 일인가?"
"쉬잇! 방 좀 하나 급히 내어 주게."

막 잠에서 깬 사람들이 부산하게 움직이더니 곧 안방이 비워졌다.
"먼저 갈아입으실 옷을 준비할 테니 잠시 쉬고 계시지요."
홍계훈이 민비의 궁중 옷차림으로는 빠져나갈 수 없다고 판단한 듯했다. 여전히 성안에서는 군병들의 함성과 총포 소리가 들려오고 있었다.
안주인이 옷 보따리를 방안으로 들이밀었다. 민비가 비에 젖은 궁중 옷을 벗고 옷을 갈아입고 났을 때, 안주인이 화장 고리를 들고 들어왔다. 민비의 얼굴에 분칠을 하고 연지곤지 찍어 새댁화장을 한 뒤에 족두리를 씌웠다. 마당에는 급히 구한 가마와 두 가마꾼이 서 있었다. 홍계훈이 경황 중에도 혼행 행렬로 가장하여 빠져나갈 궁리를 해낸 것이다.
마을을 나서자 가마 밖으로 푸른 새벽빛이 어른거리고, 장마로 불어난 강물 으르렁대는 소리가 들려왔다. 가마 밖에서는 가슴이 내려앉는 말이 오갔다.
"광진나루는 벌써 군병들이 쫙 깔렸습니다."
"어떻게 좀 알아보게. 급히 강을 건너야 하네."
"아랫말에 고기잡이하는 노인이 있는데, 거기로 가봐야 할 것 같소. 그런데 배가 작아서 이런 장마에 배가 뜰지 모르겠소."
한참을 더 걸어서 가마가 강가에 닿았을 때는 날이 희뿜이 밝아 있었다. 가마 밖으로 내다보이는 고깃배는 누런 장마 물결에 일렁이는 나뭇잎 같은 조각배였다. 이때 노인이 신발을 땅에 질질 끌면서 느릿느릿 다가오고 있었다. 노 하나도 주체하지 못할 만큼 근력이 없어 보이는 노인이 사공이라니, 눈앞이 캄캄했다.
"이런 장마에 배를 띄우면 바로 황천이오."
홍계훈이 말을 채어서 말했다.

"행례란 인륜지대사라 날을 미룰 수가 없소이다. 돈은 얼마든지 드릴 테니 건너다주시오."

"사람이 살았을 때 돈이지 죽어서 무슨 소용이오? 못 가오!"

민비가 홍계훈에게 손짓하여 손에 끼고 있던 금가락지를 빼 주었다. 금가락지를 받은 노인의 태도가 갑자기 바뀌었다.

"가마는 싣고, 가마꾼 빼고 두 사람만 탈 수 있소."

"그렇게 합시다."

안도의 숨을 내쉬기는 했지만, 이제 저 작은 배로 강을 건널 수 있을까가 걱정이었다. 노인이 배 띄울 준비를 하러 들어가고, 가마꾼을 돌려보냈다.

노인을 기다리는 동안 가락지를 챙겨서 달아난 것은 아닐까, 마음이 변해서 못가겠다고 나자빠지지 않을까, 별의별 생각이 오가고 있을 때 노인이 나타났다. 머리는 두건으로 깡총하게 둘렀고, 양손에는 사람 덩치만한 짚단을 들고 뚜벅뚜벅 걸어왔다. 노인도 긴장이 되었던지 곰방대를 연신 빨아대며 눈앞에 넘실대는 강물을 굽어보고 서 있었다.

"배가 뒤집어지면 상전 하인 층하가 없소이다. 오직 내 몸에 묶여진 짚단이 생명 줄입니다."

가마를 배에 싣고, 각자 허리에 짚단을 새끼줄로 동여맸다. 민비가 가운데, 홍계훈이 끝에, 노인이 뱃머리에 서서 노를 잡았다. 이때였다. 먼 언덕 쪽에서 말발굽소리가 들려왔다. 민비를 쫓는 군병들이었다.

"어서 갑시다!"

홍계훈이 서둘렀으나 닻을 올리고 줄을 풀던 노인이 잠깐 주춤했다. 이때 홍계훈이 품에서 단도를 뽑았다. 강가에 당도한 기마 군병들이 소리쳤다.

"멈춰라!"

노인이 힘껏 노를 저었고. 배가 요동치며 급물살 속으로 휩쓸려 들어갔다. 배가 하늘을 향해 치솟았다가 물속으로 곤두박질쳐졌다. 아! 배 난간을 부여잡은 민비의 입에서 저절로 신음이 흘러나왔다. 이를 악물고 두 눈을 감았다.

얼마나 지났을까, 급기야 배의 요동이 멎고 사람의 말소리가 귀에 들어오기 시작하면서 살았구나 싶었다. 눈을 뜨고 보니 노인은 온몸이 땀에 흠씬 젖어 있었다. 노인이 안도의 숨을 내쉬어 말했다.

"두 사람은 천행으로 죽을 고비를 넘기셨으니 이제 천수를 누리실 겁니다."

"고맙소. 여기가 어디요?"

"양화나루입니다. 잘들 가시오. 저는 여기서 며칠 묵고 물이 빠진 뒤에나 강을 건너가겠소."

"저쪽에서 배를 대고 뒤따라 올 수 있겠소?"

노인의 말은 단호했다.

"못 건너옵니다. 윗녘에서 비가 많이 와서 지금도 강물이 불어나고 있소."

아까 칼을 뽑아 위협했던 홍계훈이 좀 무안해져서 노인에게 물었다.

"노인장은 어찌 죽음을 무릅쓰고 배 띄울 생각을 하셨소?"

"내가 한평생 살도도 자손들에게 물려줄 것 하나 없었는데, 마지막으로 밭 한 떼기라도 넘겨줄까 해서 나섰지요."

노를 저을 때 생생하던 노인이 이제는 기진하여 금방이라도 쓰러질 듯 위태해 보였다.

주막에 들어가 밥을 시켜놓고, 가마꾼을 사놓았을 때, 민비가 홍계훈에게 물었다.

"어디로 갈 셈인가?"

"중전마마의 친정 고을 충주가 어떨지요?"

민비도 거기까지는 생각하지 못했는데, 그 길밖에 없을 듯해서 고개를 끄덕였다.

양화나루 주막에서 서둘러 길을 나섰지만 잠실나루에 닿았을 때는 해가 저물었다. 어제부터 잠을 못 자서 잠실 어름에서 묵어가기로 했다. 홍계훈이 숙소를 찾는다고 마을 안으로 들어갔다. 이때 신행 가마를 알아본 마을 아낙네들이 몰려들었다.

"아유! 새댁이 곱기도 해라!" "어떤 새신랑인지 봉 잡았네!" 여기까지는 누가 들어도 듣기 좋은 말이었는데, 그다음 말이 민비의 속을 긁어 놓았다.

"에효! 그놈의 민비인지 암탉인지 때문에 새댁이 고생이 많구려."

"맞아! 도성에서 암탉을 잡으려고 난리가 났다지?"

장마로 배가 뜨지 못했는데 어떻게 난리 소문이 강을 건너왔을까. 민비는 울화가 치밀었고, 어디 두고 보자고 이를 갈았다. 마을에 들어갔던 홍계훈이 돌아오자 민비가 분부했다.

"이 마을은 불길하니 용인 아니면 곤지암까지 가야겠네."

거역을 모르는 홍계훈이 "예, 분부대로 하겠습니다." 하고 대답했다.

급히 새로운 가마꾼을 샀고, 그날 민비가 탄 가마는 밤새 걸어서 곤지암까지 내려갔다.

1883년 10월 29일, 시월의 마지막 날 궁성에는 늦가을 햇살이 가득했다.

"중전마마 계시오?"

진령군이 내전으로 불쑥 들어섰다. 이렇게 무시로 내전을 드나들 수 있는 사람은 오직 진령군뿐이었다.

"진령군, 어서 오게."

"중전마마. 오늘 어영청에서 지난해 임오병란의 반역죄인 원갑식 등 아홉 놈을 서소문 밖에서 참수하여 목을 걸어놓았다고 하옵니다."

"원수 놈들! 명이 길기도 하다. 벌써 한 해가 지나지 않았느냐?"

"그렇소옵니다."

진령군은 지난 임오군란 때 민비가 충주에서 피난살이를 할 때 인연을 맺었다. 민비가 북쪽 하늘을 바라보며 궁성에서 내려올 환궁 소식을 초조하게 기다리고 있었다. 암담한 소식뿐이었다. 고종은 병란을 수습하기 위해 정권을 대원군에게 넘겼으며, 대원군은 민비의 장례까지 치렀다는 것이다.

마음 병은 몸 병을 동반하는 법이어서, 민비는 다리에 종기가 덧나 피고름이 흘러 거동도 못 하는 지경인데, 학질로 목이 부어서 약이나 음식을 넘기지 못하고 연일 열에 들떠 있었다. 인근 고을에서 용하다는 의원 여럿이 다녀갔지만 하나같이 고개를 저었다. 홍계훈이 양성에 학질에 용한 의원이 있다는 말을 듣고 길을 나섰다.

그날, 민비는 열에 들떠 어둠 속으로 빨려 들어가고 있었다. 죽음의 문턱까지 들어선 것이다.

"중전마마! 끈을 잡으시지요."

어둠 속에서 말소리가 들려왔다. 민비가 어둠을 더듬어 두레박을 붙잡아 몸이 떠올랐다. 머리맡에는 흰옷 입은 여인이 앉아 있었다.

"뉘시오?"

"옆집에 사는 무당인데, 어젯밤에 제 아버지 상제께서 나타나셔서 '이웃에 귀한 인물이 납시었으니 찾아가 병도 고치고, 환궁하실 7월 마지막 날까지 잘 보살펴 드려라.' 하는 분부를 받들고자 찾아 왔소옵니다."

민비가 부신 눈으로 무당을 바라보았다. 무당이 종이쪽지를 민비 앞에 내놓았다.

"제 아버지 상제께서 머리맡에 이를 놓아주셨습니다."

그날 양성에 갔던 홍계훈이 의원을 데려왔다. 진맥을 마친 의원이 고개만 갸웃거리고 있을 때 민비가 아까 낮에 무당에게서 받은 종이를 보여주었다. 의원이 무릎을 치며 말했다.

"안신사물탕(安神四物湯), 가미군자탕(加味君子湯), 가감군자탕(加減君子湯), 평진탕(平陳湯)이라…학질을 잡고 기력을 회복시키는 이름난 약첩입니다! 어거 어디서 나셨습니까?"

민비가 아까 무당의 말을 흉내 내어 말했다.

"하늘에서 상제께서 내려준 처방입니다."

무당과 의원이 다녀간 뒤 민비의 몸은 빠르게 회복되었다. 몸이 가벼워지자 무당이 환궁할 날이라고 잡은 7월 29일이 기다려졌다. 청군이 들어와 대원군을 체포, 투옥하여 대원군 정권을 무너뜨렸고, 군병의 집단 거주지 왕십리와 이태원을 공격하여 저항 세력을 진압했으며, 일본군이 작은 배를 대어 황급히 탈출했다는 소문이 들려오더니 과연 7월 29일 그 시각이 되자 궁중에서 내려보낸 환궁 행렬이 나타났다. 귀신이 따로 없었다.

민비는 환궁하자마자 그 무당을 궁중에 불러들여 진령군이라 봉했다. 진령군은 허약한 세자의 병을 고친다고 궁중에서 밤마다 굿판을 벌였고, 금강산 1만 2천 봉 봉마다 쌀 한 섬과 돈 1천 냥, 무명 한 필씩을 뿌렸다. 국고가 이렇게 탕진되어도 민비는 오직 진령군의 말만 믿었다.

"전날 밤에 상감의 수청 든 궁녀가 오월이라고 하네요. 샘을 도려내고 내쫓았습니다."

"잘했다."

"이유인을 양주 목사로 보내면 어떨까요? 10만 내겠다고 했습니다."

"거기는 몇 달 전에 내보냈는데 괜찮을까?"
"몇 달이면 그동안 본전을 뽑고도 남았을 것이니 무던하지요."
"알겠네."
이때 마침 밖에서 기별이 있었다.
"중전마마! 포도대장 홍계훈 나리께서 찾아 계십니다."
"들라 해라. 우리 세 사람이 모처럼만에 모였구나."
말로 보아서는 지난 아픈 날에 대한 회포인가 했는데, 가슴에 묻어뒀던 한풀이가 먼저였다. 홍계훈의 절이 끝나기 무섭게 민비가 물었다.
"광진나루 사공 늙은이와 잠실나루 아낙네들은 어찌되었느냐?"
"안 그래도 그 일을 상의코자 왔소옵니다."
홍계훈이 머뭇거렸으나 민비의 급한 성정을 아는 터라 곧장 말했다.
"사공 늙은이는 얼마 전에 세상을 떴고, 잠실나루 아낙네들은 누구도 그런 말을 하지 않았다고 딱 잡아떼고 있습니다."
"상의할 게 뭐 있나. 뱃사공 늙은이야 알아서 죽었으니 금가락지 팔아서 산 땅을 빼앗고, 잠실나루 아낙네들을 모조리 죽이면 될 것을."
이렇듯, 민비에게 백성들의 목숨은 파리 목숨과도 같았다.
"무슨 구실로 죽일까요?"
"요즘 온 나라에 동학이 창궐하고 있다는데, 동학교도라고 씌워라."
홍계훈이 '분부대로 합지요.' 하고 입을 다물었다. 홍계훈은 속으로 '마을 남정네까지, 아니면 가족을 멸하라'는 말이 나올 것을 미리 막았다고 다행으로 여겼다.
이리하여 1883년 동짓달에 잠실 나루 마을에서는 무고한 아낙네 여럿이 죽어야 했다.

(*)

전봉준, 나주성 함정에서 살아나다

　8월 열사흘 새벽달이 가뭇없이 지고 자줏빛 새벽어둠이 걷혔다. 세상 사물들이 하나 둘 제 모습을 내놓기 시작했다. 멀고 가까운 것들이 모두 제자리를 지키고 있었다.
　전봉준은 잠깐 눈을 붙인 끝에 일어난 것이다. 어제는 아침나절에 남원을 떠나 옥과 창평을 거쳐 열사흘 달과 함께 걸어서 늦은 밤에야 집강소로 쓰는 남평 객사에 들어왔다. 미리 연락을 받은 박덕기(朴德己) 남평 접주가 밥을 짓고 닭까지 잡아 놓아서 시장한 김에 포식을 하고 잠자리에 들었다.
　전봉준이 감발을 두를 때 막 잠을 깬 수행 군사들이 눈을 비비고 일어나 마른세수를 하며 물었다.
　"장군님 벌써 떠나시게요? 여기서 나주까지는 삼십 리 남짓이니 한나절이면 당도할 텐데요."
　"그래도 부지런해야 떡 하나라도 더 생기지."
　전봉준이 잠깐 굳었던 얼굴을 펴며 뫼산 자(山) 갓을 머리에 얹고 길을 나서려 할 때 머리 행수 송희옥이 말했다.

"어젯밤에 부탁해 놓은 옷이 오늘 이른 아침에 온다고 했고, 나주 주막거리에는 미리 우리의 일정을 알려뒀습니다."

"옷이 뭐 그리 중한가? 나주에 들어가서 갈아입도록 하지."

"우리야 거적을 걸쳐도 상관없지만 장군님의 입성만은 깨끗하고 반듯해야지요."

송희옥은 어떻게든 전봉준의 발길을 늦추고자 한 말인데, 전봉준이 자리에서 일어섰다.

전봉준은 미리 날짜를 짚어 뒀다. 오늘이 8월 13일이니 저물게 들어가면 나주객사에 머물게 되고, 그러면 추석 전날이 되니 이쪽이나 저쪽 서로 부담이 될 수 있다. 그러니 오늘 서둘러서 나주 관청에 들어갔다가 나와야 한다. 추석이라 해도 전봉준이나 수행 군사들 모두 고향에 갈 수가 없으니 집강소에 조촐하게 차례상을 마련할 작정이었다.

"어서 가세! 옷이야 돌아와서 갈아입으면 되지."

객사를 막 나서려 할 때 박덕기 접주가 놀라 달려왔다.

"벌써 떠나시게요? 아침밥이 막 뜸 들기 시작했는데, 이렇게 일어서시면 어쩌시렵니까?"

그제야 전봉준은 무슨 맘이 들었던지 박덕기 접주의 얼굴을 빤히 들여다보며 터질 듯 한 웃음기를 머금었다. 박덕기 접주가 어리둥절해 하며 물었다.

"장군님, 제 얼굴에 무엇이 묻었습니까?"

"박 접주의 얼굴에 한울님이 보이네."

"참, 장군님도…그러고 보니 전 장군님의 얼굴에도 한울님이 보입니다."

박덕기 접주가 낯을 붉히며 맞받아 말했다.

"박 접주 말을 듣고 어찌 그냥 갈 수 있겠나. 아침 먹고 가세. 오늘은 부디 좋은 날이 되었으면 좋겠네."

전봉준이 비로소 갓을 벗고 자리에 앉았다.

아침을 먹느라 발이 늦어지기는 했지만 옷은 갈아입지 못했다. 박덕기 접주가 아쉬워 말했다.

"장군님, 좀 있으면 빨래한 옷이 올 텐데요."

"아닐세. 돌아올 때 입도록 하지."

전봉준은 말끝에 머리가 어찔해지면서 내가 정말 살아서 이곳에 다시 올 수 있을까 불길한 예감이 불쑥 다가섰다.

길을 떠났지만 불길한 예감이 내내 들러붙어 있었다. 이는 어제 남원에서 들었던 '안의(安義) 고을 소식' 때문일 것이다.

전봉준은 경복궁에 일본군이 난입하여 나라의 정세가 다급해졌다는 소식을 듣고 김개남을 만나기 위해 급히 남원으로 내려갔었다. 먼저, 두 사람은 동학농민군 기포에 흔쾌히 합의했다. 그러나 김개남은 안의 고을 이야기를 하며 울분을 삭이고 있었다. 김개남은 재 기포를 예상하여 각 고을에 동학농민군을 보내 군수와 군량을 거둬들이고 있었는데, 경상도 경계에 있는 안의 고을로 들어갔던 동학농민군에게 비통한 소식이 전해진 것이다. 동학농민군이 안의 현아에 들이닥치자 현감 조원식(趙元植)이 동학농민군을 흔쾌히 맞이하여 기름진 음식과 술로 접대했다. 날이 저물자 현감은 무장시켜뒀던 군사들을 동원하여 불시에 취한 동학농민군을 습격하여 몰살한 것이다. 김개남의 이야기를 전해들은 전봉준이 말없이 울분을 삭혔다. 그렇다고 출정을 앞둔 마당이라 군사를 보내 복수하기도 쉽지 않았다. 전봉준 김개남이 모든 행동에서 신중해야 한다고 경계를 하게 되었으니 헛된 죽음이 아니라고 위안으로 삼았다.

전봉준이 나주 주막거리에 도착한 것은 점심나절이 좀 못되어서였다. 나주 접주 오권선이 점심상을 차려둬서 시각은 그다지 지체되지 않았다. 여기서도 옷 갈아입을 걱정을 잠시 했지만, 서둘러 나주 관청으로 들어가게 되었다.

"장군님, 급하시면 말을 쓰셔도 됩니다. 목포진에서 탈취해 온 말이 있습니다."

"말은 돌아와서 타기로 하겠소. 좋은 말을 사람 수대로 준비해 주시오."

"알겠소이다!"

전봉준이 열 사람의 부하를 거느렸지만 몸에 지녔던 모든 무기를 내려놓았다.

"정말 괜찮을까요? 저는 걱정이 됩니다. 민종렬이란 놈이 워낙 교활한 놈이어서요."

오권선이 맨손으로 관청에 들어가는 전봉준을 두고 근심했다.

"원래 백성이 관청에 들어갈 때는 맨손입니다. 만일에 내가 돌아오지 못하면 오 접주가 기포하여 공주로 서울로 진격하시오!"

"알겠소이다. 잘 다녀오시오."

전봉준 일행이 서성문에 이르자 굳게 닫힌 성문이 앞을 가로막았다. 성루에서 창을 든 군사들이 숲처럼 도열해 있었다.

"전라감영에서 온 전봉준이오, 문을 여시오!"

"나는 수문 별장인데, 무슨 일이오?"

긴 창을 든 수문 별장이 나섰다.

"순영문의 문첩(文牒)과 비장(秘藏)의 사통을 지니고 목사 나리를 뵙고자 하오."

"잠깐 기다리도록 하시오! 목사 나리께 고하겠소."

잠시 뒤에 수문 별장이 다시 나타나 성문을 열기에 앞서 다짐을 놓았다.

"몸에 무기 한 점이라도 지녀서는 아니 되오!"
"보다시피 우리는 맨손바람이오!"
"좋소! 따라오시오!"
 이윽고 성문이 열리고 전봉준이 앞장서고 부하들이 뒤따라 들어섰다.
 전봉준이 수문 별장의 뒤를 따라 금성관으로 들어서자 곳곳에 무장한 군사들이 도열해 있었다. 위세를 과시하기 위해 수성군을 배치해 놓은 듯 했다. 전봉준 일행은 단번에 적의 계략에 빠져든 듯 긴장되었다.
"전봉준 장군, 어서 오시오! 과연 듣던 대로 기품이 늠름하시오."
"민 태수 나리의 기품도 못지아니하오. 반갑소이다."
 좋은 인사말을 주고받은 끝에 두 사람이 마주 앉았다. 객청 안은 그늘이지만 청사 바깥에는 눈부신 햇살 속에 늦매미가 아우성치고 있었다. 전봉준은 어쩌면 이승에서 듣는 마지막 매미울음일지도 모른다는 불길한 예감에 서늘한 기운이 등줄기를 훑고 지나갔다.
"민 태수께서 얼마 전에 부임하셨다니 최근 한양 성 사정을 잘 아실 듯합니다. 그 얘기 좀 들려주시지요."
 전봉준의 말에 민종렬이 잠깐 당황한 기색을 보였다. 민종렬이 전봉준의 말대로 말 보따리를 풀 형편이 아니었던지 조심스레 말했다.
"워낙 빠르게 변화하는 세상 정세라서 무엇을 헤아리기 어렵소이다."
"물론 그렇겠지요. 그런 중에 눈에 보이는 것은 왜놈들의 조선 침략 야욕이겠지요. 지난 6월에 왜군이 경복궁을 무력으로 난입하였다니, 조선에 대한 능멸이 아니고 무엇이겠소? 관과 민이 힘을 합쳐 왜놈들과 싸워야 하지 않겠소?"
 민종렬이 고개를 끄덕였는지 말았는지 애매하게 흔들렸을 뿐이고, 어떤 대꾸도 하지 않았다.
 민종렬의 머릿속이 복잡하게 얽혀가고 있었다. 전봉준이 찾아온 이유가 또 있을 것 같았다. 그동안 나주성을 둘러싸고 있던 손화중 최경선 배상옥 이화진 오권선 등 인근지역 동학농민군이 여러 차례 나주성 공격을 시도했다. 그때마다 민종렬이 이끄는 나주 수성군은 동학농민군에게 패배를 안겨 줬다. 그렇지만 성안에 갇힌 수성군의 군량이나 무기로 언제까지 버틸지 모를 위급한 상황에 놓이게 되었다. 그런데 며칠 전에 동학농민군이 돌연 진을 철수했다.

"민 태수께서도 아시는 것처럼, 지금 전라도 53개 군현이 집강소를 설치하여 관민 상호 협치가 잘 유지하고 있습니다. 허나 나주만 집강소 설치를 거부하는 까닭이 뭐이오?"

이로써 전봉준이 찾아온 이유가 분명해졌고, 민종렬의 이런저런 복잡한 궁리가 정리되었다. 이제 제 발로 들어온 전봉준 일행을 언제 어떻게 죽일까 선택만 남은 것이다.

민종렬이 대답에 뜸을 들이자 전봉준이 자리에서 일어서며 말했다.

"잠시 소피 좀 보고 오겠소."

전봉준이 금성관 마루에서 댓돌을 밟는 순간 어찔했다. 멀고 가까운 성가퀴로 활을 든 군사들이 숲을 이루고 있었다. 그동안 군사들이 추가 배치된 것이다. 명령만 떨어지면 동학농민군 일행은 일각에 고슴도치가 될 것이다. 온몸으로 서늘한 기운이 쓸고 지나갔다. 민종렬에게 전라감사 김학진을 팔거나, 서찰을 가지고 있다는 말도 소용없을 듯 했다.

전봉준이 측간 쪽으로 다가갔을 때도 활을 든 군사의 모습이 눈에 들어왔다. 뒤따라온 호위 군사들의 얼굴에도 긴장된 빛이 역력했다.

전봉준이 금성관 마루로 다시 올라섰을 때 민종렬은 영장과 귀엣말을 나누고 있었다. 전봉준은 헛기침을 내었고, 그 틈에 바로 끼어들지 않으려고 말했다.

"내가 급히 길을 나서 서찰 내는 일을 잊었소. 지필묵 좀 가져다주시오. 그리고 목이 마르니 마실 물도 좀 가져다주시오."

전봉준이 지필묵을 주문했지만, 사실은 누구에게 어떤 서찰을 내겠다는 작정이 없었다. 전봉준이 가부좌를 틀고 앉아 눈을 감았다. 비로소 전주로 올라가 사방으로 뿌려야할 기포 촉구 통문 근심이 다가왔다.

"여기 지필묵 대령이오!"

심부름하는 아이가 지필묵 상자를 내려놓고 횡하니 가버리고, 이어 아낙이 정숙하게 걸어와 표주박을 띄운 물동이를 내려놓고 얼굴을 옆으로 돌렸다. 전봉준이 표주박을 들어 물을 떠 마시는 동안 아낙의 얼굴이 전봉준을 향했고, 순간 강렬한 눈빛이 마주쳤다. 아낙이 낮고 빠르게 말을 떨어뜨렸다.

"장군님, 제가 옷을 씻어드릴 테니 옷을 갈아입으시지요."

순간, 전봉준을 짓누르고 있던 근심이 씻은 듯 부신 듯 사라졌다.

전봉준 앞에 부하 둘이 다가와 먹을 갈고 종이를 깔았다. 전봉준이 먹이 갈아지기를 기다려 붓에 먹물을 먹여 붓꼬리를 다듬어 거침없이 글을 써내려갔다.

― 급히 알리노라. 지금 모두 떨치고 일어나라. 왜적이 궁을 유린했다는 말을 듣고도 분개하여 일어나지 않는다면 어찌 이 나라 사람이겠는가.

나주성 안의 모든 눈이 전봉준을 향하고 있었다. 여전히 늦매미 울음이 하얀 한낮을 썰어대고 있었다. 전봉준이 종이에 먹이 마르기를 기다려 접어서 품에 넣고 민종렬과 마주 앉았다. 전봉준이 먼저 말했다.

"내가 오늘 급히 무안에 들어갔다가 내일 돌아오겠소이다. 올 때까지 옷을 빨아 줄 사람을 알선해주시면 고맙겠소이다."

민종렬이 순간 어리둥절해했다. 전봉준과 부하를 언제 어떻게 처단해야 좋을지 궁리하는 중에 불쑥 나온 말이었기 때문이다. 민종렬이 두 가지 방책을 두고 고민하고 있었다. 하나는 당장 명을 내려 전봉준과 부하들을 결박시켜서 심문하여 참수하는 방법, 둘은 전봉준과 부하들이 성문을 빠져나가기 전에 화살을 날려서 죽이는 방법을 두고 저울질하고 있었다. 그러나 추석을 앞두고 두 방법이 다 께름칙했다. 하지만 어떤 방법이든 피는 보아야 한다.

"알겠소. 그렇게 하시오!"

민종렬이 수락하고 나서 자신도 놀랐다. 하지만 오늘 죽이나 내일 죽이나 뭐가 문제란 말인가?

"이보게, 이방! 이 분들이 갈아입을 옷을 준비해 드리도록 하게!"

이번에는 이방이 놀랐다. 조금 전까지만 해도 죽이겠다고 작정했던 민 태수가 어째서 생각이 바꿨을까. 어쩌면 죽기 전에 새 옷을 입혀서 저승을 보내자는 뜻이었을까. 아니면 옷을 갈아 입는 곳간에 몰아넣고 죽이겠다는 뜻일까.

관청 뒤쪽에 곳간이 있었다. 여기까지 군사들이 빼곡히 서서 전봉준 일행을 지켜보고 있었다.

전봉준 일행도 곳간에서 옷을 갈아입고 나오는 동안 감히 입을 여는 사람이 없었다. 엄중한 사태야 말하지 않는 중에도 서로 느끼고 있을 것이다.

전봉준이 관청마당으로 나와 하직 인사를 위해 민종렬과 마주 보고 섰다.

"고맙소이다. 그러면 내일 뵙도록 하겠소이다."

민종렬이 고개를 끄덕였다. 전봉준이 앞장서고 부하들이 뒤따랐다. 저벅- 저벅- 사는 동안 발자국 소리가 이렇게 크게 들린 적이 없었다.

한편, 서성문 성곽에 서 있던 군사들의 눈이 전봉준과 민종렬을 향하고 있었다. 감영 마루에 선 민종렬의 부채를 쥔 손이 언제 오를까 마음 졸이고 있었다.

이윽고, 전봉준 일행이 성문 앞으로 나와 문지기 군사와 마주섰다.

"문 열어라!"

등 뒤에서 민종렬의 말소리가 들렸다. 문지기 군사들이 달려들어 빗장을 풀었다.

문 밖으로 나서는 순간, 아! 전봉준의 입에서 저도 모르게 신음이 흘러나왔다. 추석 대목에 성안에서 송장을 치울 것이 아니라 성 밖에서 사살하겠다는 뜻이었을까.

성문을 나서자 밖에는 딴 세상의 햇살이 아우성치고 있었다. 마지막으로 저 햇살 마당을 빠져나갈 수 있을까. 한 발 한 발 걸음을 딛을 때마다 오금이 저려왔다. 이윽고 성 경계를 벗어났다.

전봉준 일행이 아침나절에 떠났던 나주 주막거리에 돌아왔을 때, 마당에는 반질반질하게 손질된 말 열 한마리가 나란히 서 있었다. 전봉준이 지체 없이 부하들을 향해 말했다.

"어서 말에 오르게! 군사를 일으켜 한양으로 향할 것이다!"

전봉준이 말에 오르기 전에 하직 인사를 위해 다가온 오권선 접주에게 물었다.

"나주 관아 찬방에 아는 아낙이 있소?"

"동학하는 여인이 있지요. 금옥이라고,"

"고맙다는 말 좀 전해 주시오!"

전봉준이 말 옆구리를 박차고 말을 달리기 시작했다. 말발굽에서 뽀얀 먼지가 구름처럼 피어올랐다.

(*)

예산 홍의소년 이야기

　　곡식을 거둬들인 들판 가운데로 길이 선을 긋듯이 또렷이 나 있었다. 텅 빈 길을 터벅터벅 걷는 말 발걸음이 힘겨워 보였다. 말 잔등에는 몸피가 작은 소년이 타고 있어서 무거워서 지친 게 아닌 듯 했다. 먼 들판 길 끝으로 마을이 눈에 들어왔다.
　　주막은 역말을 지나 시장 어귀에 있었다.
　　"어서 오시유."
　　주인 사내가 말고삐를 받아들며 말했다.
　　"말여물 좀 먹일 수 있겄시유?"
　　"말보다 사람이 더 먼저 숨이 넘어가겄시유. 어디서 오는 길이유?"
　　"광천서 오는 길이유?"
　　"그려유?"
　　주막 사내가 놀란 표정을 지었지만, 왜 놀랐는지 그 이유는 알 수 없었다. 탱구가 주막 안으로 들어서자 장꾼 몇이 어울려 왁자지껄 술을 마시고 앉았고, 좀 떨어진 자리에 혼자서 술을 마시고 있었다. 곁에는 활과 화살통이 바람벽에 기대었고, 까투리와 장끼 몇 마리가 놓여 있어서 첫눈에 사냥에서 돌아온 한량이 분명해 보였다. 장꾼들은 술에 취해 동학난리 얘기에 한창이었다.

"지난 10월 초하룻날에는 태안 동학농민군이 들고 일어나 태안부사 신백희와 별유사 김경제를 경이정 아래에서 참수하고 옥에 갇혀 있던 동학쟁이들을 구출했대유. 이와 때를 맞춰서 서산에서도 관아로 쳐들어가 군수 박정기와 이방 송봉훈을 참수하고 인부까지 압수했다잖유."

"난다, 난다 하더니 참말로 갑오난리가 났시유."

"이제 동학 난리가 나서 양반 상민이 없는 새 세상이 온다잖유."

"맞어유! 거기가 어디냐, 홍주 갈산 김 대감댁에 살던 문천소 이승범이라는 두 종이 이번 난리에 상전인 김 대감을 묶어놓고 불알을 깠대유. 그래서 홍주서는 '상놈이 양반의 불알을 깐다'는 소문이 바람같이 떠돌아댕긴다잖유."

"히히히, 이제 갑오난리에 양반들 씨가 마르겄네유."

"맞어! 그래서 이제 양반 상놈 층하가 없는 세상이 온다잖아유."

말문이 터져 한창 열을 올리고 있을 때 국밥을 차린 밥상이 들어왔다. 주모가 탱구 앞에 밥상을 내려놓고 말했다.

"탁배기 한 잔 할끼유? 매가리 없을 때 한 잔 허믄 기운이 펄펄 나지."

앞에 말은 높였다가 가까이서 보니 아이인 줄 알고 얼른 말을 낮췄다.

"뭐 어뗘? 정월 대보름날 귀밝이술도 하는디."

주모가 아예 말을 내려놓았다. 말은 그렇게 했지만 가져온 술병은 도로 가져갔다. 이때였다.

"아따 쌍놈들, 거 되게 시끄럽네!"

한쪽에 떨어져 술을 마시던 한량 한기경(韓基慶)이 버럭 소리를 질렀다. 화들짝 놀란 장꾼들이 자리에서 일어나 게걸음으로 슬금슬금 주막을 빠져나갔다. 주막 안에는 탱구와 한기경 둘이 남게 되었다.

탱구가 갈 길이 급하기도 했지만, 아무래도 서둘러 일어서야 할 것 같아서 수저를 빠르게 놀렸다. 혼자 술을 마시고 앉아 있던 한기경이 이번에는 밥을 먹는 탱구에게 시비를 걸어왔다.

"이애, 넌 어디를 가느냐? 어린것에게 파발 심부름시킨 것을 보니 필시 동학쟁이들이 보낸 파발이 틀림없으렷다?"

탱구는 머리카락이 곤두서는 것 같았다. 귀신같이 맞춘 것이다. 오늘 이승우가 이끄는 홍주 관군이 광천에 출동하여 동학농민군과 전투를 벌여 수명이 죽고 체포됐다는 다급한 소식을 예산 덕산 박인호 대접주에게 전하려고 가는 길이었다.

"파발이 뭣이간이유? 저는 예산 역말 큰집에 부고를 전하러 가는 참이유."

이는 탱구가 미리 준비해뒀던 말이었다.

"흥! 부고가 아니라 전령(傳令)이겠지?"

"전령이 뭣이대유?"

"네 행색이 천민인데, 전령이 아니라면 어찌 말을 타느냐?"

"지는 그런 거 몰라유. 급한 부고를 전하러 간당께유."

다행히 한기경의 시비 말이 더 건너오지 않았다. 탱구는 갈 길이 급하기도 했지만 여기서 더 머뭇거릴 수 없다는 생각에 밥을 국에 말아 급히 먹고 자리에서 일어섰다. 이와 때를 맞추듯 한기경이 자리에서 일어섰다. 술에 취했는지 잠깐 비틀했다. 그러자 어느 구석에 박혀 있던 하인이 뛰쳐나와 제 상전의 옆구리에 팔을 감아 부축했다. 한기경이 자리에서 일어나 가까이서 보니 키가 훤칠하고, 탱구보다 나이는 몇 살 위로 보였지만 앳되어 보였다. 그래서 주모가 탱구에게는 술병을 도로 가져갔고, 한기경에게는 술이 취하도록 준 모양이었다.
 탱구가 마당으로 나와 셈을 할 때 주막 사내가 나직이 말했다.
 "서운혀두 값지 마시유. 근동에서 성깔 고약하기로 소문이 났으니께유."
 주막 사내가 마구간으로 말을 끌러 간 사이에 뒤따라 나온 한기경과 맞닥뜨렸다. 한기경이 버들패랭이를 쓰는 탱구의 아래위를 훑어 보고 더니 혼잣말로 중얼거렸다.
 "흥! 세상이 어지러우니 사방에서 동학 역적 놈들이 날뛰는구나!"
 하지만 탱구에게 더 시비하지 않았다. 탱구가 말고삐를 받자마자 말 등에 올라 말을 몰았다. 주막을 서둘러서 나오긴 했지만, 그동안 해가 휘딱 기울어 있었다.
 탱구가 동구 밖을 막 벗어났을 때였다. 탱구의 버들 벙거지 꼭지에 '턱!' 소리와 함께 화살이 박혔다. 한기경이 쏜 화살이 틀림없었다. 탱구의 머리카락이 다시 한 번 곤두섰다.

 탱구가 예산 목시에 도착한 것은 10월 초아흐렛날 늦은 밤이었다. 도소에 남은 동학도인은 많지 않았고, 주문을 마치고 막 잠이 들려던 참이었다. 탱구가 박인호 대접주와 아버지를 만나 홍주목사 이승우가 이끄는 관병이 광천시장에서 이쪽을 향하고 있다는 말을 전했다.
 "급하다! 싸게 징을 쳐서 도인들을 불러 모으시오! 오는 대로 창과 칼로 무장하게 하시오!"
 박인호가 징을 쳐서 동학농민군을 소집했다. 연달아 치는 징소리가 밤하늘로 퍼져나갔다. 얼마 아니 되어 인근에 흩어져 잠을 자던 동학농민군이 도소로 몰려들기 시작했다. 이때였다. 어둠 속에서 총포 소리가 들리고 관군의 함성이 하늘을 찢었다. 미리 매복하고 있었던 것 같았다.

여기저기서 동학농민군이 비명과 함께 쓰러졌다. 탱구 아버지도 어둠 속에서 불을 뿜는 관군을 향해 총포를 쏘아대고 있었다. 이때 탱구 옆에서 아버지가 비명과 함께 쓰러졌다.

"아버지!"

탱구가 달려들어 쓰러진 아버지를 부축했다. 이때 관군이 대도소 마당으로 밀려들고 있었다.

"후퇴하라!"

등 뒤에서 박인호의 다급한 말소리가 들려왔고, 동시에 탱구의 목덜미를 낚아챘다.

"어서 피해라!"

"아버지! 으흐흐흐!"

탱구가 울면서 박인호를 따라 뛰었다. 도소마을을 벗어났을 때 박인호를 놓치고 말았다. 어디를 향해 얼마나 뛰었을까, 탱구가 당도한 곳은 예산 역말이었다. 어느새 동녘이 자줏빛으로 물들고 있었다. 마치 꿈결에서 데려다 놓은 것처럼, 지난날 아버지를 따라왔을 때 묵었던 역말 월화 할멈의 주막집이었다.

"어서 오너라."

새벽 푸른 어둠 속에 월화할멈이 서 있었다. 다른 날 같으면 우스갯말부터 나왔겠지만 오늘은 입이 무거웠다.

"어여 안으로 들어가 봐라."

주막 뒤꼍에 헛간에 이어 붙은 토굴 방에 박인호와 함께 동학교도들이 모여 있었다.

그날 밤에야 어젯밤에 일어난 목시 대도소 난리 소식을 들을 수 있었다. 홍주성에서 들어온 중군 김병돈이 뽑은 5백 명의 군사가 내포 동학 대도소를 들이쳐서 동학농민군이 여럿이 죽었으며, 그간 관아에서 탈취했던 모든 병장기를 거두어 갔다는 것이다. 지금은 홍주에서 넘어온 이승우가 이끄는 본대가 역말로 옮겨와서 어제 전투에서 승리한 김병돈이 이끄는 관군과 합류하여 진을 쳤다고 했다. 적이 바로 턱밑에 진을 치고 있는 셈이다. 그나마 다행히 서산 태안 쪽으로 도피한 박덕칠이 이끄는 동학농민군이 근동의 동학농민군의 세 규합에 나섰다는 것이다.

"어찌하면 한시라도 빨리 여기를 빠져나갈 수 있겠소?"

박인호의 말에 월화할멈이 잠깐 헤아린 끝에 말했다.

"이승우는 지략이 있는 장수여서 빈틈없이 진을 쳤고, 좀 허술한 데는 쇠갈퀴를 숨겨뒀어. 그런데 오늘 밤에는 동학농민군이 멀리 달아난 줄 알고 초저녁부터 술판을 벌이고 있으니 좀 있으면 곯아떨어질 것이네. 그때를 맞춰서 여기를 빠져나가면 될 것이야."

저녁을 먹고 토굴에서 군호가 오기를 초조하게 기다리고 있을 때였다. 이윽고 부엌에서 솥뚜껑 두들기는 소리가 들려오고, 이를 군호 삼아 동학 주문 외는 소리가 시작되었다.

"시천주조화정 영세불망만사지…."

동학 주문을 외면서 큰길로 나섰다. 이때 관군 진지 쪽에서 비명 같은 외침이 들려왔다.

"동학쟁이들이 도술을 부린다! 대포와 총포에서 물이 나온다!"

동학농민군이 진지 앞으로 지나가도 감히 대포도 총도 쏘지 못했다. 이렇게, 동학농민군들이 역말을 무사히 빠져나와 동학 세상이 된 태안 서산 광천 쪽으로 들어갔다.

10월 26일, 내포 5만의 동학농민군이 신례원 뒤뜰 관작리에 진을 쳤다. 시오리에 걸쳐 볏짚으로 만든 초막을 세우고 깃발을 세웠다. 이에 맞서 이승우가 이끄는 관 유회군이 어름재에 진을 쳐서 바야흐로 한판

승부를 눈앞에 두고 있었다.

전날 예산 역말 주막을 빠져나간 박인호 대접주가 이끄는 동학농민군 대군은 서산을 떠나 운산 여미평에 이르렀을 때는 벌써 수만을 헤아리게 되었다. 24일, 동학농민군이 면천으로 머리를 돌려 승전곡 골짜기로 들어섰을 때, 관 일본군이 뒤따라온다는 소식을 접하고 일제히 골짜기에 매복했다가 앞문과 뒷문을 닫아걸고 공격을 퍼부어 크게 이겼다. 일본군은 혼비백산하여 무기를 버리고 홍주성으로 달아났다. 그날 대승을 거둔 동학농민군은 내처 면천성을 점령하고 오가 역탑리에 유숙하고 어제 이곳으로 진을 옮겨왔다. 이에 맞서 홍주성에서 출발한 1천 명의 관군은 예산 대흥 지역에서 미리 모집된 유회군이 합류하여 5천 명의 군진이 되었고, 여기에 전날 목시 대도소를 친 김병돈이 이끄는 부대가 합류했다. 그러나 승전목 전투에서 무기를 잃고 홍주성으로 들어간 일본군은 합류하지 못했다.

얼음재에 대포를 설치한 관 유회군이 먼저 포사격을 시작했다. 들판에 흩어져 점심을 지어 먹던 동학농민군은 일시에 대포 공격을 받고 잠깐 대오가 흩어지는 듯했으나, 곧 전열을 정비하여 반격에 나섰다. 서로 포를 쏘며 거의 반나절 동안 밀고 밀리는 공방전을 벌였다.

이때 동학농민군이 함성과 함께 어름재를 향해 하얗게 달라붙었다. 관 유회군의 진지에서 대포 공격이 멎었다. 대포 구멍을 산 아래쪽으로 숙여서 쏠 수 없기도 했지만, 동학농민군 쪽에서 미리 세작을 통해 화약이 떨어져 가는 낌새를 알아차렸기 때문이었다.

동학농민군의 하얀 물결 앞에는 붉은 옷을 입은 소년이 앞장서 있었다. 여기에 맞선 관군 쪽에서도 검정색 군복 맨 앞에 붉은 옷을 입은 소년이 앞장섰다. 동학농민군 쪽 홍의소년은 팽구였고, 관 유회군 쪽은 한기경이었다. 잠깐 두 사람의 눈이 마주쳤지만, 이것이 이승의 마지막 인연이 되었다. 서로 칼을 휘둘러 적진 깊숙이 파고들었다. 팽구가 왼손 잡이여서 왼쪽으로 치고 들어갔고, 한기경은 바른손잡이라서 동학농민 군의 바른쪽으로 파고들어 서로 다른 방향으로 공격하는 셈이 되었다. 팽구가 휘두르는 칼에 앞에 선 유회군이 짚단처럼 쓰러지자 뒤에 섰던 관군이 주춤주춤 물러섰다. 이때 "앞으로! 앞으로!" 독려하던 중군장 김 병돈이 앞으로 나서며 소리쳤다.

"이놈! 감히 어린놈이 설치느냐?"

김병돈이 단 칼에 벨 듯이 칼을 높이 치켜들었다. 그러나 팽구의 칼 끝이 가슴 복판을 찔러 김병돈의 황소 같은 몸뚱어리가 풀썩 쓰러졌다. 영관 이창욱이 달려 나오다 팽구의 칼끝에 쓰러졌고, 주홍섭 주창섭 형 제가 연달아 엎어졌다. 그러자 관 유회군이 주춤주춤 물러나기 시작했 다. 그런 중에 유회군 대장 홍경후가 앞으로 달려 나와 팽구의 칼을 맞 고 꼬꾸라졌다. 이때 관군 진영에서 누군가가 소리쳤다.

"신동이다!"

동학농민군이 짓쳐 들어가니 대장을 잃은 관 유회군은 주춤주춤 물러 서면서 짚단처럼 쓰러져갔다. 동학농민군의 함성이 산을 울리고 들판을 질러갔다.

관 유회군이 패주하고 멀리 달아나 팽구가 돌아섰을 때 한기경이 눈 에 들어왔다. 이미 한기경은 두 눈이 찔려 절명의 순간을 맞고 있었다.

"이 역적 놈들!"

"네 놈이 눈깔을 상것 능멸하는 데 썼으니 그 죗값을 받은 게다!"

한기경은 근동에 소문난 활쟁이였다. 그러나 무과에 3년 연달아 낙방 하고 나서야 돈을 수레로 바쳐야 급제한다는 사실을 알고 나서 어린나 이에 반거충이가 되었다. 한기경이 신궁 같은 활솜씨를 여염집 아낙네 물동이를 깨는데 썼으니 두 눈을 먼저 찌른 것이다. 뒷날 사람들이 한기경의 죽음을 두고 말했다.

"활로 대적했으면 많은 동학농민군의 인명이 끊길 뻔했으나 칼로 덤비는 바람에 우리가 살고 지가 죽은 겨."

팽구가 두 눈이 찔려 죽은 한기경을 내려다보고 서 있을 때, 동학농민군이 팽구를 둘러싸고 있었다.

"팽구 만세! 동학만세!"

누군가가 소리치자 동학농민군의 함성이 온 세상으로 퍼져나갔다.

"자! 이제 홍주성으로 가자!"

(*)

백마의 여장군 이 소사 이야기

1

 나뭇잎을 다 내려놓은 먼 산은 칙칙했다. 산에서 내려온 바람이 빈들을 가로질러 달려갔다.
 집강소 마당에서 서성이던 이방언이 붉은 깃발을 들어 올리자 동구 밖에서 대기하던 소리패가 풍물을 쳐서 들판과 검은 산을 한바탕 휘젓기 시작했다. 붉은 깃발 신호에 따라 농악이 멎고 날라리가 저문 하늘 속으로 울려 퍼졌다. 날라리가 길고 짧게, 그리고 아주 길게 군호를 쏘아 올렸다. 이 군호에 맞춰 산에서 깃발이 솟으면서 동학농민군의 함성이 터졌다. 산에서 들판으로 하얗게 밀려 내려오는 동군 동학농민군에 대응하여 맞은편 산에서 서군 동학농민군이 쏟아져 내려왔다. 한데 맞붙어서 한바탕 대련을 치른 동학농민군이 깃발 군호에 따라 들판에서 후퇴하여 산속으로 자취를 감춰버렸다. 이방언은 적의 어떤 공격에서도 대열을 유지하면서 공격과 후퇴가 이뤄져야 한다고 믿었고, 이를 조련했다.

이때 동구 밖 먼 산 아래쪽에서 붉은 말이 나타나 이쪽을 향해 달려 오고 있었다. 못 보던 말이었다. 이방언은 무슨 흉한 소식을 전할 파발 마인가 싶어서 바짝 긴장 긴장이 되었다. 안 그래도 요즘 광주 화순 나주 손화중 최경선, 전주 쪽에서 전봉준 김개남의 좋은 소식이 내려오기를 기다리고 있었다.

"이방언 접주님, 소녀는 이소사(李召史)라 하옵니다."

말에서 내린 사람은 뜻밖에도 스무 살 남짓 앳된 처자였다.

"나를 어찌 아시며, 무슨 일로 날 찾아오셨소?"

"동학접주 이방언 어른을 일찍부터 들어왔습니다. 어지러운 세상에 제가 뭐 할 일이 없을까 싶어서 찾아왔습니다."

"무슨 사연이 있기에 아낙이 남정네들이 싸우는 싸움터에 뛰어들 생각을 하셨단 말이오?"

"사연이 있으니 더는 묻지 마시기 바랍니다. 저는 한울님을 모시는 동학교도이며, 검이 있고 갑옷까지 갖추고 있으니 저도 여느 사내 몫은 할 만합니다."

이소사가 말 잔등에 실린 자루를 가리키며 말했다. 순간, 이방언은 얼른 떠오르는 것이 있었다. 파발이다. 오늘 저녁에 두령들이 모여서 파발을 뽑으려던 참이다. 사실 사내란 관의 기찰이 까다롭다.

"자세하게는 묻지 않겠소. 남원 광주 전주 동학농민군 군진에서 소식을 받아오는 파발 일을 할 수 있겠소?"

이방언의 말에 이소사가 잠시 머뭇거렸으나 곧장 말했다.

"제가 애초에 작정한 일이 아니오나 그도 필요한 일이니 하겠어요."

"고맙소. 먼저 가까운 광주 화순으로 가서 손화중 두령을 만나서 그곳 동학농민군 소식을 받아 오시오. 공주 쪽에서 급한 소식이 내려와 있을 것이오."

이방언이 주머니에서 박 껍질에 찍은 비표(祕標)를 내주면서 말했다.
"장군소끼리 통하는 비표이니 잘 간직하시오. 절대 민보군이나 지방군이나 관군에게 보여서는 안 될 것이오."
"알겠어요."
이소사가 얼굴에 희미한 웃음기를 보이자, 이방언이 좀은 편해져서 물었다.
"어디 사는 누구인지 정도는 알 수 있겠소?"
"저는 여기서 30리쯤 떨어진 마을에 사는 이소사입니다."
"알겠소! 저물기 전에 어서 떠나시오."
이소사는 말이 끝나기가 무섭게 말에 올라 뽀얀 먼지를 남기며 동구 밖으로 사라졌다. 얼마 뒤에 동학농민군 두령들이 마당으로 들어섰다.
"두령님, 금방 다녀간 저 말은 뭐며, 뭘 하는 사람이오니까?"
이방언은 잠깐 짚이는 것이 있어서 가볍게 넘겨서 말했다.
"나도 처음 보는 사람이라 잘 모르겠소."
"붉고 키 큰 말이 어디서 본 듯 눈에 익은데, 어디서 봤더라? 말 등에 얹힌 아이가 가벼워서인지 아주 바람 같이 잘 달립디다. 파발로는 그만이오."
사람들 눈에 이소사가 아이 정도로 보였다는 뜻이다.
"오늘 군사 조련하느라 수고가 많았소. 이제 큰 싸움이 시작될 것이니 안으로 들어가 상의합시다."
지난 9월 13일, 전봉준이 삼례에서 기포했다. 이때에 맞춰서 장흥 지역의 동학농민군도 일제히 기포했다. 그러나 이방언은 전봉준이 이끄는 삼례 진영에 참여하지 않았다. 왜냐하면 수성군을 결성한 장흥부 박헌양의 움직임이 심상치 않았기 때문이었다.
"오늘도 수성소의 군사 조련이 종일 있었답니다. 머지않아 무슨 일이 벌어질 것 같소."

　성안에서 벌어지는 수성군의 움직임이 동학 장군소에 낱낱이 보고되었다. 이에 이인환 대두령이 호응했다.

　"우리도 그에 못지않게 준비해 왔으니 걱정할 것 없소."

　"옳소! 우리가 먼저 들이쳐서 지난 7월에 죽음을 당한 교도의 원수를 갚읍시다. 내가 제일 먼저 뛰어들어 박헌양의 목을 따버리겠소."

　이사경 대두령이 분연히 나서서 호응했다. 이방언은 문득, 아까 꿈결처럼 나타났다 떠난 이소사가 지난 7월에 박헌양의 손에 죽은 동학교도의 아내일지도 모른다는 생각이 퍼뜩 들었다. 이방언이 뭔가에 끌리기라도 한 듯 망설임 없이 명을 내렸다.

　"좋소! 내일 당장 벽사 역부터 들이칩시다!"

2

　1894년 12월 3일, 1만의 장흥 동학농민군이 벽사 역을 점령했다. 묵촌의 이방언, 자라번지 이사경, 웅치 구교철, 고읍(관산) 김학삼, 대흥 이인환 두령이 이끄는 동학농민군 연합세력이었다. 벽사역을 사방에서 포위하자 찰방 김일원이 장흥부 성안으로 도피해 버렸고, 수성군 역시 장흥 성안으로 철수했다. 동학농민군은 여세를 몰아 장흥성을 에워쌌다. 이방언이 두령들을 급히 장군소로 소집했다. 이방언이 다급해져 말했다.

　"오늘 밤을 지나, 새벽에 총공격이오!"

　두령들이 각기 제 진영으로 흩어지고 장군소에 홀로 남은 이방언은 여전히 초조해하고 있었다. 파발로 떠난 이소사를 기다리는 중에 오늘 점심 무렵에 광주에서 내려온 소장수를 만났다. 전봉준 손병희가 이끄는 동학연합군이 공주 우금치에서 크게 패했고, 손화중 최경선도 광주에서 패해 동학농민군이 흩어졌다는 것이다. 이소사가 광주에서 이 소식을 가져왔다 하더라도 이를 동학농민군에게 그대로 알릴 수는 없다. 그래서 이소사가 장군소에 나타나지 않았을까.

12월 5일, 칠흑 같은 어둠이 짙고 적막했다. 동학농민군이 어둠 속으로 스며들 듯이 성을 향해 다가서고 있었다. 새벽이 되자 이방언이 횃불 군호를 올렸고, 이에 맞춰 성안으로 총포와 포사격이 시작되었다. 이에 맞서 성안에서도 총포로 맞대응했다. 이방언의 어산접 1천여 명이 동문, 이사경의 용반접 5백여 명이 남문, 구교철의 웅치접 1천 명이 북문에 배치되었다. 동학농민군은 천주부적이 찍힌 수건을 머리에 둘렀고, 동학 주문을 외면서 공격하도록 했다. 이방언의 지휘에 따라 동학농민군 수십 명이 거목을 들어 동문을 향해 돌진했으나 성 위에서 쏘는 총포에 몇 명이 쓰러지자 통나무를 버리고 물러났다. 이방언이 예측하지 못한 일이 너무 빨리 벌어진 것이다. 이방언이 소리쳤다.

"성벽으로 총포를 집중사격하라! 통나무를 들어 돌진하라!"

성안으로 총포가 집중됐지만 통나무를 들어야 할 동학농민군이 머뭇거리고 있었다. 이때였다. 어둠 속에서 백마가 달려 나오며 소리쳤다.

"통나무를 들어라!"

이소사였다. 이소사의 여린 말에는 거역할 수 없는 어떤 힘이 들어있었다.

"돌진! 앞으로 돌진!"

백마를 탄 이소사가 앞장섰고, 동학농민군이 함성과 함께 달려들어 동문을 향해 돌진했다. 동문이 단숨에 무너져 뚫리고 동학농민군이 성안으로 밀어닥쳤다. 이와 때를 같이하여 이사경이 이끄는 용반접 석대군이 남문으로 밀고 들어오고, 구교철이 이끄는 웅치접이 북문으로 한꺼번에 밀어닥쳤다.

"나를 따르라!"

백마 탄 이소사의 외침에 따라 동학농민군이 부사가 거처하는 선회당으로 달려 들어갔다. 이때 부사 박헌양은 선회당 마당에 세워놓은 망루에 올라가 있다가 급히 내려왔다. 백마가 단숨에 마당으로 가로질러 박헌양을 향해 달려들었다. 칼이 허공을 가르자 박헌양이 비명과 함께 목이 땅으로 굴러떨어졌다.

"박헌양이 죽었다!"

함성과 함께 밀려들어 온 동학농민군의 공격에 수성군이 곳곳에서 쓰러졌고, 마침내 사방으로 흩어져 달아나기 시작했다. 이때 백마를 탄 이소사가 마치 총포의 연기가 밤하늘로 스러지듯 사라졌다.

동학농민군이 관아를 불태우고 지난 7월부터 동학교도를 잡아들이는 데 앞장섰던 아전 집을 불태웠다.

장흥성을 점령한 동학농민군은 다음날 강진으로 향하여 장흥과 강진 경계에 있는 사인점에 숙영했다. 큰 매듭을 풀었지만 큰 근심이 가로막고 있었다. 공주성 전투에서 패하고 내려온 동학농민군이 이미 합류했거나 내려오는 중이고, 뒤에서는 관 일본군이 추격하고 있었다. 여기다 광주 무안 화순 나주 지역에서 활동하던 손화중 최경선 전봉준 김개남이 체포되었다는 소식까지 들어왔다.

3

12월 7일, 새벽부터 안개가 자욱하게 밀려들기 시작하자 이방언은 강진현을 들이쳤다. 현감 이규하는 구원병을 요청하러 간다는 핑계로 미리 나주로 달아났고, 의병장 김한섭이 이끄는 민보군이 남아 있다가 제자들과 함께 동학농민군에 의해 죽임을 당했다.

강진현에 이어 동학농민군은 강진병영 공격에 나섰다. 병사 서병무가 병영에 설치되었던 동학 집강소를 철폐하고 수성소를 설치했고, 수천 명의 민군을 모아 병영 장대에서 조련하면서 수차례 동학농민군을 잡아다 포살하면서 기세를 올리고 있었다.
　동학농민군은 9일부터 수천 명씩 무리를 지어 병영과 10-20리 떨어진 장흥 강진 보성 쪽에 주둔하여 병영성을 압박하고 있었다.
　10일 새벽 2시, 동학농민군이 세 길로 나누어 병영성을 압박해 들어갔다. 동학농민군이 먼저 병영의 안산인 삼봉을 점거하여 일제히 대포를 쏘았다. 포화가 성안으로 벼락 치듯 쏟아지고 화약 연기가 밤하늘을 덮었다. 이때였다. 마치 하늘로 흩어지는 연기를 타고 내려온 듯 백마를 탄 이소사가 나타났다. 이소사가 횃불을 들고 백마를 몰아 성을 돌면서 쌓아둔 목책에 불을 질렀다. 한 바퀴를 도는 동안 먼저 불붙은 목책이 무너지자 다시 성을 돌면서 독려했다.
　"성가퀴로 올라 성안으로 들이쳐라!"
　이제 동학농민군은 백마를 탄 이소사의 외침이 신이(神異)하다는 것을 알아서 명에 따라 성가퀴로 달려들었다. 병영 안에 있던 수성군이 사방으로 흩어져 달아나기 시작했다. 병사 서병무가 겁을 집어먹고 두루마기 바람에 패랭이를 쓰고서 피난하는 사람들 틈에 섞여 영암 쪽으로 달아났다.

4

　하늘이 종일 무겁더니 눈발이 흩날리고 있었다. 장군소에서 석대 들판을 내려다보고 서 있던 이방언은 어쩌면 이제 마지막 전투일지도 모른다는 예감이 들면서 온몸으로 전율이 훑고 지나갔다. 이제 눈 끝에 추위가 닥칠 것이고, 동학농민군이 숙영하기가 더 어려워질 것이다. 총포 심지가 눅어서 발사가 어려워지고, 대포 사격 위력도 떨어질 것이다. 이제 두려운 것은 신식 총으로 무장한 관 일본군이었다.

일본군과 대적한 것은 지난 12일 밤이었다. 병영성을 점령하고 장흥으로 다시 들어왔을 때 동학농민군은 3만여 명으로 불어나 있었다. 공주성 전투에서 패한 동학농민군과 광주 화순 나주에서 흩어진 동학농민군, 청주성 전투에서 패하고 내려온 남원 동학농민군까지 합쳐 엄청난 군세를 이루게 된 것이다. 동학농민군은 장흥 성 남문 밖과 모정 등지에 흩어져 주둔하고 있었는데, 그날 밤늦게 장흥 성으로 들어온 일본군과 첫 접전을 벌였다. 짧은 전투에서 동학농민군은 20여명의 희생자를 내고 퇴각했다. 동학농민군은 들판 밖으로 나와 진을 옮기며 매일 위세를 떨쳤지만 13일 새벽에는 통위대 교장 황수옥이 이끄는 관군과 접전을 벌여 또 패했다. 연일 신식무기의 위력에 밀려 퇴각하게 되었다.

동학농민군은 13일 14일 이틀에 걸쳐 재집결하여 수만의 군세를 과시하면서 장흥 부를 멀리서 포위하여 압박하고 있었다.

눈발이 굵어져 눈앞이 자욱해지자 초조해진 이방언은 영기(令旗)를 들었다. 날라리를 불고 연기를 피워 군호를 냈다. 동학농민군 진영의 대포가 성안으로 들이쳤고, 총포대의 사격도 제대로 이뤄지고 있었다. 고읍 방향에서 자울재를 넘어 석대들을 가득 메우며 장흥부로 진격해 들어갔다. 먼저 장흥성에서 민병 수십 명이 들판으로 나와 대적했다. 민병이 몇 명의 희생을 내고 퇴각하자 동학농민군이 벌떼처럼 덤벼들었다. 이를 내려다보던 이방언은 "아뿔싸!" 무릎을 쳤다. 보이지 않는 곳에서 일본군의 신식 총포가 빗발치고 있었다. 동학농민군이 짚단처럼 쓰러졌다. 후퇴 날라리를 불었지만 이미 늦었다. 동학농민군이 속절없이 쓰러지고 있었다. 관군이 몰려나와 합세했다. 이때였다. 마치 하늘에서 눈을 타고 내려온 듯 백마가 나타났다. 앞으로 나선 이소사가 동학농민군을 후퇴시켰다. 그리고 물러나던 동학농민군이 갑자기 돌아서면서 접전이 벌어졌다. 백마를 탄 이소사가 관 민보군 진영을 휘젓고 다니면서 휩쓸었다.

아! 이번에는 이방언의 입에서 먼저 신음이 흘러나왔다. 백마가 하늘을 향해 솟구치는가 싶더니 이내 꼬꾸라졌다. 관 일본군의 새로운 사격에 백마가 총탄을 맞은 것이다. 이소사가 어떻게 되었을까. 이방언이 말을 타고 급히 달려나갔다. 그렇지만 이방언은 이소사와 백마가 쓰러진 곳까지는 다가갈 수가 없어 동학농민군을 데리고 자울재 넘어 퇴각했다.

이방언의 동학농민군은 17일에 옥산리에 집결하여 다시 전투를 벌였지만 1백여 명이 희생되고 20여 명이 생포되면서 항전에 막을 내렸다.

5

이소사가 붙잡혀 처형되었다. 관 일본군 기록에는 '거괴 이소사(李召史) 혹은 여동학(女東學)이 민보군에 체포되어 일본군에 넘겨져 나주로 이송되어 처형되었다.'고 했다. 이소사가 '김양문(金良文) 혹은 허내원(許乃元)의 처'라 했지만 이는 모두 앞뒤가 맞지 않는 기록이다.

이방언은 12월 25일에 체포되어 나주를 거쳐 서울까지 압송되었다. 3월 21일 재판에서 풀려났으나 1895년 4월 22일 전라감사 이도재의 체포령으로 아들 이성호와 함께 체포되어 4월 25일 처음 공격을 시작했던 벽사역에서 포살되었다.

(*)

엄통령, 엄조이 이야기

1

황룡강에서 언덕으로 기어오른 찬 겨울 안개가 죽산마을 야트막한 독배산을 뒤덮고 있었다. 안개 아래로는 동학농민군의 움막이 촘촘하게 늘어서 있었다. 이제 아침저녁으로 살얼음까지 얼어서 아침부터 불을 피워 싸늘하게 굳은 몸을 녹여야 했다. 이제 동학농민군들은 저마다 따뜻한 집 아랫목이 그리울 것이다.

최경선은 안개 덮인 숙영지로 스며드는 푸른 연기를 내려다보면서 한결 초조해졌다. 나주성 총공격을 앞두고 성안으로 정탐을 들어간 엄조 그만이가 돌아오지 않는 것이다. 행여 일이 잘못되어 붙잡히기라도 했을까.

목사 민종렬이 지키고 있는 나주성은 지난봄에 전라감영이 함락되고, 온 전라도 군현이 동학농민군 수중에 들어갔을 때도 함락되지 않은 철옹성이었다. 전주화약으로 온 전라도에 집강소가 설치되었을 때도 민종렬은 집강소 설치를 거부했다. 7월 초에 최경선 손화중이 나주 동학 대접주 오권선과 연합하여 나주성 공격에 나섰지만 실패했다.

  8월 13일, 추석 전에 전봉준이 민종렬을 찾아가 담판을 시도했다. 그러나 끝내 집강소 설치는 무산되었다. 대신 오권선은 나주성 밖에다 동학 대도소에 집강소를 설치했다.

  9월 들어 청일전쟁에서 승리한 일본군이 경복궁을 점령하여 나라의 운명이 풍전등화 격이 되자 해산했던 동학농민군이 다시 봉기에 나섰다. 최경선 손화중은 전봉준과 함께 정읍 장성 담양 등지를 두루 돌아다니면서 기포를 독려하여 마침내 삼례에 동학농민군 대진을 구축하기에 이르렀다.

  손병희가 이끄는 호서 동학농민군 본진이 호남의 동학농민군과 연합하기 위해 논산으로 내려오고, 호남의 동학농민군이 출정하려 할 때 삼례 대장소에 엄조그만이가 나타났다. 대장소에 있던 전봉준 최경선 손화중 등 동학농민군 대장들이 모두 놀랐다. 먼저, 지난 봄 용머리재 전투에서 지아비를 떠나보낸 엄조그만이가 다시 동학군진에 들어와 파발이 된 것에 놀랐고, 다급해진 나주성 소식에 놀란 것이다. 오권선이 설치한 나주 집강소가 민종렬이 이끄는 초토영군에 의해 초토화되었고, 장차 일본군이 동학농민군을 진압하기 위해 법성포 아니면 진도로 상륙한다는 소문이었다. 대장들이 상의한 끝에 손화중 최경선은 동학농민군을 이끌고 급히 광주로 내려가 방어선을 구축하기로 했다. 이때 엄조그만이도 광주로 함께 내려와 파발 임무를 맡게 되었다.

  해가 나고 차츰 안개가 걷혀갈 무렵, 먼눈으로 엄조그만이가 탄 말이 나타났다. 예상대로 말에서 내린 엄조그만이의 표정은 어두웠다. 게다가 엄조그만이의 작은 몸에 물동이 같이 볼록한 배가 더 먼저 눈에 들어왔다. 장군소로 들어와 자리했지만 입을 여는 사람이 없었다. 엄조그만이가 먼저 입을 얼었다.

"나주성에는 벌써 전봉준 김개남이 이끄는 동학농민군이 공주와 청주에서 패했다는 소식이 파다하게 퍼져 있어요. 아이 어른 할 것 없이 "전라도 53개 잎이 다 누렇게 변해도 오직 한 잎만이 푸르다" 하는 노래를 부르고 다닙니다. 성안에 방비가 철통같아서 바깥으로 물 한 방울 새어나갈 틈이 없어요. 뒤집어서 말하면 바깥에서 들어올 틈이 없다는 말과 같아요."

최경선 손화중은 이미 짐작하고 있던 말이라 무덤덤했다. 그렇지만 최경선이 결연히 나서 말했다.

"그래도 우리는 마지막 힘을 다해 나주성을 칠 것입니다."

"그래야겠지요! 꼭 그렇게 돼야 합니다."

엄조그만이도 같이 결연해져 말했다. 엄조그만이의 말끝에 손화중이 조심스럽게 말했다.

"하지만 엄통령은 이제 몸도 무겁고 하니 이번 싸움에는 들지 않는 것이 좋겠습니다."

"아닙니다. 제가 오권선 접주와 성을 깨뜨릴 계책을 가지고 나왔으니 이번 싸움에 제가 반드시 앞장서야 합니다."

엄조그만이의 말이 너무 당차서 감히 더 말릴 수가 없었다.

"그러면 먼저, 엄통령께서 준비하신 계략부터 들어봅시다."

최경선 손화중의 얼굴을 뒤덮고 있던 근심이 조금 걷혀 있었다. 엄조그만이의 계략 안에는 어떤 신통한 힘이 있을 것만 같았다.

2

지난 3월 하순, 무장에서 동학농민군이 기포했다. 동학농민군이 부안

백산으로 군진을 옮겨서 창의문을 발표할 때 엄조그만이와 엄홍철이 나타났다. 처음에는 엄조그만이가 남장을 하고 있어서 형제인 줄로만 알았다. 진중에 내외로 알려진 것은 한참이 지났을 때였다. 백산에서 군진을 조직할 때 최경선이 영솔장으로 이름을 올리고 그 아래에 엄홍철 엄조그만이 이름이 적혀서 비로소 사람들의 입에 이름이 오르내리게 되었다.
　동학농민군이 정읍 황토재에서 감영군을 물리치고 나서 영광 함평으로 이동하면서 동학농민군 군세를 키워나갈 때 엄조그만이가 한 역할을 했다. 엄조그만이가 두 갈래로 머리를 땋아 내리고 연지곤지를 찍으니 영락없는 신동(神童)이었다. 엄조그만이가 서방 엄홍철 등에 업혀서 푸른색 홀기(笏旗)를 쥐고 방향을 잡아주니 마치 지휘하는 것과 같았고, 수많은 동학농민군이 질서 정연하게 움직였다. 누구의 입에서부터인가 엄조그만이를 '엄통령(嚴統領)'이라 불러서 새 이름이 되었다. 그 뒤에는 날라리를 부는 사람이 따르고, '인(仁)' 자, '의(義)' 자를 새긴 깃발 한 쌍과 '예(禮)' 자, '지(智)' 자를 새긴 한 쌍이, 또 다음에는 흰색 황색 깃발이 뒤따랐다. 흰 깃발에는 '안민창덕(安民昌德), 황색 기에는 '보제중생(普濟衆生)'이라 쓰고, 그 뒤에는 각 고을 포접 이름을 쓴 깃발이 뒤따랐다. 동학농민군 대열이 영광을 지나 함평에 이르렀을 때 동학농민군 군세는 수만에 이르러서 이는 엄통령의 신통력 때문이라 했다.
　이때, 무안으로 향하던 동학농민군 군진이 머리를 장성으로 틀었다.
　그날 동학농민군은 장성 황룡강 가에 흩어져 점심을 먹고 있었다. 엄조그만이가 소쿠리에 주먹밥을 담아서 이리저리 나눠주고 있었다.
　"아이고! 누군가 했더니 엄통령이구만. 가차이서 본께 참말로 예쁘요이."
　"같이 댕기던 바늘과 실이 오늘은 어쩐 일로 떨어졌당가?"

"그라고 본께 참말로 서방님이 안 보이네요이."
동학농민군들이 저마다 찬사를 한마디씩 하며 반겼했다.
이때였다. 갑자기 관군의 대포사격이 시작되었고, 점심을 먹던 동학농민군은 일시에 혼란에 빠졌다. 이때 엄조그만이가 급하게 홀기를 쥐고 앞장서자 우왕좌왕하던 동학농민군 대진이 바로 대열을 수습했다. 동학농민군 대진이 황룡강 경계를 벗어나, 들판을 질러 월평 삼봉으로 들어섰다. 동학농민군 바로 옆에서 관군의 대포가 동학농민군 곁에서 터져도 대열을 흩지 않으니 마치 관군이 쏘는 대포가 동학농민군을 피해가는 것 같았다. 아니, 엄조그만이가 영험하게 대포를 피해서 길을 인도하는 것 같았다.
이때였다. 산 위에서 미리 진을 치고 있던 동학농민군이 수십 개의 장태를 밀고 내려왔다. 사람의 모습이 보이지 않는 닭둥우리 모양의 큰 장태인데, 밖으로 창과 칼이 삐죽하게 꽂혀서 고슴도치와 같았다. 아래에는 두 개의 바퀴가 달려서 미끄러지듯 빠르게 산 아래로 내려왔다. 멀리서 보면 장태가 내려오는 것도 마치 학익진(鶴翼陣)과 같이 질서정연했다. 이에 맞서 싸우던 관군은 난생처음 보는 괴물 앞에서 혼비백산하여 총탄과 화살을 쏘아댔다. 그렇지만 괴물은 끄떡없이 산 아래로 미끄러지듯 내려오고 있었다. 이윽고 장태가 관군 가까이에 이르자 장태 뒤에 숨어서 총을 쏘며 따라오던 동학농민군이 일시에 함성을 지르며 관군을 향해 덤벼들었다. 이때 앞장 선 이가 엄홍철이었다. 대관 이학승이 달아나는 관군을 가로막고 서서 도망치는 관군을 막았다.
"멈춰라! 돌아서서 싸워라!"
그러나 겁을 먹은 군사는 돌아서지 않았다. 제 상관의 칼을 맞고 쓰러지는 군사도 부지기수였다.
엄홍철이 이학승을 엄호하고 섰던 관군 몇을 칼로 베고 마침내 이학승 대관과 마주했다. 두 사람의 숨 막히는 대결 끝에 마침내 이학승이 칼을 맞고 쓰러졌다. 이와 함께 동학농민군 대진의 공격이 시작되었고, 이학승 홍계훈이 거느린 관군이 뿔뿔이 흩어져 달아나기 시작했다. 이 날 동학농민군은 도망치는 관군을 30리 지경까지 추격했고, 동학농민군은 관군의 대포 2문을 노획하는 큰 전과를 올렸다.

장성 싸움에서 크게 이긴 동학농민군은 내쳐 장성 갈재를 넘어 전주를 향해 내달았다.

그날 밤, 동학농민군이 전주성을 지척에 둔 원평 장터에 유숙하게 되었다. 대장소가 된 원평 도회소에 뜻밖의 손님이 찾아왔다. 홍계훈이 보낸 이효응 배은환이 임금의 효유문을 앞세워 찾아왔고, 이주호가 임금이 보낸 내탕금 1만 냥을 지게에 지워 하인 2명을 데리고 나타났다. 전봉준은 세 사람을 포박하여 마당에 무릎을 꿇리고 심문했다. 임금이 내려보낸 사자들이 노발대발하여 길길이 날뛰었으나 전봉준은 대꾸 없이 광에 가두게 했다.

다음날 원평대회를 열어 동학농민군이 보는 앞에서 왕의 사자들의 목을 베어 시체를 마을 뒤에다 버렸다. 지니고 온 임금의 편지와 문서를 시체 위에 던져버렸다. 이로써 동학농민군은 감영군과 중앙군을 격파한 데 이어 임금이 보낸 사자의 목을 베고 내탕금마저 빼앗으니 돌아갈 다리를 끊어버린 셈이었다.

원평대회 끝에 동학농민군은 성난 파도처럼 전주성으로 내달았다. 이번에 엄조그만이는 말 등에 올라서 홀기를 쥐었다. 동학농민군의 선두가 용머리재를 막 올라섰을 때였다. 고갯마루에 화약연기가 자욱하여 한바탕 총격이 막 끝난 듯 했다. 사람들이 둘러서 있고, 그 틈으로 거적에 덮인 시신이 눈에 들어왔다. 순간, 엄조그만이의 눈앞으로 하얀 아지랑이가 몰려오나 싶더니 갑자기 눈앞이 아찔해졌다.

"엄통령! 서방님께서 일을 당하셨네. 어서 내려오시게."
아득히 멀리서 들려오는 말소리였지만, 최경선이 바로 곁에 있었다. 엄조그만이가 말에서 내려 사람들이 둘러선 거적때기를 향해 달려갔다.
"서방님!"
거적을 걷어내자 아직 선홍빛 피에 젖은 얼굴에 웃음기 번지는 엄홍철의 얼굴이 드러났다.
"아이고! 좋은 세상 만나 백년을 함께 살자고 하시더니 무슨 변고요?"
"용머리재에서 관군을 크게 물리치고 나서 그만 변을 당하셨다오."
동학농민군이 비어진 전주성으로 밀려들어 가며 환호하는 중에 오직 엄조그만이만 통곡하게 되었다. 섧게 곡을 하는 엄조그만이를 보면서 둘러섰던 사람들이 옷깃으로 연신 눈물을 찍어냈다. 최경선이 건장한 두 사람을 뽑아 엄홍철의 시신을 지고 고향으로 옮겨 장사지내도록 권했으나 엄조그만이가 폭풍 같이 쏟던 눈물을 거두고 나서 말했다.
"아닙니다. 우리 서방님은 도망 종 신세로, 근본이나 고향을 모르는 사람입니다. 좋은 세상만 온다면 어느 땅에든 묻혀서 평토 치고 그 위에 나무 하나 심어 달라고 하셨습니다. 우리가 봄날 참꽃을 따 먹다가 만났으니 위에다 참꽃 하나 심어 줘도 호사일 것입니다."
광주에서 함께 온 동학농민군 몇이 달려들어 용머리재 길옆에 땅을 파고 묻고 나서 그 위에 참꽃나무를 심었다.

3

11월 23일, 황룡강으로 냉기를 품은 어둠이 내리고 있었다. 동학농민군은 최경선 손화중이 이끄는 주력 2대와 엄조그만이가 이끄는 광주 동학농민군 세 패였다. 중저녁 쯤 나주성으로 스며들 듯 들어갔다가 축시(丑時)에 나주성을 사방에서 칠 계책이었다.

동문과 서문으로 바짝 다가갈 때까지 나주성에서는 아무런 움직임이 없었다. 날이 싸늘하기는 했지만 밤새 이동해 오느라 몸이 달궈 있어서 당장은 문제가 없었다. 그러나 시간이 더 지나 몸에서 열기가 빠져나가 몸이 굳으면 견디기 어려워진다. 이번에는 지난 장성 황룡강 전투에서 관군이 쓰던 대포를 끌고 와서 성문을 향해 포 발사 준비를 마쳐서 어느 때보다 준비가 든든했다.

그러나 오권선 쪽에서 공격 신호가 오기를 기다렸으나 깜깜무소식이었다. 초조하게 시각이 흘러갔다. 삼태성 기울기로 보아 축시를 넘기고 있었다. 이때 어둠 속에서 다급하게 파발이 다가왔다. 먼저 엄조그만이가 오권선 진영에서 나온 동학농민군을 알아보았다.

"어찌 된 일이에요?"

"우리 동학농민군이 출정 준비를 하는 중에 미리 들어왔던 왜군 정탐대의 공격을 받아 뿔뿔이 흩어졌구먼이요."

이때였다. 조용하던 나주성 안에서 총과 포사격이 시작되었다.

"두두두두…쾅! 쾅!…"

벌써 저쪽에서 이쪽의 움직임을 낱낱이 꿰뚫어 보고 있었던 것 같았다. 더 놀라운 것은 동학농민군 쪽 대포가 온전하게 포격을 받은 것이다. 일본군의 총격으로 바로 곁에서 멀쩡하게 섰던 동학농민군이 소리없이 쓰러져갔다.

"왜 총이다! 물러나라!"

최경선 손화중은 더 주저할 것도 없었다. 공격 명령은 화약을 지고 섶으로 뛰어들라는 격이다.

나주에서 물러난 동학농민군은 남평을 공격했으나 역시 패하여 승주로 이동했다. 이번에는 동학농민군이 토벌군이 정악하고 있는 광주관아를 공격하기 위해 덕산에다 다시 진을 쳤다. 최경선 손화중이 엄조그만이를 대장소로 불러 말했다.
"오늘 우리가 목숨을 걸고 싸우는 것은 뒷날 남은 사람들이 좋은 세상을 살게 하기 위해서입니다. 그러니 엄통령은 새로 태어날 아이를 위해서라도 집으로 돌아가 명을 보존하도록 하시오. 그게 용머리재에서 세상 뜬 엄홍철의 뜻이기도 할 거요."
이 말에 엄조그만이가 한숨을 내쉬어 말했다.
"제가 돌아간다 한들 어찌 온전할 수 있을까요."
"광주목사 이희성에게 청원서를 보내 내락을 받았으니 염려하지 마시오. 자진하여 관아에 들어가시오. 이름을 엄조이(嚴召史)라 했소."
"알겠습니다. 그러면 두 장군님께서도 부디 몸 보중하세요."
엄조그만이가 인사 끝에 흑 울음을 터트렸다. 그렇지만 "몸 보중하시라"라는 인사가 어찌 맞는 말이겠는가. 엄조그만이가 눈물지으며 물동이 같은 배를 앞세워 동학농민군 군진을 빠져나갔다.
11월 27일, 최경선 손화중이 덕산 진을 떠나 광주 관아를 공격했으나 실패하고 물러나 동학농민군을 해산시켰다.
최경선과 손화중은 체포되어 나주 초토영을 거쳐 서울로 압송된 뒤 이듬해 3월 29일 전봉준 김덕명 성두한과 함께 교수형 당했다.

4

관 기록에는 "여자 통령 엄조이(嚴召史)가 광주관아에 자수하여 곤장을 맞고 방면(放免)되었다"고 전한다.
(*)

당진 승전곡 전투 바우 이야기

동구 밖을 나서는 바우가 아이들 눈에 들어왔다. 날이 저물어 집으로 들어갈 무렵에 아이들에게 놀림감이 나타난 것이다.

기우뚱 찌우뚱 바우야 어디 가나
너 어머니 젖 먹으러 가나 기우뚱
너 아버지 장 마중 가나 찌우뚱

"너들 왜 불쌍한 바우를 놀리냐?"
등에 아이를 업은 점순이가 끼어들었다. 덩치가 훨씬 큰 점순이라 멀찍이 달아나 함께 놀려댔다.
"무슨 상관? 기우뚱 찌우뚱이 각시라도 되는가?"
"오냐, 이놈들아! 각시 될 끼다!"
점순이 말에 아이들은 더 신이 났다.
"얼레꼴레리, 얼레꼴레리— 점순이가 기우뚱 병신 각시 된대요. 얼레꼴레리…"

"이놈들! 가만 안 둘 테다!"

점순이가 아이들을 쫓자 마을 안으로 도망쳤다. 마침 날이 저물어 아이들과 점순이가 동네 산그늘, 저녁연기 속으로 사라졌다.

혼자 남은 바우는 괜히 화가 치밀어 돌멩이를 집어 마을 쪽으로 냅다 팔매질 했다. 그리고 나서 '흐헝!' 울음을 쏟아냈다.

"그래도 돌멩이를 사람한테 던지지 않아서 다행이구나."

바우의 등 뒤에 말이 건너왔다. 돌아보니 보따리에 수염이 멋진 노인이 서 있었다.

"뉘시오?"

"나는 최시형이라는 사람인데, 화가 난 어린 이는 누구신가?"

"난 다리병신 기우뚱이오!"

바우가 화 난 말로 내 뱉았다. 최시형이 얼굴에 달려 있던 웃음을 거두고 말했다.

"나는 관에 쫓기는 사람이다!"

"뭔 죄를 지어 쫓긴단 말이오?"

"너도 억울한 사연이 있는 모양인데, 나도 억울하게 쫓기는 사람이다."

"아버지가 몇 해 전에 술 먹고 들어와 운다고 날 패대기를 쳐서 이렇게 다리병신이 되었다오."

"저런! 내가 너 아버지를 좀 봐야겠구나!"

"아버지는 세상에 무서운 사람이 없어요. 괜히 봉변당할 테니 관두세요."

최시형이 뭐라 말하기 전에 바우가 나지막이 소리쳤다.

"저기! 관군이 와요! 어서 달아나요."

그러나 최시형은 당황하지 않고 차분하게 물었다.

"그래, 어디로 달아나면 좋으냐?"

"바른 쪽이우. 길이 험하니 조심해요. 그래도 산에 올라서면 밑에서 화살이나 총알이 날아와도 맞지 않아요."

"그래, 알았다. 고맙다."

최시형이 바람 같이 빠르게 짙은 산그늘로 사라졌다. 바로 검은 더그레 입은 사령과 털가죽을 벙거지를 입은 포수들이 나타났다.

"너, 금방 수염쟁이 늙은이 봤느냐?"

"저쪽으로 갔소."

바우는 정확하게 최시형이 사라진 산을 가리켰다. 그러자 사령과 포수가 죄인을 쫓기는 그만두고 언쟁을 벌였다. 포수들은 "날도 저물고 길이 험해서 뒤쫓아도 허탕이니 그만 돌아가자"고 했고, 사령들은 "상금 1만 냥이 걸린 중죄인이라 어떻게든 잡자"는 말이었다.

"사람이 살아서 1만 냥이지, 죽고 나서야 백만 냥이 뭔 소용이우?"

"에잇! 늙은이를 눈앞에서 놓치다니!"

날이 빠르게 어두워졌고, 낭패를 본 사령 포수들이 왔던 길을 되짚어 골짜기를 빠져나갔다.

바우가 다시 혼자가 되었다. 저녁 먹을 때가 되어 배도 고픈데, 아버지가 언제 올지 모른다. 그나마 몇 장만에 팔러 나간 소가 팔리면 좋겠지만, 소가 안 팔리면 꼴을 제대로 못 먹였다고 바우한테 화풀이를 할 것이다.

"아버지 오시이오―"

바우의 장 마중 외침이 산골짜기를 울리고 들판으로 퍼져나갔다.

"오냐, 바우냐? 아버지다."

아주 가까운 데서 들려왔다. 엥? 아버지가 이렇게 일찍 돌아오는 날이 다 있다니!

"아버지, 소는요?"

"오냐, 좋은 값에 팔렸다. 세상에! 살다가 이렇게 기분 째지는 날도 다 있구나!"

억만이가 허리에 찬 전대를 두들겨 쩔렁쩔렁 소리를 내보였다.

"소를 팔고 기분 좋게 한 잔 하려고 주막거리로 들어섰는데, 사령들에 포수가 쫙 깔려서 살벌하지 뭐냐? 뭔 동학두령을 찾는대나, 뭐라더라. 장거리에 화상을 걸어놓았는데, 수염이 좋은 노인이더라. 그래서 술이고 뭐고 내쳐 오는 길이다."

"아버지. 저, 그 사람을 봤어요."

"뭐? 그래서? 어디로 갔느냐?"

"저 산 쪽으로요. 사령과 포수가 와서 저쪽으로 도망갔다고 했더니 돌아갔어요."

"아이구야! 그렇다면 1만이 눈앞에 나타났다가 사라졌구나. 내 눈에 띄었으면 단박에 때려잡아 1만 냥을 벌었을 낀데. 앞으로 보거든 슬그머니 와서 말해라. 그 돈이면 소 장수 안 하고도 평생을 먹고 살 수 있단다."

억만이가 아쉬운 듯 '쩝!' 입맛을 다셨다.

"그래, 동학 두령이라는 사람, 어떻게 생겼더냐?"

"그냥, 사람 좋게 보였어요."

"아무렴 그렇겠지. 그러니 사람들 너도나도 만일 제쳐놓고 따르겠지. 요즘 동학에 드는 게 유행이라더라. 어여 가자!"

오늘은 아버지가 기분이 좋아 바우도 덩달아 신이 났다.

"어머니."

바우가 먼저 사립문을 열고 들어섰다.

"아이고! 이를 어째요?"

바우가 자랑을 막 내놓을 판인데, 불도 켜지 않은 방안에서 당진댁의 울음이 먼저 튀어 나왔다.

"뭔 일이오?"

억만이가 놀라 물었다.

"관에서 나와서 말을 몰고 갔어요."

"뭐요? 언제요? 뭐라고 하면서?"

"관에서 급히 말을 쓸 일이 생겼다면서, 이런 종이쪽지 한 장 놓고 가져갔어요."

"이런 날강도 놈들! 당장 달려가 모가지를 비틀고 찾아와야지."

"아이고! 바우 아버지, 대체 누구 모가질 비튼단 말이우? 관아는 날아가는 새도 떨어뜨린다잖아요."

억만이도 당진댁 말이 맞다 싶었던지 아무 소리 못하고 한숨만 내몰아 쉴 뿐이었다. 이때 사립문 쪽에서 희끗한 자취가 보였고, 바우가 아까 동학 교주인 줄 알아차렸다. 동학 교주가 어둠 속에서 말했다.

"근심하지 말고 예산 하포리 동학 두령 박인호를 찾아가 상의하시오."

금방까지 울화가 치밀었던 억만이가 버럭 소리쳤다. 아직 수염쟁이 동학 교주를 몰라본 모양이었다.

"댁은 뉘시우?"

"나는 동학 교조 최시형이라는 사람이오."

말끝에 최시형이 어둠 속으로 녹아들 듯 사라졌다. 마치 꿈결에 나났다가 사라진 것 같았다.

그 다음날이었다. 밑져야 본전이라면서, 억만이가 새벽바람으로 예산으로 나갔다. 바우는 오늘도 걱정이 태산 같았다. 아버지가 말을 찾지 못하면 화풀이가 고스란히 바우와 어머니에게 돌아올 것이기 때문이다.

바우가 당산나무 아래 서 있는데 점순이가 다가와 물었다.
"바우야, 오늘 네 아버지한테 좋은 일이 뭐냐?"
점순이의 말에 바우가 말했다.
"그야 아버지가 예산 박인호 동학두령을 찾아가서 등장 문을 받아 관아에 내밀어 '오냐, 말을 몰고 가거라.' 하여 말을 찾아, 말을 팔아서 전대를 차고 오시는 거지."
"그럼, 그렇게 될 거다."
"뭐? 점순이 니가 그걸 어떻게 알아?"
"응, 그냥. 모든 일이 지극정성이면 그렇게 된단다."
바우는 점순이 말대로 아버지가 모든 일을 해결하고 돌아올 것만 같았다.
어제와 같은 저물녘이었다. 바우가 동구 밖으로 장마중을 나갔다. 어제같이 허리에 전대를 찬 억만이가 불쑥 나타나더니 바우 앞에서 넙죽 엎드려 절부터 올리는 것이다.
"아버지 왜 그래요? 뭔 일이요?"
"바우야, 그동안 내가 잘못했다. 앞으로 너랑 어머니를 한울님으로 대하기로 했다."
술도 마시지 않은 억만이가 말끝에 '흑!' 울음까지 쏟았다. 바우가 달려들어 억만이의 넓적 손을 잡아 일으켰다.
"아버지, 어서 일어나요. 오늘 일은 잘되었지요?"
"그래, 다 잘되었다. 동학 대접주 박인호 접주랑 같이 관아에 들어가 군수에게 좋게 말하니 군말 없이 말을 내주어 장에다 내다 팔았다. 다 멋진 수염쟁이, 아니 동학 교주 어른 덕이다! 같이 갔던 사람들 모두 동학에 들었다. 허허허."
"지금 그 어른, 어디 계세요? 돈 1만 냥을 벌어야지요."

"내 안에 한울님을 모셨는데 돈이 대수냐? 교주 어른께서는 워낙 바람 같으신 어른이라 지금은 공주 어디에 계실 거라더라."

최시형의 이 행적은 을유(乙酉, 1885) 년 충청도 공주 마곡사 가섭암에 들어갈 때 일이다. 그리고 최시형이 5년 뒤인 경인(庚寅, 1890) 년에 다시 승전곡 사기소리에 들어왔다. 그때는 바우와 점순이가 혼례를 올리고 아이까지 낳아 살 때였는데, 집에 들러 점심을 먹고 공주 활원(弓院)으로 들어갔다.

1894년 10월 23일, 여미평에 내포 동학농민군 2만여 명이 모여 들끓었다. 동학농민군의 함성이 농악과 함께 장하게 울리고 깃발이 나부꼈다. 그러나 박인호를 비롯한 동학 두령들의 표정은 어두웠다. 지난 8일에는 예포와 덕포 동학농민군이 번번이 패하여 많은 동학농민군이 목숨을 잃었고, 어제 송악산성 싸움에서 패한 이창구 접주가 홍주성 이승우에게 끌려갔다가 효수되었다는 소식이 막 들어왔기 때문이었다. 그래서 동학농민군의 함성과 농악이 울분으로 들렸다. 홍주성에서 이승우가 이끄는 지방군이 다시 출동했고, 관 일본군이 평택 아산 신창을 거쳐 이틀 전에 예산 관아에 도착했다는 소식이 들어왔다.

이른 아침에 관군이 간보기로 여미평 한 진지로 쳐들어와 거뜬히 물리쳤고, 서산 태안에 집결해 있던 동학농민군 1만여 명이 합류하여 동학농민군의 사기는 다시 하늘을 찔렀다. 이윽고 박인호가 무겁게 입을 열었다.

"이번 전투는 신무기를 지닌 관 일본군을 대적하는 아주 중한 전투입니다. 사기소 고을 토박이 억만이 바우 부자의 전략을 따를 것이니 잘 듣고 따르도록 하시오!"

"아들 바우가 멧돼지를 잘 잡아오니께, 나 보담은 바우 말을 잘 들어

보시오."

　바우가 미리 준비해 둔 체를 치켜들었다. 여기저기 숯 칠이 되어 있었다.

　"여기가 승전곡 어귀이고 저 끝으로 20리 길입니다. 양쪽 능선으로 1만 명으로 둘러쌉니다. 우리는 이 골짜기 구석구석을 알고 있지만, 관 일본군은 여기 지리를 잘 모릅니다. 우리는 이를 이용해야 합니다. 제가 듣기로 관병 34명이고 왜병이 80명 남짓입니다. 왜놈들이 제아무리 신식 총으로 무장했다고 하지만 우리가 숨어서 쏘면 됩니다."

　점심때가 되기 전에 여미벌에 진을 치고 있던 동학농민군이 반나절만에 감쪽같이 승전곡 골짜기로 스며들었다. 사기소 마을 골짜기 어귀에 동학농민군 몇몇이 기웃거릴 뿐 조용했다.

　이윽고 아침에 면천 읍에서 출발한 일본군이 점심때가 좀 지나서 나무고개를 넘어 사기소리로 들어왔다. 골짜기 왼편 능선에서 동학농민군이 불쑥 나타나 사격을 시작했다. 일본군이 총격으로 대응했다. 동학농민군이 달아나자 일본군이 사격하면서 어귀에서 골짜기 깊숙이 밀고 들어왔다. 바우의 말대로 일본군이 동학농민군을 얕잡아 본 것이다. 이때였다. 먼저 골짜기 어귀를 틀어막는 동학농민군의 함성이 먼저 일어나고 양쪽에 매복해 있던 동학농민군의 함성이 일제히 일어났다. 포위된 것을 알아차린 일본군이 잠시 주춤했지만 관병이 먼저 달아나기 시작했다. 앞에 배치된 동학농민군 총포대의 총에 관병 몇 명이 쓰러졌다. 사기가 오른 동학농민군의 함성과 총포를 쏘아대자 이번에는 일본군까지 달아나기 시작했다. 그렇지만 배복해둔 동학농민군 총격에 후퇴도 쉽지 않았다. 이때였다. 횃불을 든 바우가 일본군진 아래 산 쪽에 불을 지르며 횡으로 뛰었다. 마침 불어오는 바람을 타고 불길이 관 일본군을 덮쳤다. 기우뚱거리며 불을 놓는 바위를 향해 관 일본군의 총격이 집중되면서 쓰러졌다. 아! 이를 바라보던 동학농민군의 입에서 비명이 흘러나왔다. 이와 함께 불길에 휩싸인 관 일본군이 총질을 포기하고 달아나기 시작했다. 어찌나 다급했던지 등에 지고 있던 배낭도 벗어던지고 달아났다.

대승을 거둔 동학농민군의 함성이 승전곡 골짜기를 뒤흔들었다.
"어서! 바우를 찾으시오!"
박인호 총두령의 명에 따라 동학농민군이 바우가 쓰러진 곳으로 달려가자, 어디쯤에 엎드렸던 바우가 기우뚱거리며 나타났다. 박인호가 기뻐 맞이했다.
"바우야, 살아 있었구나!"
"제가 뭐랬어요? 여기서는 총 맞을 일이 없다고 했잖아요."
바우의 말이 사방에서 터져 나오는 동학농민군의 함성에 묻혀버렸다.
"자! 가자! 이제 예산 홍주로 가자!"
동학농민군의 함성이 그만해질 무렵에 박인호 두령이 명했다.

주 : 당진 승전곡 전투는 최초로 일본군을 물리친 전투이자 마지막 전투로 알려졌다. 이 전투에서 승리한 동학농민군은 예산을 거쳐 26일, 신례원으로 들어가 내포지역에서 가장 큰 규모의 '신례원 전투'에서 다시 대승을 거뒀다. 그러나 이어 홍주성에서 전투를 치렀으나 여기서는 크게 패했다.

(*)

이토정전(伊藤正傳)

프롤로그

이토 시치로(1858-1916, 伊藤七郞, 일명 이두황(李斗璜)가 전라북도 도장관으로, 58세에 신장염으로 세상 떴다. 장례에 조선 총독 데라우치 마사다케(寺內正毅)와 경향 각처에서 3000명이 조문했으며, 운구 행렬에는 전주 시민 1만 명이 뒤따랐다.

이토 시치로의 생애를 짧게나마 적어서 후대에 전하고자 한다.

제목은 크게 고민하지 않았다. 그가 살아생전에 이토 히로부미(伊藤博文)를 존경하였고, 그의 일곱째 아들이라는 뜻으로 지은 '이토 시치로(伊藤七郞)'라는 이름으로 살다가 죽었으니 「이토정전(伊藤正傳)」이 적합했다. 약전(略傳)은 일대기를 추려서 적지만, 각별하게 좋았던 관복(官福) 여복(女福) 부분만 간략하게 다루려니 정전(正傳)이 맞겠다. 잘 아는 것처럼, 이토 히로부미는 1905년 대한제국과 을사늑약을 주도했고, 1909년 10월 26일 만주 하얼빈역에서 안중근 의사의 총에 사살되었다.

1

1916년 3월 초순이다. 무겁게 드리운 검은 구름이 금방이라도 뭔가를 내려놓을 기세다. 아직 뼛속으로 스며드는 한기로 봐서 비가 아니라 진눈깨비쯤 될 터다. 쓰개치마를 머리에 얹고 전주 풍남문으로 들어선 보배가 두리번거리다가 앞에서 걸어오는 떠꺼머리총각에게 말을 건넸다.
"저, 말 좀 묻겠어요."
"예?"
외지 말을 쓰는 곱살한 아낙이 말을 걸어오니 떠꺼머리총각은 낯이 먼저 붉어졌다.
"이토 도장관 어른의 묘가 어디에 있나요?"
"시방, 이토 도장관이라고 혔소?"
"네."
"워낙 훌륭허신 어른인께 전주에서는 모르는 사람이 없지라. 상여가 나가는 날 온 전주사람들이 상여 뒤를 따랐지라."
이어서 떠꺼머리총각이 손을 들어 성 밖의 먼 산을 가리켜 말했다.
"쩌으기 큰 산 보이제라? 산허리를 쭈욱 내려오다 끝자락 안 있소? 기린봉이라 허는디, 산자락에 그 어른의 묘가 있지라. 얼마 안 되야서 아직 뫼가 뜨뜻할 것이구만이라."
"고맙소옵니다."
보배가 나른하고 슬픈 얼굴이 되어 말하고, 부지런히 걸음을 옮겼다. 떠꺼머리총각이 등 뒤에서 고개를 갸웃했고, 뭔가 아쉬워서 보배의 등 뒤에다 말을 툭 떨어뜨렸다.
"조심혀서 가셔라우."
떠꺼머리총각의 말대로 뫼는 산자락 끝 양지바른 곳에 자리하고 있었다. 보배가 봉분 앞에 서서 이마에 두 손을 얹어 두 번 절을 올리고 나서 털썩 주저앉아 곡을 시작했다.
"아이고! 아이고!"
보배의 서러운 곡이 다시 눈물을 불러내니 금세 눈물 강이 되었다. 하늘에서 막 시작한 진눈깨비가 보배의 소복을 덮을 듯 하얗게 천지를 덮었다. 장례를 치르는 날에도 제철 아닌 눈이 내렸는데, 훌륭한 사람이 세상 뜨니 하늘도 알아본다고 했다.

2

한양성 안 운종가에서 그리 멀지 않은 견지동 조계사 옆 골목 깊숙한 곳에 기생 보배의 집이 있었다. 서방님이 오시는 날이라 아침부터 마당도 쓸고 음식도 정성스럽게 마련했건만, 날이 다 저물어서야 집안으로 들어선 이두황은 금방 돌아갈 기색이 역력했다. 좀 이르게 나온 저녁상을 급히 물리자 날이 막 저물었다. 호롱불을 켰다가 끌 것도 없이 이두황이 보배를 와락 끌어안으니 보배가 슬쩍 몸을 빼 이불을 펴고 옷을 활씬 벗고 이불 속으로 파고들었다. 아래에 깔린 보배의 자지러지는 교성이 막 끓어오르기 시작할 때 이두황이 거친 숨을 내몰아 쉬면서 옆으로 벌렁 누웠다.
"나리. 오늘은 이상한 날이 옵니다. 무슨 일이 있소옵니까?"
보배가 샐쭉해서 이두황의 턱수염에 얼굴을 묻었다. 이두황이 보배의 몸을 슬쩍 밀쳐내고 일어나 옷을 주섬주섬 챙겨 입기 시작했다.
"요즘, 저 아랫녘 호남에서 올라오는 소문이 심상치 않다."
보배가 뜨겁게 달아올랐던 얼굴을 근엄하게 바꾸었고, 잠시 눈을 감고 뭘 헤아린 끝에 눈을 반짝 뜨고 말했다.
"동학군에게 전주성이 함락되었다는 소문을 저도 들었지만, 나리께서는 나주 감목관으로 내려가시니 크게 상관없을 듯해요."

"아니다. 여태까지는 전라도 동학군이 움직였지만 이제 온 나라 동학군이 들고일어날 기세라더라."
 이두황이 관복을 입고 머리에 패랭이를 막 얹을 때였다.
 "나리께서는 며칠 안으로 급하게 되올라오실 것이옵니다."
 이두황이 패랭이 관주를 턱수염을 쓸어 걸다가 잠깐 놀라 물었다.
 "보배 네가 어찌 아느냐?"
 "나리 생각에 깊이 빠지면 앞일이 잠깐씩 손에 잡히어요."
 이두황이 보배를 덥석 끌어안고 입술을 덮었다가 떼면서 말했다.
 "오냐, 네 말대로라면 머지않은 날에 다시 보게 된다니 다행이구나. 내가 가는 듯 발길 돌려 올라오마."

3

 이두황이 전하에게 첩지를 받고 물러 나와 두루마리를 펼쳤을 때 얼굴빛이 하얗게 질렸다. 나주 감목관이라고 들었는데, 망운 감목관으로 발령이 났기 때문이었다. 직급도 한 급 아래인 데다, 지역도 나주보다 한참 아랫녘이었다. 전날 민비에 끈을 대어 흥해 군수를 다녀와서 기만 냥으로 인사를 차렸는데 고작 유배지 같은 한직으로 내치다니. 혹시 중간에 배달 사고가 났던가.
 이두황이 전라도 망운 바닷가에 머무는 동안 울화가 점차 치밀어 올랐다. 아예 병장기를 점고할 엄두도 나지 않았다. 물목에 관마가 스무 마리로 적혔으나 눈앞에서 여물을 먹고 똥 싸는 말은 겨우 열 마리였다. 여기에 터 잡고 사는 서기에게 까닭을 물으니 "전부터 내려오는 관습"이라고 둘러댔다. 말이 하도 맹랑하여 서기 놈의 귀싸대기를 몇 대 올려붙이고 말았지만, 이두황은 시골의 모든 꼴이 덧정 없어서 아침부터 저녁까지 술에 젖어 살았다. 보배 그 년의 말도 허무맹랑하구나 싶었다.

　미처 열흘을 채우지 못한 아흐레째 되던 날, 과연 보배의 말대로 급히 귀궁(歸宮)하라는 전보가 날아왔다. 보배 년이 참으로 용하다 싶어서 종자를 시킬 것도 없이 손수 짐을 주섬주섬 꾸려서 말에 훌쩍 올라 나주로 올라왔다.

　나주 객사에서 하룻밤을 자고 아침 일찍 길을 나서려 할 때, 어젯밤에 망운 감목에 무안 배규인 동학대장이 이끄는 동학농민군이 들이닥쳐 서기를 살해하고 병장기와 병마를 탈취해갔다는 소식이 올라왔다. 이두황이 어젯밤에 그곳에 머물렀다면 필시 서기와 함께 저세상 사람이 되었을 것이다. 등줄기로 서늘한 기운이 쓸고 내려갔다. 이두황이 민종렬 목사에게 "망운에 무기 탈취 일은 내가 떠난 뒤의 일이니 귀관이 수습하라."라는 말을 떨어뜨리고 급히 한양을 향해 말을 몰았다.

　마포나루를 건너 한양성으로 들어섰다. 굳이 알려고 하지 않아도 길거리에서 성안 소식이 귀에 들어왔다. 일본군이 지난 6월 21일 경복궁을 점령하여 민 씨의 친정 정권을 무너뜨리고 친일정권이 들어섰다는 것이다. 이두황에게는 내 편이 이겼다는 뜻과 같았으니, 마치 금의환향이라도 한 듯이 기뻤다.

　이두황이 먼저 견지동 보배의 집을 찾았다. 이번에도 전날처럼 초저녁이었는데, 보배가 버선발로 달려 나와 맞이했다. 그리고 마치 이두황이 올 줄 알고 준비한 듯 바로 저녁상이 들어왔다. 밥상머리에서 보배가 물었다.

　"나리, 오늘도 전날처럼 바로 떠날 것이오니까?"

　"아니다. 보배 네가 내 죽을 목숨을 살려서 한양으로 불러올렸으니 오늘 밤은 온전히 보배의 사내가 되어야지."

　"나리! 소첩 많이 보고 싶었소옵니다."

　"오냐, 나도 네가 보고 싶었다."

보배가 이두황의 품으로 파고들며 눈물을 글썽였다. 이렇게 되니 밥상머리에서 좋은 일이 더 먼저 벌어졌다.

4

일본군이 경복궁을 점령한 마당이라 이두황은 조선 전하보다 일본공사 오토리를 먼저 알현하도록 조치되어 있었다.
이두황이 주상전하와 오토리 일본공사의 첩지를 받고 나와 평양으로 가기 위해 무악재 아래에 닿았을 때, 전보를 든 파발이 앞을 가로막았다. 곁에 청국 공사가 찾는다는 전갈을 들고 서 있었다. 이제 밉상이 된 민비 편은 보고 싶지 않았지만, 아직 얻을 것이 있을 것 같았다. 청국 공사관에서는 이두황이 오로지 친청파 관리로 평양에 들어간다고 알고 있을 뿐, 오토리 일본공사의 극비 지령을 받은 일을 모르고 있었다. 이렇게 되자, 이두황이 졸지에 조선 청나라 일본 세 나라 사이를 오가며 줄타기를 하는 꼴이 되었다.
이두황이 평양에 당도했을 때는 1894년 8월 초순으로, 청일전쟁이 막바지를 향해 치닫고 있었다. 청일전쟁은 동학군이 전주성을 점령하자 겁을 먹은 무능한 조정이 청나라에 군사를 요청하면서 시작되었다. 이는 모두 민비의 머리에서 나왔다. 청나라 군사가 조선 땅에 발을 들여놓자 일본은 이를 기다렸다는 듯이 일본군 1만 명을 인천에 상륙시켰다. 청일전쟁은 풍도 앞바다에서 시작되어 일본 해군이 크게 이겼고, 이어서 벌어진 육전에서도 성환 전투에서 청군을 단번에 물리쳤다. 청나라 군사들이 공주로 후퇴했다가 일본군을 피해 강원도를 거쳐 함흥에서 평양으로 들어갔다. 이홍장은 평양에 총 1만4000명의 병력을 집결시키고 최고사령관 엽지초 제독에게 평양성 성곽을 이용해 최후의 방어진지를 구축하라는 명령을 내렸다. 이에 맞서 조선에 들어온 일본군은 평양

외곽에 집결하여 진지를 구축했다. 이로써 청군이나 일군이 최후의 일전을 앞두고 있었다.
　이두황이 평양 선화당에 마련된 청군 장군소로 들어가기 전에 평양감사 민병석을 만나 청나라 군사 진지 배치지도를 만들어달라고 밀명을 내렸다. 민병석은 이두황이 지닌 안핵사 첩지 때문에 설설 기었다.
　이두황이 청나라 장군소에 들어갔을 때는 어제부터 시작된 청일 간 포격전이 다시 격화될 때였다. 최고사령관 엽지초 제독이 마옥곤 좌보귀 두 장군과 핏대를 세우면서 설전을 벌이고 있었다. 펼쳐놓은 지도로 보아 엽지초는 두만강 밖 만주 쪽을 짚고 있었고, 마옥곤 좌보귀 두 장군은 평양성을 고집하고 있었다. 조선 관리를 곁에 두고 계속 다투기가 민망했던지 엽지초가 통역을 불러들여 이두황에게 말을 건넸다. 포격이 한층 격해졌을 때였다.
　"왜놈들을 혼란에 빠뜨려야 하니 거짓 작전지도를 전달하시오. 대신 돌아올 때는 일본군의 바른 진지 지도를 가지고 돌아오시오."
　주고받은 필담과 통역은 간단명료했다.
　이두황이 청나라 장군소를 나와 다시 평양감사 민병석을 만났다. 민병석이 이두황에게 넘겨준 청군 작전지도는 청나라 장군소에서 받은 거짓 지도보다 상세했다. 평양성 북문은 좌보귀 풍승아 강자강의 진지, 서쪽과 서남쪽은 위여귀, 남쪽과 대동강 우안은 마옥곤이 담당했으며, 사령관 엽지초는 성안에서 전군을 지휘하고 있었다.
　이두황이 나룻배로 대동강을 건너 일본 진지로 들어간 것은 8월 12일이었다. 머리 위로 포탄이 한결 격하게 오갈 때였다. 청나라 군사의 배치를 본 일본군 참모들의 표정은 단번에 싸늘하게 식었다. 이유로 적은 필담은 "청군의 탁월한 장수와 전술 때문"이었다. 그러나 또 다른 이유는 어제와 오늘까지 이틀 동안 벌인 포격전에서 탄약이 거의 바닥났기 때문이었다. 그렇다면 군수물자 조달이 쉬운 청군이 일본군을 이기게 될지도 모른다. 이두황은 전황을 신중하게 지켜보기로 마음먹었다.
 이두황이 일본 진영을 떠나 평양성 청군 진지로 다시 들어온 날은 8월 15일 동틀 무렵이었다. 날이 밝자 청군에 일본군이 밀리는 전황이 눈에 들어왔다. 일본군은 성벽을 이용하여 저항하는 청군에 일본군이 악전고투 중이었다. 특히 모란봉과 을밀대, 현무문을 지키는 좌보기의 활약이 눈부셨다. 좌보기는 병력을 진두지휘하여 일본군을 기습하는 등 용맹하게 싸우다 장렬하게 전사했다. 이런 중에 일본군의 한 부대가 악전고투 끝에 모란봉 요지를 점령했고, 현무문을 돌파했을 때 일본군은 탄약이 다 떨어져 포격은 물론 총도 쏘지 못하고 있었다. 그렇지만 엽지초는 이를 일본군의 작전이나 속임수로 보고 신중했다. 이두황이 엽지초에게 말해줬다. 갑자기 청군 편을 들고 싶었다.
 "일본군은 탄약이 바닥났습니다!"
 이두황의 예상과 달리 엽지초의 반응은 여전히 신중했다.
 "간교한 일본 놈들의 계략이다!"
 얼마 지나지 않아서 예상치 못한 이상한 일이 벌어졌다. 엽지초가 평양 성안에 백기를 내건 것이다. 이렇게 되자 청군이 우왕좌왕하기 시작했고, 일본군은 거침없는 공격에 나섰다.
 이런 전황에 이두황이 다시 대동강을 건넜다. 청나라 군사들이 백기를 내걸고 나서 의주대도와 증산대도로 후퇴할 준비를 하고 있다는 달라진 군 배치도를 넘겼다. 일본군 작전 사령부에서는 예하 진지에 급히 타전했다. 청군의 예상 퇴로에 많은 총알을 장전시킨 군사를 매복시켜 둬라!
 일본군은 8월 16일 밤 7시부터 얼마 남지 않은 탄약으로 마지막 공격에 나섰다. 다음날 새벽까지 온통 대포소리 총소리가 끊임없이 이어졌다.
 이두황은 일본군의 야전 진지에서 밤새도록 포격과 총소리를 들으며 잠을 설치다가 아침에 일어나보니 비가 세차게 내리고 있었다. 이두황이 일본군을 따라 대동강을 건너 평양성으로 들어와 의주대도와 증산대도에 이르자 눈앞에 '시체 산'이 우뚝 서 있었다. 마침 내리는 굵은 빗줄기가 시체 산을 쓸고 내려와 붉은 핏물이 냇물처럼 흐르고 있었다. 아, 저 시체들이 모두 내 공으로 이뤄졌구나. 이를 보는 순간 이두황은 벅찬 감격이 몰려왔다. 청나라의 패전 대가가 이토록 처참할 줄은 상상도 못 한 것이다.

그날 밤이었다. 평양성 안은 한꺼번에 몰려든 일본군으로 넘쳐났고, 시가전을 벌이다 패한 청나라 군사들의 시체가 곳곳에 널브러져 어수선했다. 온통 피비린내가 진동했고, 후덥지근한 날씨에 벌써 송장 썩는 냄새가 진동했다.

평양성 안으로 옮겨온 일본군 작전 사령부에서 이두황을 급히 찾는다는 전갈이 왔다. 이두황은 전과에 대한 공이 바로 돌아오는구나 싶어 일본군 사령부로 가는 동안 가슴이 설렜다.

일본군 사령부로 들어서자 평양감사 민병석이 먼저 도착해서 이두황을 기다리고 있었다. 일본군 정보장교가 나와 통역을 앞세워 말했다.

"평양감사와 상의해서 내일부터 청군의 시체를 매장하라! 시체 숫자를 점고하라."

엄청나게 큰일을 간단하게 명했다.

"네, 알겠습니다!"

민병석이 냉큼 대답했고, 이두황도 대답했지만 내심 서운했다. 전공(戰功)에 대한 치사 한 토막 없이 청군의 송장 치우는 일이나 시키다니. 그러나 이두황은 서운한 생각을 거두고 민병석을 향해 말했다.

"관내 모든 관리에게 통보하여 내일 아침 평양성 안에 모든 장정을 동원토록 하시오!"

민병석의 공손한 대답이 돌아왔다.

"네, 알겠습니다."

다음날 날이 밝자 아침부터 세찬 비가 내리고 있었다. 원귀들은 궂은 날에 습기를 타고 떼를 지어 다닌다고 했다. 모인 평양 장정들을 점고하니 5백 명이 조금 넘었다. 2명이 짝을 지어 가마니 당가를 만들어 10구씩 할당하여 시체를 성 밖으로 날라다 땅을 파고 묻게 했다.

"나리, 송장 속에 아직 숨이 붙어 있는 사람이 있는데, 어떻게 할깝시요?"

장정이 묻자 이두황이 아주 간단하게 대답했다.

"숨이 붙었다고 산 것이 아니다. 발로 한번 밟아서 묻어버려! 그것을 안락사라고 하는 것이고, 복 받을 일이다."

"두 눈을 뜨고 쳐다보는데 어떻게…"

"바보 같은 놈! 작대기로 눈깔부터 쑤셔버려."

그날도 종일 비가 내렸지만, 저물녘까지 두 장정 한 짝이 10구의 시체를 땅에 묻게 하니 2천5백구 남짓의 숫자가 저절로 나왔다.

그날 밤, 이두황이 일본군사령부에 보고하기 위해 평양성 안으로 들어섰다. 성안은 아직 여기저기 시체가 널브러져 빗속에 버려져 있고, 감영 마당에는 청군 포로들이 비를 맞으며 꾸물꾸물 움직이고 있었다. 가둘 곳이 없어서 버려둔 것이다.

오늘 시행한 시체 매장 보고가 끝나자, 여전히 공치사는 없고 일본군 참모로부터 새로운 명령이 하달되었다. 극비 사항으로, 내일은 성 안팎의 시체를 마저 치우고, 장차 청군 포로를 처형하고 매장할 구덩이 500개를 파라는 것이다. 이두황이 바로 통역에게 말했다.

"일본군 나리께 전하게. 청군 포로더러 자신이 들어갈 구덩이를 파게 한 뒤 그 자리에서 총살하면 번거로움이 없지 않은가?"

통역의 입을 통해 일본군 참모에게 들어간 말에 대한 답이 즉시 돌아왔다.

"아주 뛰어난 발상이랍니다! 즉시 일본군 사령부에 보고하겠답니다."

이두황의 계책에 따라, 일본군은 청군 포로 5백 명에게 각자 제가 들어갈 구덩이를 파게 하고, 제 구덩이 앞에 세워놓고 총살하여 구덩이에 묻었다.

5

초저녁에 골목을 채웠던 음식 냄새도 가셔지고 밤이 막 깊어가는 참이었다.
"이리 오너라ㅡ."
이두황의 말이 끝나기가 무섭게 '어서 납시오.'하고 기다렸다는 듯이 대문이 활짝 열렸다. 보배가 버선발로 달려 나와 마당 가운데서 앉은뱅이 절을 올리더니 눈물을 펑펑 쏟으며 울먹였다.
"나리 안녕하시옵니까?"
"오냐, 잘 있었느냐?"
이두황이 곁에 보는 눈만 없으면 당장에라도 보배를 품에 넣고 싶었으나 위엄을 갖춰 참느라 연신 헛기침을 했다.
황촉 불을 밝혀진 방안으로 들어와 관모를 걸고 관복을 벗고 나서야 보배를 품에 넣었다. 이두황의 손길이 보배의 몸에 스치기만 해도 자지러지며 빨려들었다. 한바탕 놀음이 끝나고 이두황이 숨을 몰아쉬고 있을 때 품에서 빠져나간 보배가 한밤중인데 난데없이 "아이고~ 아이고~" 청승맞은 곡을 토해냈다.
"나리의 몸에 원귀가 달라붙어 있어요."
이두황은 흠칫 놀랐다. 보배가 이두황이 돌아올 때를 알아서 버선발로 달려 나온 것이야 그렇다 치고, 천 리 떨어진 평양에서 이두황이 한 일을 알고 있었다니! 이두황이 싸늘하게 식어 물었다.

"그래, 어찌하면 몸에 붙은 원귀를 쫓겠느냐?"

"동작나루 북관묘에 진령군이라는 무당이 있는데, 원귀 풀이를 잘합니다. 1천 냥이면 됩니다."

진령군은 임금과 민비를 움직이는 무당으로, 줄을 대기 위해 수염 허연 중신들까지 북관묘 앞에 길게 줄을 선다는 소문이 장안에 파다했다.

"원귀를 쫓는 일과 다르지만, 일본군이 청나라 군사를 물리치고 만주까지 점령한 마당에 웬 민비며 진령군인가?"

이두황이 마뜩잖게 여겨 말했다.

"나리! 아직 민비는 힘이 있습니다. 왜국은 지금 민비를 가장 두렵게 보고 있습니다."

"오냐? 알았다. 1천 냥을 보낼 터이니 네가 알아서 해라. 허면, 원귀가 떨어져 나가더라도 다시 달라붙지 않겠느냐?"

"나리께서는 원귀를 달고 살 팔자입니다. 당장에 10만 백성의 원귀를 지켜보셔야 하옵니다."

"10만 백성의 원귀라니?"

"이제 일본과 조정에서 동학교도 학살을 시작할 것이고, 나리께는 진압대장이 되실 겁니다."

"그렇다면, 내가 한양에 머물지 못하고 또 시골로 떠돌아야 한단 말이냐?"

이두황의 말에 여전히 불편한 심기가 배어 있었다.

"나리께서는 평양에서 일본 신무기가 얼마나 무서운지 보시고 오셨지요? 죽창이나 쇠스랑, 기껏 화승총이나 든 흰옷 입은 백성이 뭐가 무섭겠어요?"

"맞다. 네가 참말로 보배로구나."

이불 속에서 말을 주고받는 동안 이두황의 손이 보배의 몸을 만지작거리고 있었는데, 누가 먼저랄 것 없이 꺼졌던 불씨가 활짝 되살아나 있었다.

6

 이두황의 귀경 보고도 일본공사관이 먼저였다. 일본은 조선 병합을 위해 이노우에(井上馨)로 교체했다. 옆방 공사보는 사카모토 류이치(坂本龍一)가 그대로 있었다. 이두황이 사카모토를 만나자마자 '먼저 같이 갈 곳이 있소' 하더니, 밖에 대기시켜놓았던 차에 올랐다. 차가 경복궁으로 들어섰다. 궁 안 곳곳에 일본 깃발이 나부끼고, 일본군이 깔려 있었다. 이두황은 괜히 우쭐해졌다.
 이두황이 사카모토의 뒤를 따라 어전으로 들어섰을 때, 대신 회의가 막 끝나고 나오는 참인데, 하나 같이 똥 씹은 얼굴이었다. 일본군이 궁을 점령한 마당에 열린 회의이니 말인들 제대로 했을까. 이두황과 사카모토가 엎드려 절을 하는 대신 허리를 조금 굽히는 예가 끝나기가 무섭게 임금이 다급해져서 말했다.
 "신임 공사는 어쩌고 혼자 들어오시었소?"
 "워낙 일이 분주하여 뒷날 인사드리기로 했으니 하실 말씀은 저에게 하시지요."
 "나라 곳곳에서 동비가 창궐하고 있으니 일본이 나서서 토벌 좀 해줘야겠소. 지난 9월 9일에는 한양의 턱밑 격인 죽산 안성 수원에서 동도가 봉기하여 관아를 점령했다고 하오."
 이 말끝에 사카모토가 빙그레 웃으며 어깃장을 놓았다.
 "조선 백성을 왜 일본군사가 토벌한단 말이오?"
 이 말에 임금의 용안이 붉어졌다. 여기다 사카모토가 다시 어깃장을 놓았다.
 "청국군사는 어쩌고요?"

임금의 붉어졌던 낯빛이 곤혹스럽게 일그러졌다. 용상 너머 발 뒤에 민비와 진령군이 어리비치고 있었다. 이제 사실상 일본의 천하가 되었으니 청나라에 의지하던 두 여우의 낯짝도 붉어져 있을 것이다. 발 너머에서 '분부'를 받은 신하가 임금의 귀에 가까이 대고 속닥이자 허수아비 임금이 떠듬떠듬 말을 전했다.

"워낙 간악한 폭도들이라 우리 힘으로는 어쩌지 못하오. 일본이 토벌을 맡아 주시오."

사카모토가 여유 만만하여 말했다.

"조선군사가 앞장서서 토벌하되, 우리 일본군이 거들어 주는 모양새라야 합니다. 또, 일본군사가 움직일 때 드는 병참의 비용 일체는 조선에서 부담해야 합니다."

"각 고을 수령에게 영을 내릴 테니 하루속히 동비 토벌이 이뤄지도록 도와주시오."

사카모토는 한꺼번에 모든 것을 챙긴 셈이다. 임금이 몸이 달아 간청을 이었다.

"알다시피 경복궁 침범 때 일본군이 우리 조선군사의 무기를 모두 가져가서 빈손입니다."

"무기 반환은 이노우에 공사께 건의 하겠소. 그리고 토벌대장은 평양성 전투를 마치고 귀환한 이두황이 되어야 하오."

사카모토의 말에 허수아비 임금이 즉답을 못 하고 망설이자 곁에 있던 신하가 쪼르르 발 뒤로 갔다가 돌아와 쪽지 글을 읽어서 아뢰었다.

"이미 이두황이 초토영중군(剿討營中軍)에 편성되어 죽산부사 겸 양호도순무영우선봉(竹山府使兼兩湖都巡撫營右先鋒) 대장으로 발령할 예정입니다."

사카모토가 이두황에게 '괜찮냐'고 물었고, 이두황이 가만히 고개를 끄덕였다.

7

　　이두황이 장위영병을 이끌고 한양성을 떠난 것은 1894년 9월 20일이었다. 장위영군은 일본군이 경복궁 침탈 때 압수했던 모젤총 400정과 탄약 4만 발로 무장하고 있었다. 조정에서 일본에 무기를 돌려달라고 하소연해도 꿈쩍 않다가 이두황이 나서자 무기를 내줬으니 일본이 이두황을 키우는 격이 되었다.
　　장위영군 병대가 용인에 들어와 정탐꾼의 보고에 '직곡과 김량장터에 동학 접소가 있어 자못 세력이 크다'라고 했다. 이두황이 그날 밤 영관 원세록, 대관 박영우, 별군관 이겸래에게 병사 1백 명을 주어 급습하도록 명했다. 용인 접주 이용익과 김량 접주 이삼준 등 동학농민군 20여 명을 생포하여 돌아왔다. 이두황은 몸에 원귀가 붙었다는 보배의 말이 생각나서 내 손에 피를 묻히지 않기로 작정하여 포로 20명을 끌고 양지읍으로 향했다. 양지 향청에 선발대가 체포한 동학농민군 20여 명을 함께 문초하여 이용익 정용선 이주영 이삼준이 네 놈이 악한(惡漢)이라 보고했다. 이두황이 인자한 표정을 지어 영관 원세록에게 물었다.
　　"놈들을 어찌했으면 좋겠느냐?"
　　"마땅히 죽여서 본을 보여야지요."
　　"그렇게 해라."
　　이두황이 단지 수락만 했는데, 먼지가 풀풀 일어나는 대로변에서 네 동학 수괴를 기둥에 묶어놓고 근동의 백성들을 불러 모았다. 사살 명령을 원세록에게 내리도록 했다. 눈 부신 햇살 속에 네 수괴가 피를 쏟으며 축 늘어졌다. 이두황은 앞으로 이렇게 죽이기로 작정했다.
　　9월 22일, 이두황이 죽산 백암장터를 거쳐 다음날 죽산 관아에 도착하자마자 비봉산에 진을 쳐서 광혜원과 음성 지역 동학농민군의 공격에 대비했다. 정탐꾼의 첩보에 충주 용수포에는 서장옥이 5~6만, 진천 광혜원에는 신재련이 4~5만의 동학농민군이 진을 치고 있다는 보고가 들어왔다. 그런데 다음날 동학농민군이 관군을 두려워하여 한꺼번에 보은 장내리로 이동했다는 보고가 들어왔다.

이두황이 동학농민군의 뒤를 따라 천천히 이동했는데, 이는 늦게 한양에서 출발한 일본군과 합류하기 위해서였다. 보은 장내리에 집결했던 동학농민군 주력이 논산으로 이동했다는 보고를 받은 뒤에야 이두황은 보은으로 들어와 수색을 시작했다. 10월 12일에는 구기점에서 6인 포살을 시작으로, 13일 회인 읍에서 4인, 14일 풍취점에서 3인. 15일에는 2인, 16일에 13인, 17일에는 용인 접주 이청학을 포살했다.

그날 이두황이 목천 세성산으로 급히 올라오라는 일본군사령부의 전보를 받고 밤새 걸어서 일본군과 합세했다. 천안 목천 전의지역 동학농민군은 지난 8월부터 세성산에 진을 치고 있었다.

10월 18일 밤, 일본군의 명에 따라 세성산 북쪽에 2개 소대, 동북쪽에 1개 소대, 동남쪽에 1개 소대를 배치하고 공격 명령을 기다리게 했다.

10월 19일 새벽, 먼동이 틀 무렵 신식 무기로 무장한 관 일본군이 공격을 개시했다. 동학농민군으로서는 예상치 못한 기습이어서 엄청난 타격을 입었다. 더구나 동학농민군은 시체를 곁에 두고 싸우게 되니 애초부터 겁을 먹어 총이나 화포 한번 제대로 쏘아 대응하지 못했다. 21일까지 나흘 밤낮에 걸쳐 진행된 전투는 마치 독 안에 든 쥐를 잡아내듯이 시체가 차곡차곡 쌓여갔다. 궁지에 내몰린 동학농민군 대장 김복용은 동학농민군에게 주문을 외우게 했다. 동학농민군은 총탄이 빗발치는 산꼭대기에서 두 눈을 감고 주문을 외면서 쓰러졌고, 토벌군의 학살로 막을 내렸다.

이두황이 보기에 평양성 전투 때 쌓였던 청군 시체보다 더 많았다.

사흘 동안 쌓인 시체에서 송장 썩는 냄새와 피비린내가 코를 찔렀다. 포위망을 뚫고 빠져나간 동학농민군도 곳곳에서 붙잡혀서 26일 천안 남소거리에서 한꺼번에 처형됐다.

세성산에서 크게 이긴 이두황군은 공주 서북쪽으로 진출하여 홍주성으로 들어가고, 나머지 관 일본군은 공주로 이동했다.

홍주성으로 들어간 이두황군은 전투를 벌여 홍주성 밖에 동학농민군의 시체가 산처럼 쌓이게 하는 전과를 거뒀다.

11월 6일에는 이두황군이 신창역말로 나와 동학 수괴 8명, 신례원역에서 6명을 포살했다. 8일에는 해미 유구 서산 태안으로 옮기면서 동학농민군을 수색하여 닥치는 대로 포살했다.

호남 호서 동학연합군이 공주성 전투에서 패하자 동학농민군 학살은 훨씬 쉬워졌다. 논산 황화대에서 동학농민군을 섬멸했고, 금구·원평에 집결한 동학농민군을 물리치고 전주성을 탈환했다.

곳곳에서 벌어진 전투에서 살아남은 동학농민군은 남쪽 끝 장흥에 집결하여 수만의 세력을 형성했다. 이두황이 이끄는 관 일본연합군은 장흥전투를 치러 동학농민군의 시체가 산처럼 쌓였다. 눈이 덮여서 들판 곳곳에 '눈 덮인 산'이 생겨났다. 이두황이 이끄는 토벌대는 동학농민군을 강진 해남 진도 막다른 바닷가로 몰아 동학 잔당을 학살하고 나서 나주로 올라왔다.

이두황이 나주성 금성관에 일본군 장교와 나란히 앉아서 관아 안팎으로 넘쳐나는 동학농민군 포로를 한양으로 압송하거나 나주에서 처형했다.

이두황이 세밑을 나주성에서 보내고, 병사들에게 두꺼운 솜 둔 옷으로 갈아입혀 한양으로 올라왔다. 이두황이 서기에게 살육한 동학농민군 수를 점고케 하니 10만 명이라고 보고했다.

이두황은 이 말에 두 번 놀랐는데, 처음에는 보배의 말이 귀신같이 맞아떨어져서 놀랐고, 다음에는 죽은 수가 많아서 놀랐다.

8

장흥전투 때 시작한 눈은 세밑 내내 사흘돌이로 내리고 그쳐서 한기가 뼛속까지 스며들었다. 사람들은 이런 동장군이 산지사방에서 죽어간 동학농민군의 원한이 서린 까닭이라고 했다.
이두황이 견지동 보배의 집으로 들어섰을 때는 추위와 함께 어둠이 빼곡히 들어차 있었다. 방이 자글자글 끓도록 군불을 지펴놓아서 보배가 이번에도 이두황이 돌아올 날짜를 알아맞힌 줄 알았다.
"이번에도 몸에 원귀가 붙었느냐?"
이두황이 군복을 받아 횃대에 거는 보배를 향해 물었더니 배시시 웃으며 말했다.
"토벌 대장으로 가셨는데 원귀가 붙을 까닭이 없지요."
그렇다면 보배가 '살해 명령'을 부하 입을 통해서 내린 이두황의 속까지 들여다본 것이 틀림없었다.
"보배 네가 방울을 흔들어야겠구나. 허면, 내가 장차 어떻게 될 것 같으냐?"
"김홍집 친일 내각이 들어섰으니 앞길이 환하게 열릴 것입니다."
"이번에도 폭풍 한설 몰아치는 변방으로야 보내지 않겠지?"
"가시더라도 잠깐일 거예요."
"뭐라고? 이제 잠깐이라도 변방이라면 신물이 난다."

9

이번에도 보배의 말대로 이두황은 양주목사로 부임했다가 며칠 뒤에 한양으로 올라왔다. 일본군의 지시로 창설된 훈련대 제1대대장을 맡게 된 것이다.

그 뒤부터 정세가 급변했다. 민비가 친 러시아파를 등용하여 갑오개혁을 무력화시킨 뒤에 일본의 입김으로 창설된 훈련대 해산령을 내렸다.

이에 대응하여 일본은 일본 낭인 패와 훈련대 합동으로 작전명 '여우사냥'으로 민비를 살해하여 시신에 석유를 뿌려 불태웠다.

이 사건 관련자 중 칼에 피를 묻힌 이주회와 박선이 처형되었고, 뒤에서 이를 시킨 이두황 우범선 구연수는 일본공사관의 도움으로 일본으로 망명했다.

이두황은 이토 시치로(伊藤七郎)로 이름을 바꿨다. 이는 평소에 존경해마지 않던 이토히로부미(伊藤博文)의 일곱째 아들이라는 뜻인데, 일본에 망명해 있는 동안 그를 지원해줬다. 함께 망명했던 우범선이 조선 자객의 칼에 죽었을 때 이두황 아닌 이토는 오금이 저렸을 것이다. 이토는 다음과 같이 읊어서 폼잡았다. "하늘에서 달이 떨어지고 바다에서 물이 역류하도다(月落在天水流在海返)"

이토는 14년 뒤인 1908년 이토히로부미(伊藤博文)의 비호 아래 일본을 떠나 중추원부찬의로 화려하게 조선에 복귀했다. 조선에는 그가 할 일이 기다리고 있었다. 이토는 전라북도 도장관에 임명되어 일본이 대대적으로 전개한 호남 의병 초토화 작전 '남한대토벌전'을 지휘했다. 이 작전을 수행하면서 호남지역의 수많은 의병을 학살하여 전날의 동학 원귀가 이번에는 의병 원귀가 되었다.

이토는 1910년부터 1916년 사망할 때까지 전라북도 도장관으로 재직하면서 지방토지조사위원장을 겸임하여 일제의 토지 수탈에 협력하는 등 일제의 앞잡이 임무를 충실히 수행했다.

이두황은 오나가나 계집 복까지 있어서 14년여 만에 일본에서 돌아오자 견지동 조계사 옆 골목 집에 사는 보배가 정절을 지키다가 이두황을 다시 맞이했다. 그 뒤로 이두황이 보배를 어떻게 관리했는지는 잘 알려지지 않았다.

그러나 이두황의 장례가 치러지고 나서, 한양에 살던 보배가 전주로 내려왔다. 그날도 때아닌 춘삼월에 눈이 펑펑 내리던 날이었다. 이를 두고 사람들은 범상치 않은 사람들의 행적에는 날씨도 무심하지 않다고 하였다.

10

1917년 3월, 그날 진눈깨비로 시작한 전주의 눈은 함박눈으로 바뀌어 밤새도록 내렸다. 도장관 관사에도 너푼너푼 내리는 눈이 소록소록 소리 내어 쌓여갔다.

방안에서는 밖에 눈 내리는 소리에 맞춰 보배의 옷이 한 겹 한 겹 벗겨지고, 밖에서 들어온 눈빛에 보배의 알몸이 희미하게 빛났다. 사내의 손길이 닿을 때마다 애써 삼키는 숨소리가 일기 시작하고, 자지러지는 계집의 신음이 방안 가득 넘쳐났다.

이윽고 격랑이 가라앉고 밖에 소록소록 눈 내리는 소리가 방안으로 스며들었다.

"과연 명기로구나. 이두황이가 이런 명기를 두고 원통해서 어찌 세상을 떴을꼬."

"그는 너무도 영특하여 누군가에게 뒷일을 맡겨놓았을 것입니다. 그 누군가가 나리 아니오니까?"

사카모토가 보배를 다시 품 안에 넣으며 중얼거렸다.

"내가 오늘은 뭔가에 홀린 듯하구나."

그러나 계집은 뭐라 말할 틈도 없이 제 열기에 빠져 있었다.

"정절녀(旌節女)로 널리 알려진 네가 어찌 이렇게 내 품에 안겼느냐?"

"나리. 죽어서 불태워져 뼛가루가 된 저승 귀신이 계집이 누구네 가지밭을 드나드는지 어찌 알겠소오니까? 호호호."

"오냐, 그 말도 맞다. 들은 대로 참 용한 계집이다. 그건 그렇고, 부관참시가 두려워 화장하여 관에 들어간 비밀스러운 사연을 네가 어찌 알았단 말이냐?"

"제가 어찌 아오니까? 살아생전에 그토록 많은 원귀를 달고 살았는데, 무덤인들 온전하오리까? 그래도 미리 그런 소문을 내어 부관참시를 면했으니 죽은 자가 영특할 뿐이지요."

"오! 그렇구나."

"제가 올 줄 아시고 인력거를 보내신 나리도 그에 못지않습니다."

사카모토가 보배의 몸 어디를 어떻게 건드렸던지 신음이 자지러지고 더 이어지는 말이 없었다.

(*)

예천 소야리 최맹순 최한걸 부자 이야기

1

　1871년. 6월의 해가 뜨거웠다. 경상도 영양장은 무더위 속에서 사람들이 복작대는데, 한가한 사람들은 그늘로 몸을 피해 연신 부채질을 했다. 장 어귀에 창을 든 두 사령이 나타났다. 상것들이야 더우면 벌겋게 웃통을 벗어들면 그만이지만 창을 든 사령이야 더그레 벙거지 중에 하나라도 벗으면 단박에 사령 티가 나지 않으니 그저 땀을 삐질삐질 흘릴 뿐이다. 하기야 한 손에 벙거지 벗어들고 두 손으로 창을 겨눌 수 없지 않은가. 위엄을 갖춰 장터에 나타난 두 사령이 무엇을 찾아서 두리번거리는 것도 아니고 어디를 정해 놓은 듯 곧장 잰걸음을 놓았다.
　옹기점이었다. 가게 밖으로 쳐진 차양막 아래서 망을 보던 아이가 안으로 뛰어들며 말했다.
　"사, 사령이라예!"
　도란도란 말을 나누던 주인 황재민과 최시형, 떠꺼머리 최맹순이 곁에 뒀던 보따리를 둘러메고 뒷문으로 몸을 날려 달아났다.

"이놈들! 게 섰거라!"

등 뒤에서 사령이 소리쳤지만 세 사람의 자취는 순식간에 멀어졌다. 뒤따라 뛰는 사령은 무거운 창을 꼬나 쥐었으니 걸음도 더뎠다.

영양 장을 빠져나온 세 사람이 깊은 산 속에 들어서서야 비로소 숨을 돌렸다. 오뉴월 해는 아직 중천이라 더위가 여전하여 옷은 땀에 흠씬 젖었다.

"제가 영양 토박이지만 여기가 어디인지 모르겠심더."

황재민의 말에 수염이 좋은 최시형이 말했다.

"일월산 자락이고, 웃대치가 금방일세."

"일월산이라고예?"

황재민이 놀라 되물었다.

"왜 놀라나?"

"그라몬 지난 3월 보름날 이필제의 교조신원 때 수많은 동학군의 피비린내가 진동했던 일월산 싸움터로 들어가시겠다는 말씀인교?"

황재민의 말에 최시형이 대답을 미루고 자세를 바르게 고쳐 앉아 한동안 심고한 끝에 말했다.

"놈들은 우리가 다시 웃대치로 들어갈 줄은 꿈에도 생각지 못할 걸세. 오늘은 그날의 원혼도 조상할 겸 웃대치서 묵기로 하세. 시장하니 밥도 지어서 같이 먹도록 하세."

"밥은 제가 지을 테니 두 분은 먼저 몸도 씻고 좀 쉬시지요."

"그렇게 하세."

최시형과 황재민이 말끝에 옷을 훌훌 벗고 골짜기 물속으로 첨벙 뛰어들었다.

최맹순이 봇짐에서 항아리 솥과 양식을 꺼내 쌀을 씻고 나뭇가지를 주워 불을 지폈다. 두 사람이 입었던 옷을 빨아서 널고 몸을 씻는 동안 항아리 솥에 밥이 끓었다. 최시형 황재민이 앞서고, 최맹순이 막대기에 항아리를 매달아 뒤따랐다.

잿더미가 되어 버려진 마을 웃대치는 항아리에 밥이 뜸들만 한 거리에 있었다. 집 중에 좀 성한 움막을 찾아 들어갔다. 밥을 사발에 푸고 청수 한 그릇 올려놓고 제를 올리고 나서 밥을 먹었다.

세 사람이 잠들기 전에 내일 일을 상의하게 되었는데, 황재민은 영양 관아의 동정을 살펴 옹기점으로 들어가고, 최시형은 단양으로 가기로 하니 떠꺼머리 최맹순만 갈 곳이 없었다.

"저는 춘천 관의 지목 때문에 고향에는 돌아갈 수 없으니 어디서 터 잡고 살면 좋겠습니까? 저는 춘천 밖을 나선 것이 난생처음이라 지리에 어둡습니다."

"예천읍에서 문경 쪽으로 30리 쯤 가면 소야가 있는데, 독골로 들어가게."

"거기서 무엇을 하오니까?"

"얼마 전까지 독을 짓던 늙은이가 홀로 살았는데, 세상 뜨고 비어 있다고 들었네. 자네가 들어가 터 잡고 살면서 동학을 널리 펴도록 하게."

최맹순이 군더더기 없이 대답했다.

"제가 배운 도둑질이 독짓기 뿐이니, 어른 말씀대로 하겠습니다."

다음날 날이 밝기 무섭게 세 사람이 세 갈래 길로 나누어 각기 길을 떠났다.

2

소야 장터에서 좀 떨어진 골짜기에 과연 독을 굽던 화덕이나 흙구덩이에 잡풀이 무성하게 버려져 있었다. 최맹순이 독을 지어 칠을 입혀서 이를 굽고, 지게에 얹어 소야장터로 나간 것은 딱 보름 만이었다.
 소야 장 어귀에 독을 펼쳐놓고 앉아 있으니 손님보다 장터 건달들이 더 먼저 시비를 걸어왔다.
 "보소! 어서 굴러온 돌이고?"
 "굴러온 돌이 아니고, 강원도에서 온 사람이오. 하늘같이 높은 사람더러 어찌 돌이라고 한단 말이오?"
 최맹순의 말에 둘러선 건달들은 저들끼리 서로 쳐다보기만 할 뿐 뭐라 입을 열지 못했다. 겨우 한 건달이 더듬더듬 물었다.
 "머라카노? 사람이 하늘같이 높다이, 뭔 요상한 말이고?"
 "사람은 누구나 하늘같이 귀하다고 하였소."
 "그럼 옹기장이도 양반맨치로 높단 말이고? 양반들이 들으몬 기절초풍할 말 아이가."
 "그렇소! 저기 가마 타고 행차하시는 군수 나리도 가마를 멘 가마꾼도, 모든 사람이 하늘같이 귀하다는 말입니다."
 최맹순이 마침 저 멀리 군수 가마 행차를 바라보면서 말했다. 건달들은 켕기는 게 있었던지 화들짝 놀라 달아났다.
 최맹순은 그날 장에서 옹기와 바꾼 쌀 한 말, 보리쌀 두 말을 지고 집으로 돌아왔다.
 "세상에! 텃세 심한 소야 장 건달들한테 코피도 안 터지고 멀쩡하게 돌아왔소?"
 아침에 최맹순이 옹기를 지고 집을 나설 때 장터 건달들을 조심하라고 이르던 이웃집 장복극 내외가 놀라서 물었다.
 "꼭 코피가 터졌어야 속이 시원하다는 말 같소."
 "참말로 다행이라예. 우리 내외는 총각이 무사히 돌아오면 사위 삼자고 의논했다네."

예천 댁이 기뻐 말하고 내처 건넌방을 향해 말했다.
"봉이 너 싸게 안 나오고 뭐하노? 네 서방 될 총각이 코피 안 터지고 돌아왔다."

대답으로 방문이 벌컥 열리고, 봉이가 방에서 나와 신에 발을 꿰며 성을 냈다.
"흥! 누구 맘대로 서방 너방해쌓노?"

봉이가 마당을 질러 사립문 밖으로 달아났다. 등 뒤에 대고 장복극 내외가 깔깔댔다. 이렇게, 강원도에서 굴러들어온 떠꺼머리 옹기장이 최맹순이 딱 보름 만에 집도 마련하고 장가까지 들었다.

3

1894년 3월, 봄 햇살이 눈부시고 바람은 부드러웠다. 이 산 저 산, 멀고 가까운 곳에 핀 복숭아꽃 살구꽃 잎이 소리 없이 날아내렸다. 꽃잎을 내려놓는 살구나무를 올려다보던 최한걸이 숨을 고르고 독 가마 앞에 섰다. 여러 날 옹기를 지어 칠을 입혀 독가마에 불을 넣고 나서 문을 열 때면 늘 가슴이 설렜다. 옹기가 온전히 살아남기도 하지만 모두 터지기도 한다. 최한걸이 가마 문을 여는 순간 깜짝 놀랐다. 가마 어귀에 흰옷을 입은 여인이 앉아 있는 것이다. 사람이 너무 놀라면 말도 나오지 않는 법이다.
"아부지! 가마에 웬 여시가 들었어예!"

장에 나가려던 최맹순과 봉이 내외가 지게를 받치고 광주리를 내려놓았다.
"아침부터 뭔 호들갑이냐?"

"가마 안에, 여시 같은 가시나가 앉았어예."
"쟈가 장가들고 싶응께 별 헛것이 다 보이는갑만."
봉이가 가까이 있으면 아들 최한걸에게 꿀밤이라도 먹일 참인데 떨어져 있었다. 최한걸이 앞장서고 최맹순 내외가 뒤따랐다. 이번에는 세 사람이 한꺼번에 놀라 걸음을 멈췄다. 눈앞에 황소 같은 사내가 여린 계집아이의 손을 움켜쥐고 서 있는 것이다. 손에 잡힌 앳된 계집은 하얗게 질려 바들바들 떨고 있었다.
"요 염병할 종년! 잠시 한눈파는 새에 도망치다니…."
황소가 솥뚜껑 손으로 계집의 귀싸대기를 철썩철썩 야무지게 올려붙였다. 계집이 털썩 무릎을 꿇고 와앙 울음을 터트리며 두 손으로 싹싹 빌며 말했다.
"살리 주이소. 잘못했씨요. 살리 주이소."
이에 최맹순이 분연히 나섰다.
"왜 멀쩡한 어린아이를 때리시오?"
"남의 일에 뭔 상관이우? 일 없응께 댁에 일이나 잘하시오!"
황소가 계집아이의 손을 낚아채어 길을 나섰다. 최맹순이 황소 앞을 막아서자 황소가 난감해하며 말했다.
"안동 권 부사댁 계집종인데, 소 한 마리와 바꿔오라는 영을 받고 나왔다가 주막에서 잠시 한눈파는 새에 도망쳤소. 이년 땜에 내가 신세를 조질 뻔 했소. 됐소?"
"허면, 내가 소 한 마리 값을 쳐주면 되겠소?"
"시방, 머라캤소?"
황소가 그제야 최맹순의 아래위를 훑어보고 나서 말했다.
"요즘 시세가 소 한 마리가 1백 냥인데, 그만한 돈이 있소?"
"내게 파시오. 종문서는 있소?"

황소가 품에서 종문서를 꺼내 보이며 말했다.

"문서 없는 종이 어디 있소?"

이렇게 되어 집으로 돌아와 황소와 계집종을 사랑에 기다리게 한 뒤, 최맹순이 급히 마을로 내려가 땅을 내놓아 큰돈을 마련하고, 집에 있는 돈을 보태 1백 냥 돈 꿰미를 황소 앞에 내놓았다. 황소가 품에서 문서를 꺼내려다가 말고 말했다.

"내가 잠깐 홍침했소. 송아지 밴 암소를 사오라고 했으니 송아지 값 30냥을 더 받아야겠소."

황소의 말은 누가 들어도 맹랑했지만, 난감해진 최맹순은 이웃에 사는 장인 장복극을 찾아가 돈 30냥을 더 만들어 황소에게 주었다. 황소가 종문서와 계집종을 두고 달아나듯 떠났다.

최맹순이 난데없이 계집종을 사들인다는 소문을 듣고 마을 사람들이 구경을 왔다. 마당에서 종문서를 불태우는 동안 계집종이 엉엉 울음을 터뜨려서 마을사람들은 아닌 울음 구경을 하게 되었다.

계집아이의 울음이 끝나자 최맹순 내외는 마침 구경꾼도 모였으니 며느리로 맞아들일 혼례를 서둘렀다. 떠꺼머리 최한걸이 낯을 붉혀 말했다.

"귀한 인연으로 가족이 되었으나, 먼저 처자의 뜻을 들어봐야 합니다."

"네 말이 옳구나. 어디 처자의 속에 든 말을 들어보자."

"어른 덕에 지가 꿈에도 그리던 종 신세를 면했다 아입니껴. 거기다 잘난 신랑까지 얻으면 복 중에 복 아니겠능교. 지는 꼭 꿈만 같아예."

잘났다는 치사를 들은 최한걸이 다시 낯을 붉히며 화답했다.

"가마에 옹기도 한 개 허실 없이 온전하니 집안에 복덩이가 굴러들어 왔어예."

최맹순이 구경 온 마을 사람들을 향해 말했다.
"일찍이 동학 창도주께서는 종을 며느리로 삼으셨소. 동학에서는 모든 사람이 층하 없이 한울님같이 귀합니다."
마을 구경꾼들 앞에서 혼례가 치러졌다. 상 가운데 청수를 올려놓고, 고운 옷에 연지곤지를 바른 신부와 사모관대를 갖춘 신랑이 마주섰다.
다음 날, 초례를 치른 신랑신부가 잠에서 깨기 전인 첫닭 울 무렵에 보은 대도소에서 보낸 통문이 도착했다. 전라도에서 동학농민군이 기포했으며, 충청 경상 관동 지역에서도 기포하라는 통문이었다.
최맹순은 그날 소야 장터에 집강소를 차렸고, 새신랑 최한걸은 예천 성주 문경 안동 김천으로 통문을 돌리기 위해 길을 나섰다.
대접주 최맹순이 관동포 휘하 48개 접에 7만여 명의 교도들을 거느리고 있어서 예천 소야 고을은 동학교도로 들끓었다. 고을의 모든 송사가 소야장터 집강소에서 해결되니 6월 7월 사이에 동학에 드는 이들이 날마다 수천을 헤아렸다.

4

그해 8월 10일이었다. 추석을 닷새 앞둔 날이지만, 최한걸에게는 추석빔보다 산모 미역 장만이 더 먼저였다. 길 떠날 행장을 한 최한걸이 각시의 손을 잡고 말했다.
"다녀오리다. 몸 보중 잘 하시오. 이번에는 여러 날이 걸릴 것 같소."
"네, 서방님 부디 몸 성히 댕겨오이소."
"가만, 아기에게도 인사를 해야지."
최한걸이 각시의 불룩한 배에 귀를 갖다 댔다.
"애가 아비를 알아보나 보오. 발길질이 야단이오."

"참, 서방님도. 어서 나가시소. 밖에서 아버님이 기다리시겠어예."
최한걸이 각시에게서 얼굴을 떼고 갑자기 방문을 벌컥 열었다.
"에구머니! 이것아. 기침 좀 하고 열지."
문틈으로 들여다보던 최맹순 내외가 얼굴을 쓸며 말했다.
"진작 구경한다고 말씀을 하실 것이지."
그렇게 최맹순 최한걸 부자가 길을 떠났다.

그렇게 떠난 부자에 대한 소식은 날이 갈수록 불길했다. 집을 나설 때는 예천 읍 민보군이 동학농민군 11명을 체포하여 모래밭에 생매장한 사건을 응징하기 위해서였다. 그러나 민보군 쪽에서는 아무런 대꾸가 없었다.

동학농민군은 추석을 객지에서 지내고, 예천 관아를 점령하기 위해 관동 대접과 상북 용궁 충경 예천 안동 풍기 영천 상주 함창 문경 단양 청풍 등 13고을 접주가 상주 산양과 예천 금곡과 화지에서 연이어 대회를 열어 동학대군이 형성되었다.

8월 28일, 수천 명의 동학농민군이 예천 읍성 총공격에 나섰다. 그러나 동학농민군이 서정자 뜰에서 수많은 전사자를 낸 채 패했고, 최맹순 대접주가 이끄는 관동포 동학농민군은 문경 석문전투에서 다시 패해 최맹순 부자는 강원도로 도피했다는 소식이 들어왔다. 그래도 시어머니 봉이와 새 각시는 살아 있다는 소식만으로 다행으로 여겨 무사히 돌아오기만을 기다렸다.

5

마지막 소식을 가져온 사람은 같은 마을 사내였는데, 피투성이가 된 옷이 몇 날을 넘겨 검정 갈색이 되었다.

"최맹순 대접주께서는 지난 시월 중순에 강원도 평창에서 1백여 명의 동학농민군을 이끌고 다시 예천 적성리로 들어와 전투를 벌였으나 또 패해 충청도로 피신했다 아입니까. 11월 21일 충주 독기에서 최맹순 최한걸 부자와 장복극이 예천 민보군에게 체포되어 예천읍으로 압송됐다가 다음날 남사장에서 사람들이 지켜보는 가운데 총살되어 모래밭에 묻혔어예."

봉이는 남편과 아들의 부고를 한꺼번에 들은 셈이다.

"싸게 도망치소. 관아서 가솔들을 잡아들이라는 명이 떨어져가 군사가 출동했어예."

사내가 봇짐을 끌러 미역을 꺼냈는데, 피범벅이 되었다가 마른미역이었다.

"최한걸 두령이 죽기 전에, 전해달라는 부탁을 받았어예."

사내가 돌아가자, 봉이가 급히 봇짐을 내려 미역을 싸서 울고 선 각시 품에 안기며 말했다.

"어서 떠나거라. 상주 왕실에 들어가면 도와줄 사람이 있을 것이다. 뜻대로 될지 모르겠지만, 해산은 거기 들어가서 해라."

"어머님이 안 가시면 지도 안 갈 거라예."

"무슨 소리냐? 너는 대를 이어야 한다! 그 애가 좋은 세상에서 살게 해야지."

봉이의 엄한 말에 각시가 울며 집을 나섰다. 날이 곤두박질치듯 빠르게 저물었다.

과연 사내 말대로 군사가 떼를 지어 집으로 들이닥쳤다. 그런데, 굳게 닫힌 방 안에서 해산하는 산모의 신음이 튕겨 나왔다.

"아으, 아악!…"

산모의 신음에 머릿군사가 불평을 했다.

"하필이면 이때 해산이란 말인가?"

아닌 말로 군사들은 팔자에 없는 여느 아낙의 해산을 구경하는 꼴이 되었다. 처음에는 서성대다가 나중에는 뜨락이나 마루에 걸터앉아 구경하다가 농의 말까지 하게 되었다.

"이 집 며느리 자색이 곱다는 소문이 자자하던데."

"그래서 잡아들이라는 것 아닌가."

저문 해가 짙은 어둠이 오도록 산통이 이어졌다. 그제야 머릿군사가 말했다.

"뭔가 이상하다! 방문을 열어보아라!"

군사들도 그제야 속은 것을 알아차리고 문을 열어젖혔다.

봉이가 횃대에서 내린 포대기 끈을 쥐고 신음하고 있었다. 머릿군사가 맥이 빠져 말했다.

"그럼, 며느리는 진즉에 도망쳤다는 말 아이가."

그제야 봉이가 땀에 흠씬 젖은 몸을 일으켰다.

(∗)

보성 애기 접주 이관기 약전(略傳)

1

동학란이 일어나던 해 5월 어느 날이었다. 전라도 보성 봉래장터에 기포 통문이 날아들었다. 전봉준 김개남 김덕명 최경선 장군이 이끄는 동학농민군이 정읍 황토재 전투에서 크게 이기고 나서 돌린 통문이었다. 보성 지역 동학농민군을 이끌고 담양으로 들어오라는 명령이었다. 통문에 따라 이치의 접주는 동학교도에게 통문을 내어 근동의 동학농민군을 모아 기포했다. 이치의 접주가 대세와 형편을 먼저 살피기 위해 아들 이관기와 이전홍을 담양 대장소로 보냈다. 두 청년이 명을 받아 길을 나섰을 때는 동학농민군의 대장소가 옥과 읍에 도착해 있었다.

2

이관기 이전홍 형제의 나이는 각 27, 25세 창창한 장정으로, 마치 쌍둥이처럼 성격이 대담하고 의협심 많아 동학 일로 여기저기 통인 노릇을 다녔다. 이번에 동학농민군이 들불처럼 일어나자 앞장서겠다고 결심했다.

　이관기 이전홍 형제가 옥과 읍 대장소로 들어가 전봉준 손화중 김개남 최경선 차치구 두령을 만나 임무를 받아서 대장소 문밖을 나섰을 때는 마치 한울님이 된 듯이 의기양양했다. 두 청년의 몸에는 대장소에서 나올 때 받은 '호남창의지인(湖南倡義之印)'이라 쓴 비문을 지니고 있었다. 이제 동학의 세상이라 강진 병영 동헌으로 당당하게 들어서니 과연 동학농민군이 장악하고 있었다. 두 형제가 대장소에서 받은 호남창의지인(湖南倡義之印)을 내보이고 총 한 자루씩 받아 무장하니 천하를 얻은 듯 용기백배했다. 총은 손가락 하나 까딱하여 수 십 보 떨어진 곳에서도 짐승이나 사람에게 핏구멍이 뚫리는 신기한 무기라 마치 천하를 얻은 듯했다.

　보성 살고개에 이르러, 고향을 향해 '우리가 돌아왔노라' 하는 군호로 '땅!' 하고 총포 한 방을, 진을 치고 이관기 이전홍 형제가 돌아오기를 기다리던 보성의 진중에서도 '땅!'하는 방포로 화답하였다. 그동안 보성의 동학농민군은 마치 장맛비에 물이 불어나 듯 엄청난 숫자로 늘어나 있었는데, 아버지 이치의 안동영 두 접주가 지휘하고 있었다.

　이관기 이전홍 두 형제가 군령을 전하자, 이치의 포는 이관기에게, 안동영 포는 이전홍에게 각 접주 직과 지휘권을 넘겨줬다. 사람들은 나이가 어린 접주여서 애기접주라 불렀다. 기왕의 이포와 안포는 적은 숫자를 빼서 지역 방어를 위해 남고, 이관기 포는 보성 진지를 떠나 옥과 대장소에 합세하여 화순 무안 광주 남원 지역을 함락하였고, 이전홍 포는 원평 김제 전주로 올라가 전봉준과 함께 전주성을 함락하는 세력에 합류했다.

　전주성이 함락되자 정신 나간 조정은 동학교도 토벌을 위해 청나라에 군사를 요청하였고, 이를 기다린 듯이 일본군이 들어와 조선이 하루아침에 전쟁터가 되었다. 동학지도부와 관은 서둘러 전주화약을 맺게 되어 전라도 53개 군현에 집강소를 설치하기로 하고 동학농민군을 흩기로 했다. 두 애기 접주 형제는 동학농민군을 이끌고 고향으로 돌아와 집강소를 설치하여 활동했다.

3

청일전쟁에서 청군을 물리친 일본은 경복궁을 침탈하고, 곳곳에서 동학교도 포살에 나서자 2세 교주 최시형은 9월 18일에 재기포를 선언한다.
 재기포 통문이 보성 땅으로 날아들고, 애기 접주 형제는 다시 기포하여 동학농민군을 이끌었다. 이관기 접주는 장가든 지 얼마 되지 않아서 눈물로 배웅하는 새색시를 등 뒤로 하고 광주로 들어가 손화중 최경선 대장소로 들어갔다. 동생 이전홍 접주는 공주 우금치로 향하는 전봉준 군과 달리 남원 김개남포에 합류하여 금산 진잠 청주로 진격했다.
 갑오년 10월로 들어서면서 공주 우금치에서, 청주성 전투에서 관 일본 연합군에게 패했다는 소식이 연이어 내려오고, 나주성을 공략하려던 손화중 최경선 이관기 동학농민군도 연패하여 광주에서 흩어버리고 말았다. 관 민보군 일본군이 대대적인 토벌에 나서자 동학농민군은 남쪽으로 쫓기게 되었다.
 이관기 접주도 보성 천봉산 산중으로 숨어들었다. 날은 점점 추워지고, 산에서 내려와도 갈 곳이 없는 처지가 되자 죽기로 작정했다.
 하지만 죽기도 쉽지 않아서 마침 세 길이나 되는 벼랑이 있어서 '옳지! 여기다.' 싶어 벼랑으로 떨어져 구르다가 나무에 걸려서 살아났다.

이관기는 큰 길로 나섰다가 민보군과 맞닥뜨렸다. 이관기가 마침 차고 다니던 낫으로 한바탕 싸웠지만 기진하여 붙잡히고 말았다.

4

이관기 접주는 능주 나졸 윤성도에게 넘겨져 먼저 잡혀왔던 50여 동학농민군과 함께 굴비처럼 묶여서 능주 동헌 마당으로 끌려갔다. 동헌 마당에 한참 있으니 나졸들이 명부를 가지고 나와 한 사람씩 이름을 불러 상투에다 명패를 꽂아주었다. 불쑥, 이게 사람에게 할 짓인가 싶었다. 그렇지만 다른 동학농민군은 그저 자포자기 상태에서 고개를 숙이거나 하늘을 우러러보는 게 다였다. 이런 비참한 모습을 보자 이관기는 분노가 치밀어 올랐다.

"이게 뭐 하자는 짓이냐?"

이관기의 물음에 돌아오는 대답이 맹랑하고 기막혔다.

"이놈아, 죽을 놈이라는 징표다! 잔말 말고 가만있다가 뒈지기나 해라."

"아니, 무슨 죄를 지었는지 심문도 없이 죽인단 말이오? 백성이 어디 파리 목숨이오?"

"너희 놈들은 나라에서 금한 동학을 믿은 역적들이여, 역적!"

이관기가 뭐라 대꾸하려 할 때 울긋불긋한 옷을 입은 나졸 병정들 수십 명이 한꺼번에 몰려 들어왔다.

"이놈들! 오늘이 역적놈들을 처단하는 날이다. 어서 일어서라!"

이 말이 떨어지기 무섭게 사령과 군사들이 우르르 달려들어 동학농민군을 사방에서 둘러싸더니 앞과 뒤에서 몰아 동헌을 나섰다.

이관기는 무리에 휩쓸려 묵묵히 끌려갔다. 이관기는 그래도 좀 총기가 있어 보이는 옆 사람에게 물어보았다. 상투에 꽂힌 명패에 '오병채(吳秉埰)'라고 씌어 있었다.

"나는 타관 사람이라 몰라서 묻는데, 능주 고을 사또는 어떤 사람이오?"

이 말에 오병채가 분노하여 대뜸 쌍욕을 퍼부었다.

"아주 X새끼지요. 시시때때로 갖은 세금으로 백성들 고혈을 빨아먹은 악질 중 악질이지요. 조병갑이가 도둑놈이라면 이 새끼에 비하면 새발에 피지요. 게다가 능주 관아에 대도소가 차려졌을 때는 동학 편이었다가 싹 돌아선 X새끼지요."

분개하여 퍼붓는 욕은 듣는 사람도 무서울 정도였다. 옳거니! 기왕 죽는 거 이런 용기라도 내보자 싶었다.

5

논두렁과 논바닥을 지나 산 아래로 들어가니 능주 읍 사람들이 모여 있었다. 사람 죽는 구경이야 꿈자리 사나울 일이니 모두 억지로 끌려 나온 것이다. 조병갑이보다 더 나쁜 놈이라는 능주 목사는 높은 곳에 자리 잡아 틀스럽게 앉아 있고, 그의 앞에 굴비 같이 엮인 동학농민군을 일자로 세웠다. 동학농민군 앞에는 사람 하나 가까스로 들어갈 만한 구덩이를 파놓고 있었다. 웅성대던 사람들도 앞으로 벌어질 끔찍한 일에 겁을 먹었던지 갑자기 조용해졌다. 이때를 능주 목사의 호령이 떨어졌다.

"이놈들, 듣거라! 자고로 동학이란 이단지학(異端之學)이라, 나라에서 엄금하는 것인 줄은 너희들도 알고 있으렷다? 동학에 들어가 난리를 일으켜 나라의 기강을 어지럽힌 죄는 하늘을 찌르고도 남는다. 이런 연유로 오늘 너희들을 처형하고자 한다.”

능주 목사의 입에서 '처형'이라는 청천벽력 같은 말이 떨어지자 50여 명의 동학농민군은 다시 고개를 떨궜다. 상투에 꽂힌 깃발 같은 명패도 함께 아래로 꺾였다.

"우리는 아무 죄가 없소. 역적이 아니란 말이오. 위기에 처한 나라를 바로잡자는 것뿐이오."

아까 이관기 옆에 있던 오병채가 소리쳤다. 목사가 위엄을 갖춰 추상같이 엄명을 내렸다.

"죽음을 앞둔 동학쟁이 주제에 뭔 할 말이 있느냐? 포살을 시작하라!"

상투에 하얀 명패를 꽂은 죄수들을 하나씩 구덩이 앞에 불러서 세워놓고 '탕! 탕! 탕!' 세 명의 군사가 총을 쏘자 피를 쏟아낸 몸이 구덩이 속으로 꼬꾸러졌다. 둘, 셋…아홉 번 째로 서 있던 이관기 차례가 되었다.

"이관기!"

이방의 호명이 떨어졌다. 이관기가 벌떡 일어나 능주 목사를 향해 냅다 호령했다.

"네 이놈! 능주 목사 이놈아! 너는 지난봄 대도소를 차렸을 때 동학군 편이 아니었더냐? 이 쳐죽일 놈아. 백성이 나라의 근본인데, 유무죄를 가리지도 않고 덮어놓고 포살하는 것이 옳단 말이냐? 네놈은 국록을 먹고 백성의 고혈을 빨아먹었으니 대대손손 저주가 따를 것이다."

이관기가 갖은 욕을 섞어서 호령하며 길길이 날뛰니 함께 묶여 있던 사람들도 끈이 뒤엉켜 '아구구' 신음했다. 목사가 예상도 못 했다가 엉겁결에 당한 욕에, 그리고 집강소를 열었을 때 동학에 가담한 것이 사실이었던 터라 할 말을 잊었다. 목사가 겨우 더듬더듬 말을 흘렸다.

"허, 저놈! 저놈이 저렇게 길길이 날뛰며 원통해 하니 필시 무슨 사연이 있으렷다."

입이 터진 김에 이관기가 욕을 한바탕 더 퍼붓자 목사가 다시 명했다.

"저놈을 가까이 데려오너라."

목사의 명에 따라 이관기를 포박한 줄을 끊고 차일 안으로 불러올려 나직이 말했다.

"이놈아! 너 무엇이 그토록 원통하단 말이냐? 다시 물어보겠다. 너 동학 했지?"

"아니다! 나의 아비가 동학을 했다가 요전 앞에 포살 되었고, 나는 안 했다."

"이놈아 아비가 했는데 너는 하지 않았다고?"

"정녕 아니다. 나는 장사하러 다니다가 붙잡혔다."

"그럼 장사를 했다고 하니 어디 어디를 돌아다녔더란 말이냐?"

이관기가 통문을 듣고 통인으로 다녔던 청산 옥천 영동 황간 청주 괴산 양평 양천 등 여러 고을을 단숨에 청산유수로 쏟아내니 듣고 있던 목사가 말했다.

"들으니 장사를 다닌 행적도 명백한 듯하니 이놈을 놓아주어라. 그러고 나머지 죄인들도 일일이 심문하여 죄를 치부에 낱낱이 적도록 하라."

이렇게, 이관기는 욕이 섞인 호령을 퍼붓고 구사일생으로 살아났다. 이관기가 풀려나자 목사를 향해 내처 말했다.

"내가 원님 덕에 살아나기는 했으나 이제 돈도 탐관오리에 탈탈 털렸으니 고향으로 돌아갈 돈이 없소. 내가 옷도 좀 해 입고 고향에 갈 수 있게 노잣돈 돈 열 닷 냥만 주시오."

목사가 갑자기 어진 원님이 되어 이방을 향해 말했다.
"세상에 저렇게 비위가 좋은 놈이 다 있나. 저놈에게 돈도 달라는대로 내주어라."
이렇게 되어 이관기는 돈까지 받아서 옷을 해 입고 고향으로 가게 되었다. 그뿐 아니라 나머지 죄수도 심문을 했으나 "동학 안했다"는 말로 살아나는 법을 알았으니 모두 잡아떼어서 다 살아났다.

6

이관기가 고향으로 돌아온 것은 섣달그믐 날이었다. 새 옷도 갈아입어서 그대로 설빔이라고 여겨 내심 기분도 좋았다. 그렇지만 마을로 들어서는 순간, 가슴이 철렁 내려앉았다. 마을 집들이 모두 불타고 인적이 끊긴 것이다. 아마 동학교도 마을이라 한바탕 휩쓸고 간 것이다. 그렇다면 아내는 물론 가족 모두 세상을 떴단 말인가? 비로소 살아왔어도 산 것이 아니라는 생각에 왈칵 눈물이 쏟아졌다.
그러나 목숨을 부지하려면 더 저물기 전에 잠잘 곳을 찾아야 한다. 그것도 관군이나 민보군이 쳐놓은 덫을 피해야 한다. 그러자니 큰 마을이 더 안전하다. 보성 장터까지 가려면 서둘러야 한다.
이관기가 보성읍내로 들어선 것은 날이 막 저물었을 때였다. 해가 떨어지자 썰렁한 기운이 감도는 데다, 섣달 그믐날이라 어디를 찾아가 잠자리 청하기가 쉽지 않을 듯 했다. 장터 주막집으로 들어갔는데, 아버지 나이 또래 쯤 되는 주인 사내가 막 문을 닫으려다 이관기를 맞이했다. 주인 사내가 이관기의 위아래를 찬찬히 훑어보더니 불쑥 말했다.
"오갈 데 없는 딱한 처지인 듯한데, 주무시고 가시구려. 다만 부탁이 있소. 내일 날이 밝기 무섭게 떠나시오. 내일은 정월 초하룻날인데, 장터에서 읍내 사람들을 모아놓고 동학농민군 38명을 총살하는 날이오."

이관기는 모든 것을 단번에 알아차렸다. 동학농민군에 대한 추적이 끝난 것이 아니라 아직도 진행 중이다.

"고맙소. 주인어른의 말씀대로 하겠소이다."

사내는 너른 마당을 지나 뒤채로 돌아갔다. 사내가 방 안으로 들어가 방에 관솔불을 켜고 나서 난데없이 절을 하여 이관기도 엉겁결에 맞받아 절을 했다.

"접주 어른! 인사 올립니다."

맞절 끝에 주인 사내가 '흑-' 울음을 터트렸다. 그제야 이관기는 주인 사내가 이관기를 알아보는 동학도인인 줄을 알았다.

"애기 접주가 살아오셨으니 가문에 오직 한 분이 살아남으셨구려."

말끝에 주인 사내가 다시 흐느꼈다. 그러면 아내는 물론 모든 가족이 세상을 떴다는 말이다.

"이치의 접주가 능주 목사에게 붙잡혀 총살되어 시신조차 찾지 못했고, 이전홍 접주는 남원에서 민보군에게 붙잡혀 장터에서 총살되고, 나머지 가족은 모두 이곳 민보군에 붙잡혀서 처형되었소."

이관기는 하늘이 무너지는 아픔과 함께 눈앞이 캄캄했다. 이관기 집안에서는 아내와 아버지 이치의 접주, 김개남 장군 휘하에 들어갔던 동생 이전홍, 백씨, 중씨, 외숙, 매부 등 총 일곱 사람이 목숨을 잃었다. 주인 사내가 방을 나가면서 말했다.

"접주님 기찰이 심하니 불을 끄시는 것이 좋겠습니다. 그리고 제가 담에다 사다리를 걸쳐놓을 테니 위급할 때 담을 뛰어넘으시지요."

"고맙소. 사태가 이러니 지금 수습해서 길을 떠나는 것이 어떻겠소?"

"아닙니다. 접주님께서는 너무 지쳐서 쉬셔야 합니다. 섣달 그믐날이라 오늘은 별일이 없을 듯합니다. 다만 염려하여 드렸던 말씀입니다. 저는 지만일(池萬日)이라는 사람이올시다. 부친 이치의 접주의 권유에 따라 동학교도가 되었지요."

사내는 차분했다. 사내가 나가고 얼마 아니 되어 저녁상이 들어왔다. 너무 시장해서 허겁지겁 음식을 퍼 넣었다. 먹을 때는 모르겠더니, 배가 좀 불러오자 살아남아 밥을 먹는 자신이 부끄럽게 느껴졌다.

저녁 끝에는 매정하게도 졸음이 벼락같이 몰려와 잠깐 잠이 들었다가 밖이 소란하여 잠을 깨었다. 기찰하는 사람의 말은 낮았지만 대답하는 주인 지만일의 말소리는 크고 또렷했다. 이관기가 보따리를 챙겨 들고 급히 사다리를 타고 담을 넘었다.

7

보성 땅을 벗어났다. 이 엄동설한에 어떻게 어디로 가야 살지 막막했지만 관군 민보군 일본군이 포위망을 좁혀오는 남쪽보다는 북으로 올라가야 살 수 있다는 판단이 들었다.

그래서 간 곳이 경상도 함안의 어느 마을이었다. 자신을 감춰서 머슴으로 들어갔으나 일이 어설프니 얼마 가지 못해 쫓겨났다.

늦은 봄날, 이관기의 발길은 다시 보성을 향하고 있었다. 이번에는 추천 처가를 찾아보기로 했다. 비록 아내가 세상을 떴다지만 장모가 이관기를 괄시할 것 같지는 않았다. 무심코 골목으로 들어섰다가 깜짝 놀라 몸을 숨겼다. 대문밖에는 보교(步轎)가 놓이고, 보교군 네 다섯 사람이 서성이고 있었다. 담 쪽으로 다가가니 방 안에서 다투는 소리가 들려왔다.

"죽은 남편을 기다리는 것은 썩은 나무에서 잎이 나기를 기다리는 일과 같으니 한시라도 빨리 팔자 고쳐서 새 시집가서 살아라."
 이는 장모의 말이고, 아내의 목소리가 이어 나왔다.
 "저는 죽은 남편의 얼굴을 보기 전에는 안 갈 거예요."
 이관기는 그제야 아내가 살아 있다는 사실과 함께 일의 앞뒤가 한꺼번에 짚어졌다. 혼처가 생겨서 아내를 가마에 태워 가려고 대기하는 중이고, 아내는 가지 않겠다고 버티는 중이었다. 이관기는 대문으로 들어갈 것 없이 담을 훌쩍 뛰어넘어 방문을 활짝 열어젖히며 말했다.
 "자, 죽은 남편 말고 살아 있는 남편 얼굴을 보시오!"
 "아이고! 이 서방이 살아왔구나!"
 장모가 소리쳤고, 울음을 터트린 것은 아내와 장모 두 사람이었다.
 "자, 산 서방 얼굴을 보았으니 어서 새 시집가시오!"
 이관기의 우스갯말에 장모가 '에구머니!' 외치더니 이관기의 손을 덥석 잡아 방안으로 끌어들이고 방문을 닫고 나서 말했다.
 "자네가 살아온 것을 알면 관에 꼰지를 사람이 있을 것이니 절대 다른 사람이 알면 안 되네."
 경황 중에도 영특한 장모는 사리를 분별할 줄 알았다.

8

 애기 접주 이관기는 동학으로 온 집안이 큰 화를 입었지만 계속하여 동학을 믿었으며, 갑진 을사의 혁신운동을 치르고 기미운동의 고개를 넘어 백절불굴의 삶을 살았다. 그는 개가하려다 다시 살게 된 아내와의 슬하에 이남국이라는 아들을 뒀고, 이후 많은 자손을 뒀다. 애기접주 이관기가 나이 들어서는 보성군 종리원장을 지냈다.
 (*)

글 잘한다 오중문, 쌈 잘한다 오중문

1

 임진(壬辰, 1892)년 섣달 스무여드레, 책씻이 날이다. 서당 마지막 백일장에서 제일 빼어난 글을 발표하는 날이다. 열 남짓 되는 학동들이 모두 긴장했지만 오중문3) 오준선 정석희 세 사람 중 누가 장원을 받느냐에 관심이 쏠려 있었다. 훈장 오남규가 직접 발표하지 않고 답안지 세 장을 앞에다 내놓았다.
 "이번에는 각자 글을 읽어보고 너희들 스스로 좋은 글을 뽑아봐라."
 세 사람 중 정석희가 표나게 기뻐하는 낯빛이었다. 그는 작년에 오중문 오준선에 이어 차하를 받았다. 이번에는 학동들이 글을 선택하면 당연히 제 편이 되어 줄 줄 알았다. 학동 중에는 오 씨보다 정 씨가 더 많았기 때문이다.
 글을 돌려보는 시간이 지나고, 이윽고 판가름 날 시간이 왔다.

---

3) 본명 오권선(吳權善, 1861-?), 나주 삼가 세동 출신이다. 구전으로는 오중문(吳中文)으로 알려져 이 이름으로 통일했다.

"누구의 글이 좋은지 판단하는 것은 그리 어려운 일이 아니다."

훈장의 말에 따라 세 답안지 중 하나를 뽑는데, 단연 오중문의 글에 손이 올라갔다.

이로써 훈장 입장에서는 제 아들의 글을 옹호한다는 말이 없게 되었다. 그렇지만 다른 사람은 몰라도 정석희는 쉽게 수긍하지 않았다.

"저는 오중문 오준선의 글이 왜 저보다 나은지 알기 어렵습니다."

훈장이 난감했지만 망설임 없이 정확하게 말했다.

"운이 잘 맞아떨어졌고, 내용이 분명하게 드러났다."

이 소문이 퍼져서 "글 잘한다 오중문!"이라는 소문이 나주 고을 사람들 입에 오르내리게 되었다. 그렇지만 정석희는 이 결과에 앙심을 품어서 스스로 소인배가 되었다.

2

계사(癸巳, 1893)년 정초부터 한양성 안팎은 갖은 소문으로 뒤숭숭했다. 운종가는 세계 여러 나라 사람들이 넘쳐나고, 왕세자 탄신일을 맞아 실시하는 과거에 맞춰서 온나라 동학교도가 올라와 거리를 활보한다는 소문으로 뒤숭숭했다. 지난해 말에는 동학교도 수만 명이 공주와 삼례에서 집회를 열어 충청감영과 전라감영에 상소문을 올려 힘을 과시하였고, 여세를 몰아 한양으로 올라왔다는 것이다.

오중문 오준선은 날이 저물어서 한양 성안으로 들어가지 못하고 서소문 밖 주막에서 묵기로 했다. 저녁을 먹고 방으로 들어오자 벌써 다른 객은 통나무 목침에 머리를 얹어 잠을 청하는가 하면 한쪽에는 할 말이 남은 몇 사람이 두런거리고 있었다. 두 형제가 갓과 두루마기를 횃대에 걸고, 어귀에 자리를 잡아 목침에 머리를 얹고 누웠다. 이때 한 사내 기듯이 다가와 가만 말을 걸어왔다.

"행색을 보아하니 과시에 오신 듯한데, 좋은 말씀 들려드리겠습니다."

오중문이 옆에 누운 사촌형 오준선을 바라보았다. 과시에 온 사람을 상대로 금전을 갈취하는 거간꾼이 있다는 소문을 듣긴 했지만, 서소문 밖인데도 이런 거간꾼이 달려드나 싶었다. 오준선이 무슨 생각에서인지 먼저 대답했다.

"한번 들어나 봅시다."

"주막에 나가 있을 테니 따라 나오시오."

사내가 냉큼 말을 떨어뜨리고 나가자 오중문이 돌아누우며 말했다.

"저는 관심 없으니 잠이나 자렵니다. 형님일랑 다녀오시우."

"뭔 말을 하는지 잠깐 들어보고 오마."

오중문은 먼길에 고단하여 깊은 잠에 빠져들었다가 다음날 아침에 사람들 두런거리는 소리에 잠을 깼다. 밤이 길어서인지 방안은 아직 어둠 속이었다. 여기저기 누웠던 사람들 두런거리는 소리가 들려와 오중문이 자리에서 일어났다. 오준선도 잠을 깨어 일어났다. 방문이 열리고, 아이가 말을 방 안으로 밀어 넣었다.

"일어나신 분은 밖에 세숫물이 준비되어 있으니 세수하세요."

오중문 오준선이 봇짐을 챙겨서 주막으로 나와 상 앞에 앉으니 비로소 지나다니는 행인들도 보이고 날이 희뿜하게 밝아왔다.

"어제 밤 사내한테서 무슨 말을 들었소?"

"뭐 전부터 듣기는 했지만 들으니 참 기가 막히더라. 과거 시험장에는 아예 들어가지도 않고 바깥에서 500냥만 내면 등과 도장이 찍힌 종이쪽지를 내어 준다네. 감자를 파서 찍어주는 도장이라고 누가 알아보냐 이거야. 뭐 그자의 말도 틀리지는 않지."

"저도 들어왔던 말입니다. 그래서 저는 애초부터 과거를 보러 온 게 아니라 다른 일로 올라왔소. 저는 동대문 남소동에 찾아가 동학교도 광화문복합상소에나 참여할랍니다."

"내가 아우님의 고집을 잘 아니 더 말하지 않겠네. 하지만 이번 과시는 세자가 태어나 열리는 과시라 등과를 많이 시켜줄 거라고 하더군. 나는 시험을 치러서 실력을 발휘해 볼까하네. 아우님도 속는 셈치고 한 번 응시를 해보지 그러나?"

"저는 안 볼랍니다."

"염려되어서 하는 말인데, 이번 광화문복합상소 참여자를 역적배로 몰아서 포도청에서 군사를 풀 수도 있다고 하니 부디 몸조심하시게."

"그 사내가 그렇게 말합디까?"

"장안에 벌써 소문이 파다하다네."

"상소란 애초에 허리춤에 내 목을 칠 도끼를 차고 올리는 글입니다. 썩은 세상을 바로잡자는 의로운 길이 평탄할 수는 없겠지요. 형님은 부디 등과하셔서 금의환향하시오."

마침 밥이 나와 두 사람은 한동안 말없이 밥을 입에 퍼 넣었다. 밥이 거의 바닥을 드러낼 쯤에 잠시 수저를 내려놓은 오준선이 무겁게 말을 꺼냈다.

"이런 썩은 세상인 줄 알면서 과시를 치러야 하는지 나도 근심이 많네."

"형님은 치르시오. 저들도 양심 한 가닥쯤은 있어서 좋은 글 몇 개야 뽑아주지 않겠소? 뽑혀서 좋은 세상을 만드는 관리가 된다면 그도 보람 있는 일이지요."

"아우님만 알고 있게. 어제 그자가 내가 못 미더워하는 눈치를 보이자 자기가 만들어 준 등과 자 이름을 보여주는데, '나주 정석희'가 들어 있더라. 그 사람의 말이 사실이라면 시골에 가면 정석희라는 이름이 온 고을에 퍼져 있을 것이다."
 과연 오준선의 말대로 그해 봄 나주고을에는 오중문 오준선 두 형제는 낙방하고 대신 정석희의 등과가 봄꽃 만개하듯 활짝 피었다.

3

갑오(甲午, 1894)년 봄.

"났네 났어 갑오 난리
임진 계사 바람 불어
났네 났어 갑오 난리"

 난리 소문에 따라 나주 목에서 북으로 한참 떨어진 삼가 장터에 동학농민군이 모여들었다. 두둑한 발낭에는 며칠 먹을 식량이 들었고, 짚신 꾸러미가 매달렸다. 손에는 새끼로 낫날을 감은 낫자루를 들었다. 나주 오 씨들이 삼가면을 중심으로 본양 도림 지역 일대에 수백 호 집성촌을 이루고 살았는데, 동학 난리가 나자 단박에 싸움에 나선 패와 이를 말리는 두 패로 갈라졌다.
 오중문이 동학농민군 대장으로 앞장섰다는 소문을 듣고 아버지 오남규가 식음을 전폐하고 드러누웠다. 오중문은 부모보다 나라가 먼저라면서 눈 하나 꿈쩍하지 않았다.
 동학농민군이 나날이 깃발을 세워 나발을 불고 북 꽹과리를 쳐서 기세를 돋웠다. 북창을 들이치고 평림의 세 장터에 동학농민군이 넘쳐났다. 오중문이 동학농민군을 이끌고 고창을 거쳐 부안 백산으로 올라갔다. 태인 부안 고창 영광 정읍 고부 무안 흥덕 등지에서 몰려온 동학농민군이 1만 명에 이르렀다. 백산은 흰옷 입은 동학농민군으로 뒤덮여 이름대로 백산이 되었다. 이들이 함성과 함께 일어서면 백산이 되었고, 죽창을 들면 죽산이 되었다.

동학농민군 대진은 황토재 싸움에서 지방 관아 군사를 물리치고 여세를 몰아 부안 영광 함평 관아를 휩쓸고 나주 광주를 코앞에 뒀다.

이때 전봉준이 장군소에 각지 장령들을 모아놓고 긴한 상의를 냈다. 무안을 넘어 나주 고을을 눈앞에 뒀으니 전봉준이 먼저 오중문을 찾았다.

"오 장령! 우리가 나주 광주를 치고 장성을 거쳐 전주를 들어가야 할지 망설이고 있는데, 나주 사정을 잘 아는 오 장령의 고견을 듣고 싶소."

오중문은 잠시 망설였다. 당장 동학농민군의 여세를 몰아 나주목사 민종렬의 콧대를 눌러야 할 것 같았다. 그러나 오중문은 여기서 냉정했다.

"나주목사 민종렬은 지난해 부임하여 다른 고을과는 달리 선정을 펴면서 민심을 얻었습니다. 우리가 기포하여 바로 나주 읍성을 들이쳐 무장할 계책을 내지 않은 것은 아니지만, 그렇다고 섣불리 쳐들어가지 못했습니다. 무엇보다 나주성은 목사를 중심으로 온 성안 사람들이 단결하고 양반 유생들이 가세하여 빈틈이 없습니다. 더구나 지금 우리는 조정에서 내려온 정예군을 적으로 두고 있으니 이들의 동태를 매의 눈으로 보고 있다가 격파하여 전주감영을 치는 것이 우선일 듯합니다."

듣고 있던 전봉준을 비롯한 모든 장령들이 오중문의 조리 있는 말에 고개를 끄덕였다. 오중문이 여기에서 말을 더 얹었다.

"민종렬은 동학농민군이 황토현에서 지방군을 물리쳤다는 소문을 듣고 대비책을 철통같이 세우고 있을 것입니다."

"내 생각도 같습니다! 나주로 들어가기 위해서는 동학 본진이 강을 건너고 산을 넘어 굳게 닫힌 성을 깨뜨려야 하는 어려움을 감수해야 합니다. 그러나 지금은 눈앞에 조정의 정예군을 치기에 힘을 쏟아야 합니다."

이때 듣고 있던 무안의 배상옥 대접주가 나섰다.

"전봉준 장군과 오중문 장령의 말씀을 들었지만, 그렇다고 나주를 두고 전주성을 함락하는 일은 적을 등 진 꼴이니 후환이 될 수 있습니다. 지금 말씀하신 것처럼 동학 본진이 중앙 정예군을 대적하기 위해 이동하면 나주성을 지키던 군사들의 움직임이 잠시 동요할 수 있습니다. 그때 우리 무안 동학농민군이 남아 있다가 나주성 공격에 나서는 것이 어떻겠습니까?"

전봉준이 여러 장령들을 둘러보아도 누구도 입을 열지 않자 전봉준이 말했다.

"배상옥 접주의 무장 동학농민군이 빠지면 군세가 크게 약화 되어서 안 됩니다."

전봉준의 고민의 핵심이었다. 이때 김개남이 나섰다.

"배 접주의 말씀대로 하는 것이 좋겠습니다. 모자라는 군세야 좀 더 치밀한 작전으로 공격하고, 힘을 독려하여 싸우면 될 것입니다. 지금도 동학농민군이 매일 몰려오고 있습니다."

손화중 최경선도 김개남의 말에 동조하여 배상옥 접주의 말대로 나주를 둔 채 올라가기로 했다.

동학농민군 대진이 머리를 장성을 향해 틀었다. 4월 23일, 장성 황룡강전투에서 전투를 벌여 대승을 거뒀다. 이 전투에서 동학농민군은 이학승 대장과 수많은 경군을 죽였고, 외국에서 들여온 쿠르프식 야포, 회전식 기관총, 모제르식 소총을 전리품으로 얻었다.

　사기가 오른 동학농민군은 갈재를 넘어 금구 원평 장터로 올라와 원평대회에서 왕의 사자들을 처단하고 담숨에 전주성을 함락했다. 뒤따라 들어온 관군과 전주성 전투를 벌이고 있을 때, 등 뒤에서 나주성 전투 소식이 들어왔다. 배상옥 장군이 동학농민군 5백 명을 이끌고 나주 서부로 쳐들어갔지만 크게 패해 30여 명의 동학농민군이 죽고 30여 명이 포로가 되었다. 그중 이여춘 채중빈 나순후가 나주 진영으로 압송되어 효수되었고, 27명은 읍에서 처형됐다는 처절한 소식이 들어왔.

　이 소식이 들어온 것은 4월이었지만 전봉준은 군사들 사기 때문에 곧이 말하지 않았다. 5월 전주화약을 맺고 나서, 전라도 53개 고을에 집강소를 설치하기로 한 뒤에야 전봉준은 오중문 최경선 손화중 세 접주를 따로 불러서 전했다. 실제로는 부고(訃告)였다.

4

　오중문이 이끄는 동학농민군이 전주성을 떠난 것은 6월 보름 즈음이었다. 이 시기에는 전라도 53개 고을에 집강소가 설치되어 있었지만, 오직 나주 운봉만 집강소가 설치되지 못했다. 나주에 집강소를 설치하라는 명을 받은 오중문은 6월 17일에 남평을 함락하고 진을 치고 나서 나주성 안의 동정을 살펴오도록 정탐꾼을 보냈다.

　정탐꾼이 가지고 나온 소식 안에 놀라운 소식이 들어있었다. 나주성 곽에 단단히 진을 친 것은 물론이고, 나주성 안팎의 양반들을 중심으로 민보군이 결성되어 있었다. 거기에는 봄부터 몸져누웠다는 아버지도 끼어있고, 사촌 형 오준선이 민보군을 이끌고 있었다. 그 아래에 지난해 봄에 감자 도장으로 초시 급제한 정석희도 끼어있었다. 그런데, 여기에 더 놀라운 소식이 들어있었다.

"민보군을 이끌고 여기저기를 순찰하던 정석희가 나주 오 씨네 재각을 불태웠답니다. 이 때문에 민보군에 들어있던 오 씨와 정 씨들 사이에 틈이 벌어지게 되었답니다."

그 말을 듣는 순간 오중문은 정신이 어찔했다. 아! 이는 조상들과 심지어 아버지와의 결별을 뜻하는 것이었다. 그간 정석희가 오중문에게 열등감을 느껴오다가 어떤 지위에 오르자 이를 보복한 것이다. 정석희를 소인배로 탓하고 말기에는 너무 큰 아픔으로 다가왔다.***

별렀던 전투가 아주 우연하게 시작되었다. 그동안 오중문이 이끄는 동학농민군은 나주 북쪽 여러 지역으로 진을 옮겨 다니면서 나주성 공략을 위한 탐색을 벌이고 있었다. 그날 오중문의 주력은 노안 서답바위 부근에 진을 치고 있었다.

갑자기 파발이 급히 달려왔다. 큰 길에 갑자기 상여가 나타났다는 보고였다. 상여라면 며칠 화톳불을 피워 소문이 있었을 터인데, 갑자기 왠 상여란 말인가. 수상쩍지만 앞뒤의 사정을 알아보기에는 너무 사정이 긴박했다.

"우리가 백성의 상사를 간섭하면 안 되지만, 수상하니 동학농민군 한 대를 보내 알아보도록 하라."

오중문의 명에 따라 군사들이 달려갔다. 행여 무슨 일이 벌어지면 대처할 수 있도록 말과 군사를 대기하도록 했고, 오중문도 싸움을 준비했다.

먼눈으로 상여와 동학농민군의 접선을 지켜보던 오중문이 아차 했다. 갑자기 상여가 넘어지면서 수성군들이 총성과 함께 쏟아져 나와 동학농민군을 기습했다. 동학농민군이 혼비백산하여 흩어졌지만 상여꾼이나 상여 속에서 나온 민보군의 총포에 속수무책으로 쓰러졌다. 아! 오중문은 혼절할 것 같은 뜻밖의 사태에 눈앞이 캄캄했다. 곁에서 부관이 분개하여 소리쳤다.

"속았다!"

오중문이 준비시켜뒀던 기마 본대에 공격 명령을 내렸다. 그런데 이도 무위로 끝났다. 적의 정확한 대응 사격으로 달려간 말 등에 오른 동학농민군이 총을 맞아 굴러떨어지고 말이 적의 수중으로 들어갔다.

"총공격!"

이번에는 오중문이 직접 나섰다. 예측대로 적은 총열이 뜨겁게 달아올랐거나 총알이 떨어져 뒤로 주춤주춤 물러났다. 오중문이 총포대를 앞세운 것이 주효했던지 민보군이 쓰러지거나 달아나기 시작했다. 들판이 끝나가는 곳까지 추격해서 상여꾼으로 위장한 민보군을 모두 죽였다. 그러나 이도 잠깐, 숲에서 민보군 한 떼가 나타나 새로운 공방전이 전개되었다. 당연히 달려온 쪽보다 매복해 있던 적의 공격이 주효했다.

"돌아서라!"

오중문이 명령을 내렸을 때는 이미 늦었다. 매복한 민보군의 총격으로 오중문이 이끄는 친위대가 전멸했다. 순간, 오중문의 옆구리에 뜨거운 기운이 스치고 지나가고, 말에서 굴러떨어졌다. 민보군이 함성을 지르며 달려들었다.

"죽이지 말라!"

오중문이 눈을 뜨니 오준선이 말에서 내려 다가왔다. 오중문에게 칼을 겨눈 오준선이 오중문을 내려다보며 말했다.

"긴말할 틈이 없다. 나와 대적하다가 내가 타고 온 말을 타고 도망쳐라. 무슨 일이 있어도 다시는 고향에 나타나지 마라!"

"형님!"

"일어서라! 이것이 오중문의 마지막 싸움이 될 것이다!"

오중문이 옆구리에서 흐르는 피를 바짓자락을 뜯어 핏구멍을 틀어막고 칼을 짚고 일어서자 두 사람이 마주 서게 되었다.

"이야얍!"

두 사람의 기합과 함께 칼이 허공에서 부딪쳤다. 오히려 멀쩡하던 오준선이 힘에 밀려 푹 쓰러졌다. 이 틈에 오중문이 오준선이 타고 온 말에 올라 까맣게 멀어졌다.

그날 일로 사람들에게 "쌈 잘한다 오중문!"이라는 소문이 무성했지만, 이 뒤로 오중문은 세상에서 까맣게 잊힌 인물이 되었다.

5

최경선이 7월에 나주성을 공격했으나 실패했고, 손화중 최경선이 힘을 합쳐 10월 11월 12월까지 끈질기게 나주 공격에 나섰지만 끝내 실패했다. 이 싸움에도 오중문의 활동은 확인되지 않았다.

오중문이 금산 태인 논산 지역에 살면서 1912년 생 아들과 1947년 생 손자를 둔 것이 확인됐다. 이로 보아 한 생애를 숨어 산 듯하다.

(*)

부안 위도에 들어갔다가 돌아온 복장이 이야기

　무쇠솥에는 아직 미미한 온기가 남아 있었다. 하지만 복장이가 몸을 움직일 때마다 섬뜩섬뜩한 한기가 몸을 찌르고 지나갔다. 날은 이미 밝아 있었다. 복장이는 목이 타서 솥뚜껑을 밀어 바가지에 물을 떠서 몇 모금을 넘겼다. 미지근한 물이 창자를 타고 넘어가자, 흐렸던 눈앞이 조금씩 선명하게 보이기 시작했다. 썰렁한 겨울 햇살이 텅 빈 황토밭을 점령하고 있었다.
　세상이 적막하다고 깨닫는 순간 복장이의 귓가로 천둥이 스쳐지나가고, 눈앞에 어른거리던 겨울 햇살이 한순간에 어둠 속으로 곤두박질쳤다. 아! 복장이는 마루 밑 군불 때는 부엌을 기어 나와 재각 마당으로 나왔다. 네 칸 방을 가득 채우고 있던 사람들이 하룻밤 사이에 모두 사라지고 없었다. 댓돌에 그 많던 신발도 모두 사라졌고, 마당 한쪽에 가마솥을 걸어놓고 밥을 지어 먹던 솥도 뚜껑이 열린 채 텅 비어 있었다.
　복장이는 재실 대문을 나와 언덕에 올라갔다. 스무 살이나 된 복장이는 마치 어미젖을 떼지 못한 아이처럼 어미에게 따라붙기로 작정했다. 가물가물 내려다보이는 길은 인적 없이 붉은 흙 언덕으로 찬바람이 불어가고 있었다. 하늘로 새 떼가 활 모양으로 날아 그마저도 가뭇없이 시야에서 사라져버렸다.

 이제는 정말 나 혼자 남았구나! 이를 깨닫는 순간 다리에서 힘이 빠져나갔고, 무너지듯이 스르르 주저앉았다. 당장 사는 길은 부뚜막 온기에 기대는 수밖에 없을 것 같아서 엉금엉금 기어서 다시 재각 군불 부뚜막 솜이불 속으로 들어갔다. 이불 속으로 들어가 이리저리 몸을 움직여 자리를 잡으려 할 때, 문득 작은 돈주머니가 등허리 쪽에 걸렸다.
 아, 어머니! 이번에는 울컥 울음이 목젖을 타고 올라왔다. 복장이 어머니가 살 가망이 없는 자식을 버리고 남은 동생들을 데리고 떠나면서 두고 간 돈이었다. 만일 복장이가 알았더라면 이 돈을 받지 않았을 것이다. 곧 죽을 몸인데 돈이 무슨 소용이란 말인가.

 복장이의 집은 해주성을 막 벗어난 곳에 있었다. 복장이의 몸에 이상이 느껴지기 시작한 것은 여기저기 타작마당이 한창이던 늦가을 무렵이었다. 며칠 정신없이 기침하다가 어느 날부터 피를 토하기 시작했다.
 폐암 말기! 해주성 밖 양의원에서 내린 진단이었다. 양의사가 복장이가 듣는 데서는 말하지 않았지만, 어머니에게는 데리고 가서 며칠 먹고 싶은 것 해먹이고 떠나보내라고 했다.
 병원에서 돌아온 그날부터 복장이는 골방에 홀로 지내게 되었다. 양의사가 미군 부대를 통해서 나오는 약도 소용없다고 주지 않았다. 복장이의 어머니가 양의사에게 통사정해서 며칠 동안 약을 받아와서 먹기는 했지만 아무런 차도가 없었다.
 죽음을 기다리는 사람에게 마치 저승사자의 발자국처럼 멀리서 포성이 쿵, 쿵 들려오기 시작했다.
 지난여름에는 당에서 "영용한 인민군이 파죽지세로 밀고 내려가 조선반도 해방에 대구와 부산만을 남겨놓았다."고 들떠 선전했다. 그런데 미군과 남측의 인천상륙작전으로 이번에는 인민군이 속수무책으로 밀려서 평양까지 내줬다. 그렇지만 중국 인민군 개입으로 인민군이 다시 밀고 내려오는 중이라고 했다. 그 말을 증명하듯이 점차 포성이 크게 들려오기 시작했다. 그날 밤에 어머니가 다급하게 말했다.

"피난 가야 살 수 있단다. 복장이 너 우리를 따라나설 수 있겠니?"

어머니가 말은 그렇게 했지만 복장이가 혼자 여기에 남겠다고 말하기를 기다렸을지도 모른다. 복장이는 솜이불을 두르고 어머니와 동생들을 따라 피난 통통배에 올랐다. 배 안에는 사람들이 빈틈없이 들어차 있었다. 배가 떠나던 첫날은 복장이가 무사했지만, 기침이 다시 시작되었고, 사람들 앞에서 피를 토하는 바람에 폐병이 들통났다. 이제 숨길 수 없는 상황에 이르자 복장이는 누에꼬치처럼 이불에 돌돌 말려서 바람 부는 갑판으로 버려지는 신세가 되었다.

"아이고! 이 애가 아비 없는 불쌍한 아이예요. 비록 죽어도 내 눈으로 봐야지 어떻게 혼자 버려둔다는 말이에요!"

복장이 어머니가 사람들에게 울면서 하소연했지만 배를 탄 모든 사람들은 하나같이 냉정했다.

"아주머니의 처지가 딱한 줄은 알지만, 그 애 때문에 아주머니와 애들, 우리 모두 죽을 수 있는 건 왜 생각 못 해요?"

다 맞는 말이었다. 그나마 복장이를 당장 바다에 던져버리자는 말이 나오지 않은 것만도 다행이었다.

며칠이 지났는지 모르게 시간이 흘러 배가 부안 줄포항에 들어왔다. 그래도 배 안에는 천도교인들이 많아서 옛적부터 동학쟁이들이 많았던 부안 줄포를 선택한 것이다. 육지에 내려서자 사람들은 사방으로 뿔뿔이 흩어졌다. 어디로 갈까 오래 망설이던 사람들은 부안의 천도교인들이 소개해 준 영월 신 씨 재각에 묵었다. 어머니와 동생들을 포함하여 많은 천도교인들이 들어왔다. 부안의 천도교인이 마당에 솥을 걸어주고 양식도 추렴해줬다. 여기까지는 부안 천도교도의 덕을 본 셈이었다.
 그렇지만 복장이는 여기서 다시 군불 부뚜막으로 내쳐졌다. 그런데 갑자기 무슨 사정에서인지 어머니와 동생들이 사람들과 함께 감쪽같이 떠나버린 것이다.

 홀로 남은 복장이에게 세상의 모든 것들이 새롭게 보이기 시작했다. 어제 초저녁에 토한 피가 검은 피떡이 되어 사방으로 얼룩져 있었다. 어머니도 더 심해진 복장이의 병세를 알아차린 것 같았다. 이제 모든 것을 혼자 해결해야 한다는 생각에 이르렀지만, 복장이가 할 수 있는 일이 솥뚜껑을 열어 바가지로 물을 퍼마시는 일뿐이었다.
 그래도 세상의 햇살이 눈에 들어왔다. 눈앞에 말라붙은 검은 피떡이 얼룩진 뜨락을 넘어 마당에 하얀 대나무 화살촉에 흰 수숫대 화살이 날아와 땅에 꽂혔다. 저 화살이 어디서 날아왔을까 싶었을 때 흰옷을 입은 아이가 불쑥 나타났다. 아이가 엎드려 화살을 뽑아 드는 순간, 아이와 복장이의 눈이 마주쳤다. 아이가 봉두난발인 복장이의 행색에 조금도 놀라는 기색도 없이 물었다.
 "아저씨는 누구세요?"
 "누구냐고 묻는 너는 누구냐?"
 "히히히, 아저씨는 엉터리! 내가 먼저 물었으니 아저씨가 먼저 대답해야지요."
 "나는 멀리 황해도 해주에서 온 복장이라는 폐병환자다. 이제 죽을 날을 기다리고 있는 사람이니 가까이 오지 마라."
 "나는 요 너머 줄포에 사는 동이라오."
 "너는 내가 무섭지 않으냐?"

"하나도 안 무섭소. 그나저나 여기서 뭐 하시오? 살려면 어서 이곳을 떠나 섬으로 가시오."

"섬으로 가라니? 이런 몸으로 어디를 간단 말이냐?"

"여기서 하룻길 떨어진 곳에 격포가 있소. 오늘 저녁 저물녘이 물이 차는 시각이니 거기로 오시오. 내가 배를 대어 위도라는 외딴 섬에 데려다 줄 테니 거기서 49일 수도를 하시오. 당신의 병은 당신 스스로 만들었으니 스스로 수도하여 병을 고치시오."

이 말끝에 아이가 가뭇없이 사라졌다. 아니, 애초부터 아이가 나타나지 않았는데 복장이가 잠시 헛것을 본 것 같기도 했다. 복장이는 마치 무언가에 호되게 얻어맞은 느낌이었다. 복장이가 천도교를 믿는다면서 어째서 주문을 외어 수도할 생각을 하지 못했단 말인가? 복장이가 아주 어렸을 때 아버지는 무슨 병에 들었는지 꼿꼿이 앉아서 늘 주문을 외고 있었다. 그러다 앉았던 몸이 약간 기울어져 세상을 뜬 모습을 보았다. 어쩌면 복장이도 그렇게 세상을 뜰 것이라는 예감이 들었다.

복장이는 아까 아이의 말대로 격포로 갈 것인가 아니면 여기서 지낼 것인가 잠깐 망설였다. 만일 하룻길 격포로 갔다가 아이를 만나지 못하면 먼길을 되돌아와야 한다. 복장이는 그렇더라도 길을 나서기로 작정했다.

머리맡에 놓인 며칠 식량과 이불과 입성을 챙기자 제법 묵직한 보따리가 되었다.

힘든 걸음을 옮겨 포구가 내려다보이는 언덕에 이르렀을 때 해가 설핏했고, 언덕 아래에서 불어오는 바람을 맞이하자 갑자기 기침이 일고 왈칵 피 한 덩어리를 토해냈다. 그 순간에는 죽음에 대한 공포가 밀려와 그 자리에 무너지듯 주저앉았다. 피 묻은 입술을 닦고 다시 달라붙은 기침을 진정시켰다. 복장이가 천천히 일어나 더듬듯이 앞으로 걸음을 옮겼다.
 어둠이 내리는 포구에 닿았을 때 잔잔한 바람이 불어오고, 황포돛배가 물결에 실려 일렁이고 있었다. 잠시 헛것일지도 모른다고 여겼던 흰옷 입은 아이가 배 앞에 서 있었다. 이번에는 머리를 흰 수건으로 질끈 동여 매 머나먼 섬도 거뜬히 들어갈 만큼 든든해 보였다.
 섬으로 들어간다면 먹고 지낼 양식이 필요하고, 이를 상의하고 싶은데, 아이는 장승같이 뻣뻣이 선 채 말이 없었다. 어쩌면 아이는 나를 섬에다 내다 버리는 일을 맡았는지도 모른다.
 "섬에 들어간다면 양식이 필요하지 않을까?"
 복장이의 말에 아이는 대답 대신 배 위에 실린 가마니를 가리켰다. 복장이가 배에 오르자 아이는 서둘러 닻을 올리고 노를 잡았다. 모든 과정이 능숙한 어른 사공처럼 익숙했다.
 돛에 순풍을 먹은 배가 미끄러지듯 항구에서 멀어졌고, 빠르게 어둠이 몰려왔다. 갑자기 복장이의 몸에 한기가 몰려오고 다시 기침이 시작되었다. 배가 심하게 출렁대면서 속이 뒤집어지고 멀미가 났다. 황해도 몽금포에서 며칠 배를 타고 내려올 때도 하지 않던 배멀미였다. 그렇다면 병이 깊어져 몸이 더 쇠약해졌다는 뜻이기도 하다. 속이 울렁거리면서 먹은 것도 없는데 연신 쓴 물을 토해냈다. 그래도 아이는 말없이 노를 저었다.
 시간이 얼마나 흘렀을까, 복장이가 지쳐서 배 바닥에 드러누워 이리저리 몸을 굴리고 있었다. 문득 별들이 총총한 하얀 밤하늘이 복장이의 눈에 쏟아져 들어왔다. 마치 하늘에 별들이 복장이를 짓누를 듯 쏟아져 내릴 것만 같았다. 아! 하늘의 기운이 복장이의 몸속으로 흘러들고 있었다.
 이윽고 배가 섬에 닿았다. 아이가 배를 대고 말없이 곡식 가마니를 바닷가에 내려놓았다.

"나는 바로 돌아가야 합니다."

아이는 닻을 내릴 틈도 없이 뱃머리를 돌렸다. 복장이가 뭐라 말을 하려고 했으나 무슨 말을 해야 할지, 어떤 말을 해야 할지 생각나지 않았다. 덜컥! 이제 죽음의 땅에 홀로 버려졌다는 현실이 뼈저리게 다가왔다.

- 시천주조화정 영세불망만사지…

복장이의 입에서 주문이 저절로 흘러나왔다. 여태 잊고 있던 주문 암송이었다. 주문을 외면서 하늘의 별빛에 의지하여 바닷가 바위굴을 찾아 나섰다. 당장 몸을 눕혀 잠잘 곳을 찾아야 한다. 바위를 더듬어 한참을 헤매고 있을 때 간신히 굴 하나를 찾았다. 안도의 숨을 내쉬는 순간, 토끼 몇 마리가 굴을 빠져나가 어둠 속으로 달아났다. 처음에는 무서웠지만, 곧 안도의 한숨이 흘러나왔다. 이 세상에 나 홀로가 아니라 함께 살아가는 생물이 곁에 있다는 것이 오히려 안심되었다.

밤에 찾은 바위굴은 밝은 낮에 보아도 살아가기 맞춤한 곳이었다.

그날부터 복장이는 주문을 소리 내어 암송했다.

-시천주조화정 영세불망만사지…주문은 바윗굴을 빠져나가 먼바다로 먼 하늘로 퍼져나갔다. 몸 안에 빼곡하게 들어있던 어둠이 차츰 몸 밖으로 조금씩 풀려나가기 시작했다. 그동안 복장이의 몸은 차츰 가벼워지기 시작했다.

몇 날 며칠이 흘렀을까, 한밤중이었는데 잠속인지 생시인지, 아니면 꿈속에서인지 정신이 아득하게 어지럽고 몸이 허공으로 부유(浮遊)하듯이 어디론가 하염없이 흘러가고 있었다. 몸이 흐르는 동안 복장이는 정신을 수습하지 못한 채, 몸이 뜬 채 어디론가 하염없이 흘러가고 있었다. 어느 곳에서 부유하는 몸을 멈추고 싶은데, 자기 자신의 몸을 스스로 수습할 수가 없었다.
 어느 순간에 몸이 머물러 문득 잠에서 깨어났다. 세상이 온통 눈부시게 희었고, 금빛 햇살이 강하게 내려쬐고 있었다. 갑자기 몸이 몹시 섬뜩하고 떨렸으며, 밖으로부터는 신령의 기운이 접했으며, 안에서는 한울님의 말씀이 내려왔다.
 "들어라. 내 마음이 곧 너의 마음이니라. 부디 두려워하지 말고 두려워하지 말라, 의심치 말고 의심치 말라. 너는 이미 무궁하고 무궁한 도의 경지에 이르렀으니 도를 잘 닦고 익혀서 글을 지어 사람을 널리 가르치고 법을 만들어 덕을 펴라. 그러면 너로 하여금 장생케 하여 세상에서 빛나게 하리라."
 복장이의 눈에 들어온 세상은 금빛이었다. 마당에는 푸른 풀들이 돋아있고 멀리 아지랑이 너머로 아득하게 보이는 산은 푸르렀다.
 이제 두꺼운 솜이불이 무거운 절기가 되어서 반듯하게 개어 놓았다.
 이때 푸른 풀 위로 대나무 촉을 한 화살 하나가 날아와 꽂혔다. 흰옷을 입은 아이가 달려와 화살을 집어 들었다. 머리에 흰 수건을 이미 동여매고 있어서 전날 같으면 금방이라도 돛배의 노를 저어갈 차림이었다.
 복장이는 다시 만난 아이가 반가워서 말을 걸었다.
 "애야, 지금 돛배는 어디다 뒀느냐?"
 "돛배라니요? 이런 뭍에서 무슨 배란 말이오?"
 그제야 복장이는 모든 정황을 한꺼번에 알아차리고 가까스로 정신을 수습하여 물었다.
 "너는 나를 처음 보느냐?"
 화살을 손에 든 아이가 고개를 갸우뚱했다.
 "그러면 이 재각에 머물던 사람들이 모두 어디로 갔는지 혹시 들었느냐?"

"아하! 황해도에서 통통배를 타고 줄포항에 내려온 사람들 말씀이지요?"

"그래 맞다!"

"우리 아버지가 그러는데 태인 김제 전주 익산 사방으로 흩어져 갔다고 했어요."

"그러냐? 너 혹시 천도교를 믿느냐?"

"시천주조화정 영세불망만사지 주문 외는 교 말이오?"

"그래, 맞다. 좋은 교이니 지성으로 믿어라."

"아저씨는 여기서 혼자 뭘 하셨어요?"

"너, 혹시 주문 외는 소리를 듣지 못했느냐?"

"들었어요! 가끔 비 오는 날이나 바람이 부는 날이면 멀리서 주문 소리가 들려왔지요."

복장이는 서둘러 봇짐을 쌌다.

"여기서 익산까지는 얼마나 머냐?"

"잘 모르기는 해도 전주 익산이 거기서 거기인께 백오십 리 길이요."

"잘 알았다. 인연이 되면 다시 볼 날이 있겠지."

복장이는 봇짐을 지고 길을 나서려다 뒤돌아보며 물었다.

"여기가 어디냐?"

"전에도 묻더니 또 물어요? 여기는 줄포 영월 신 씨네 재각인디요, 동학난리 때 동학쟁이들이 여기 모여서 주문을 외고, 싸움에 나섰던 곳이라고 했어요."

"너 지금, 전에 나를 만났다고 했느냐?"

복장이가 잠시 머리를 갸우뚱했지만, 어차피 말로 해명되지 않은 기이한 일이 뒤엉켜 있는 터라 이것저것 따지지 않기로 했다. 어쨌거나 복장이는 한겨울 격포항에서 위도로 들어가 49일 기도 끝에 다시 여기까지 밀려 나왔고, 복장이의 몸은 지금 줄포에 건너와 있다.

"얘야, 하나 더 물어보자. 너 혹시 내 망건을 보지 못했느냐? 분명히 머리맡에 뒀는데 보이지 않는구나."

"히히히, 아저씨는 바보, 망건 쓰고 망건을 찾아요."

"응? 그렇구나. 하하하. 내가 정말 바보로구나."

복장이가 얼른 머리에 쓴 망건을 반듯하게 고쳐 썼다.

"망건 아저씨, 어디로 가요?"

"나는 익산 사자암으로 간다. 거기는 옛적에 동학 2세 교주 해월 선생이 49일 기도를 올린 곳이란다."

"그 말은 저도 아버지한테 들었어요."

"그래, 인연이 있으면 또 보자."

"예, 망건 아저씨 안녕히 가세요."

"나는 망건 아저씨가 아니라 복장이, 김복장이다."

말끝에 아이가 활에 화살을 먹여 화살을 쏘아 올렸다. 화살이 푸른 하늘로 아득히 멀어졌다. 복장이와 아이의 눈이 까만 점으로 멀어지는 화살의 궤적을 쫓았다. 화살은 황토 언덕 푸른 보리밭에 떨어졌다. 화살이 떨어진 보리밭에 봄바람이 불어 바닷물처럼 일렁였고, 그 위로 배뱃종! 종달새가 하늘로 솟구쳐 올랐다. 아이가 화살을 줍기 위해 뛰어갔고, 복장이는 봇짐을 지고 길을 나섰다.

복장이가 발걸음을 옮기는 순간, 복장이는 옛적에 책에서 읽었던 창도주 수운의 득도 후의 심경을 노래한 가사 구절이 생각나서 흥얼흥얼 읊조렸다.

"좋을시구 좋을시구 이내 신명 좋을 시구,

구미산수 좋은 풍경 물형으로 생겼다가 이내 운수 맞혔도다.
지지엽엽 좋은 풍경 군자 낙지 아닐런가.
…아무리 좋다 해도 내 아니면 이러하며
내 아니면 이런 산수 아동방(我東方) 있을소냐.
나도 또한 신선이라 비상천(飛上天) 한다 해도
이내 선경 구미 용담 다시 보기 어렵도다."

복장이 앞에 펼쳐진 세상은 어제 보던 하늘과 땅, 산과 시냇물, 나무와 풀이 아니었다. 온 세상은 일순간에 생명력이 넘쳐흐르는 산천, 선경이 되어 있었다.

복장이은 몸과 마음이 구름을 탄 듯 가벼워져서 사자암에 들어가 49일 기도를 새롭게 시작했다.

복장이가 수도를 하는 동안 수련으로 폐병을 고쳤다는 소문을 듣고 많은 사람이 몰려와 천도교에 입도했다고 전한다. 복장이의 수련법은 영험하기로 소문이 나서 유방암 말기 환자와 폐병 환자가 치유되는 이적이 많았다고 전해진다.

(*)

귀신으로 사는 동학농민군

 영춘이 산마루에 올라서자 동네가 눈에 들어왔다. 목에서 무슨 말이든 먼저 튀어나올 것 같았다.
 "어머니!"
 이어지는 말 대신 눈물이 앞섰다. 마을에서 피어오르는 저녁밥 짓는 연기가 맵고 구수했다. 집에는 언제 들어가야 할지 얼른 판단이 서지 않았지만, 밤이 깊어지기를 기다리기로 했다.
 이윽고 한밤중이 되었다. 초저녁에 짖어대던 개들이 잠이 들어 조용해졌을 무렵에야 산을 내려가기 위해 발걸음을 옮겼다. 마을 어귀 장승백이에 들어서자 동네 개들이 짖기 시작했다. 처음에 한 마리가 짖기 시작하더니 온 동네로 퍼져갔다. 다시 긴장이 되었다. 그렇다면 이 밤중에 나 아닌 다른 사람이 움직이고 있다는 뜻이다. 천하대장군 뒤에서 장승이 되어 꼼짝없이 앉아 개 울음이 그치기를 기다렸다.
 불타 쓰러진 집에 가까스로 방 하나를 들였고, 정지는 아직 지붕도 가리지 못했다.
 "어머니!"

어두운 안방에다 말을 나직이 밀어 넣었다. 아무런 기척이 없다가 잠시 뒤에 말이 흘러나왔다.
"…뉘시우?"
"저유."
문이 열리고, 방 안으로 들어가니 어머니가 손을 뻗어 영춘의 손을 잡았다.
"아들아 살아 있었구나. 살아줘서 고맙다. 지금 있는 데는 편하지?"
영춘은 아직 여기가 살 곳이 아니라는 직감이 들었다. 눈앞이 캄캄했다.
"…예, 이렇게 살아 있어요."
"다행이다."
그래도 영춘은 다시 물었다.
"저 지금도 여기서 못 살아요?"
"참말로 세상인심 고약허다. 동학 나간 사람들 다 죽었는디, 행여 살아오는 사람이 있을까, 이도 발고하지 못해서 안달이다. 지금도 사람들이 사흘돌이로 기웃거린다. 어떤 사람은 '누가 다녀가는 걸 봤다는 디, 내가 헛것을 봤는가?' 하고 넘겨짚기도 해서 가슴이 덜컥 내려앉는다. 어떻게든 영춘이 너는 살아남아야 한다."
"지 걱정 말고 어머니나 탈 없이 지내기나 해요."
"오냐 알았다. 어서 네 아버지가 바라던 좋은 세상이 와야지."
이때 가까운 데서 개 짖는 소리가 났다. 순간 두 사람은 긴장했다. 그렇다면 누군가 움직인다는 뜻이다.
"먼저 윗목에 양식 자루부터 챙겨둬라."
어머니 말대로 영춘이 지체 없이 자루를 끌어당겨 안았다. 지금 움직이면 사람의 눈에 들게 되니 개 울음이 그쳤을 때 떠나야 한다.

"고모는요?"

영춘의 목소리가 떨렸다. 행여 죽었다는 소식을 듣게 될지도 모르기 때문이다.

"걱정 마라. 죽기 직전에 천운으로 살아나왔는데, 한쪽 얼굴이 불타서 머리카락으로 반을 가리고 산다. 그래도 같이 살겠다는 사람이 나와서 시집을 보냈는데, 잘 살고 있다."

어머니가 문득 짚이는 것이 있었던지 말했다.

"안 되겠다. 대숲에 숨었다가 조용해지면 떠나라."

영춘이 문이라고 어설프게 걸쳐놓은 뒷문을 열고 나설 때 어머니가 말했다.

"혹시 내가 여기 없으면 외가로 와라."

장독대를 지나 대숲으로 들어서자 뒤에서 들려오는 말소리에 머리카락이 곤두섰다.

"거기, 누구여?"

대숲으로 얼른 몸을 낮추기는 했지만 아차 싶었다. 계속 말소리가 들렸다.

"두 눈으로 사람을 똑똑히 봤는데."

"죽은 사람을 봤다고요? 헛것, 귀신을 본 모양이우."

그제야 영춘은 귀신처럼 당당하게 일어나 대숲을 빠져나왔다. 뒤에서 더는 말이 없었다.

영춘이 아버지 이용환을 따라 집을 나선 것은 갑오년 3월 초순이었다. 먼저, 백산으로 갔다. 영춘이 한 일은, 동학농민군 행렬 맨 앞에 선 가마를 타고 색동옷을 입고, 앞에 놓인 청백흑적황 5색 깃발 중 두 개를 양손에 나눠 쥐고 어깨춤을 추듯 흔들었다. 뒤따르는 농악대의 흥겨운 가락에 맞춰 덩실덩실 춤을 추면 뒤따르는 동학농민군은 영춘이 쥐고 흔드는 깃발에 따라 움직였다. 동학농민군이 어떻게 움직이든 영춘은 두 개를 번갈아 들어서 어깨춤만 추면되는 것이다. 이렇게 이동해 간 동학농민군은 정읍 황토재 전투에서 감영군을 물리쳤고, 장성전투에서는 닭둥우리같이 괴이한 물건으로 조정에서 내려온 경군까지 물리쳤다. 이날 전투에서 서울에서 내려온 대장 이학승이 죽었다.

　동학농민군은 갈재를 넘어 전주성으로 향했다. 원평장터에서 왕이 내려보낸 세 사람을 처단한 뒤 전주성으로 들어갔다. 성난 물결처럼 밀려드는 동학농민군의 위세에 눌린 감영 관아 치나 감영군이 한꺼번에 도망치는 바람에 무혈입성 한 것이다. 동학농민군의 뒤를 따라 들어온 관군이 완산에다 대포를 걸어놓고 성안의 동학농민군에게 포사격을 시작하면서 치열한 전투가 벌어졌다. 여기에 맞서 동학농민군이 전주성 밖으로 나가 관군과 치열한 전투를 치렀다. 동학농민군과 관군 양쪽에서 많은 사람이 죽었는데, 특히 소년장수 이복룡이 죽은 것을 아쉬워했다.

　다음 날 영춘이 다시 색동옷을 입고 말에 올라 오방기를 쥐고 흔들었는데, 그날 싸움에서 관군을 크게 물리쳤다. 그 끝에, 청나라와 일본군이 이 땅에서 전쟁을 벌이는 바람에 관민 간에 전주화약이 맺어지고 동학농민군이 흩어졌다.

　영춘이 아버지를 따라 순천 집강소로 내려왔다.

　영춘이 먼저 집으로 돌아와 있었는데, 추석을 쇠러 온 아버지가 추석을 쇠자마자 발낭을 꾸려 길을 나섰다. 이번에도 영춘은 아버지를 따라나섰다.

　영춘이 아버지와 전봉준을 따라 전주를 거쳐 삼례로 갔다. 논산에서 손병희가 이끄는 호서 동학농민군과 전봉준이 이끄는 호남의 동학농민군이 대연합군을 형성하여 공주 성으로 진격했다. 동학농민군과 관 일본군 사이에 밀고 밀리는 전투를 수없이 치렀다. 그러나 동학농민군은 마지막 우금치 전투에서 총공세를 펼쳤지만 많은 동학농민군이 죽었다. 동학농민군이 고갯마루를 넘기 위해 덤벼들면 "드르륵!" 콩 볶는 소리가 지나가고, 동학농민군이 짚단 같이 쓰러졌다. 동학농민군의 시체가 산처럼 쌓여갔다. 영춘이 아버지가 총을 맞고 절명한 것은 마지막 중에 마지막 총공격에서였다. 영춘이 총을 맞은 아버지에게 달려갔을 때 이미 절명해 있어서 마지막 말도 듣지 못했다. 영춘은 아버지를 들쳐 업고 뛰었다. 그래도 동학농민군은 우금치 고갯마루를 넘기 위해 공격을 이어갔다.

날이 서늘해졌지만 사흘이 지나자 가마에 둘둘 말아 얹은 시체에서 냄새가 나기 시작했다. 그래서 시장거리나 주막에도 들르지도 못하고 내처 집으로 돌아온 것이다.

"아이고! 영춘 아버지!"

어머니의 한바탕 소나기 같은 통곡이 지나가고, 한참 뒤에 목이 쉰 목소리로 말했다.

"집안사람들 눈을 피해 외진 곳에 묻고 표 안 나게 평토 쳐라. 좋은 세상이 오면 봉분도 올리자."

밤중이 되어 영춘이 아버지를 묻기로 하고 지게를 지고 나서려 할 때 어머니가 말했다.

"네 아버지 세상 뜬 걸 동네 사람들에게 알려야겠다. 안 그러면 끝도 없이 우리를 괴롭힐 것이다."

그래서 다음날 온 동네 사람들이 보는 앞에서 거적에 말린 송장 지게를 지고 나섰다. 이제 시체 썩은 물이 줄줄 흘러서 동네 사람들이 멀리서도 코를 틀어쥐었다.

영춘이 깊은 산 속에 자리를 잡아 구덩이를 파고 났을 때 어머니가 올라왔다. 이제 눈물이나 훌쩍이는 연약한 어머니가 아니었다.
"그 옆에다 네 것도 하나 더 파야겠다."
영춘이 어머니의 말뜻을 알아차렸다. 아예 아버지와 아들 두 죽음으로 소문을 내겠다는 것이다. 영춘이 제 무덤을 팔 때 새로운 눈물이 났다. 자신의 죽음이 이렇게 슬플 줄은 몰랐다. 이제부터는 죽은 사람으로 살아야한다는 뜻이다.
"지게는 두고 어서 떠나라. 그리고 한동안 집에 올 생각하지 마라. 대신 꼭 살아 있어야 한다."
영춘이 작별을 위해 절을 올릴 때, 아까 제 무덤을 팔 때보다 더 슬픈 감정이 북받쳐 올랐다. 영춘이 그 길로 깊은 산 속에 몸을 숨겼다.

영춘이 깊은 산 속에서 며칠을 보내다 먹을 것을 찾으러 마을로 내려왔는데, 우연히도 선암사였다.
"아니, 이게 누구여? 이용환 접주 아들 이영춘이 아니여?"
"신동(神童) 이영춘이 더 유명 짜한데 이용환 접주 아들이 뭣이여?"
동학농민군들이 영춘을 알아보아서 좀 우쭐해졌다.
"지금 어디로 가시는 거요?"
"순천으로 간다. 지금 순천에는 김인배 장군이 이끄는 동학농민군과 이방언 장군이 이끄는 장흥 쪽 동학농민군이 합진하여 엄청난 대군이 되어 있단다."
영춘은 전날 같이 색동옷을 입고 앞장서게 되었다. 처음에 가마에 올랐다가 전주성에 들어갈 때 같이 말 등에 올랐다. 뒤에는 1백여 동학농민군을 연 꼬리 같이 달았다.
"우리, 지난 봄 같이 싸울 때마다 적을 박살내자!"
바람은 이랬지만, 순천 여수 광양 쪽 싸움은 선암사 동학농민군의 말과 다르게 전개되고 있었다. 부산을 출발한 쓰쿠바군함이 여수 좌수영 앞바다에 도착하여, 장차 일본의 대군이 공격해 온다는 소문이 퍼졌다. 김인배가 이끄는 광양 동학농민군 주력부대가 관군에 크게 패하여 김인배의 목이 객사에 내걸리고, 봉강 박흥서 접주 외에 20명의 동학농민군이 총살된 뒤였다. 순천 동학농민군의 사정도 크게 다르지 않았다. 12월 초순 새벽, 한 때 동학농민군 편이었던 순천 성안의 아전들이 영호대도소 본부를 기습하여 많은 동학농민군을 체포하여 처형했다.

　위 소식을 접한 선암사 동학농민군은 순천 어귀에 있던 순천 동학농민군과 합진하여 사정리 산 위에다 진을 쳤다.

　영관 이주회가 이끄는 관군과 싸움을 벌였지만 동학농민군 41명이 죽고 후퇴했다. 순천으로 들어가니 순천 민보군과 좌수영병이 잡아들여 처형한 400여 구의 동학농민군의 시체를 성 마당에 널어놓았다. 색출을 피해 살아남은 동학농민군은 장흥 흥양 쪽으로 달아났다고 했다. 영춘은 선암사 동학농민군을 따라 가까스로 순천을 빠져 나왔다. 길게 늘였던 연 꼬리는 이제 반보다 더 짧게 줄었다.

　이렇게 되자 선암사 동학농민군은 다시 민보군과 좌수영병 일본군에게 쫓기는 처지가 되었다. 12월 14일 낙안 보성을 거쳐 강진지역으로 들어가니 관 일본군에 포위되는 꼴이었다. 하지만 영춘이 치른 장흥 전투는 만만치 않았다. 장흥 부사 박헌양을 죽이는 큰 승리를 거뒀다. 그러나 마지막에는 장흥 석대 뜰에서 3만여 동학농민군이 관 일본군과 다시 맞섰다. 비록 동학농민군이 엄청난 피해를 입고 뿔뿔이 흩어졌지만, 동학농민군의 위세를 크게 떨친 한판이었다. 장흥에서 패한 동학농민군은 17일에 옥산리에 집결하여 다시 항전을 벌였다. 이 전투에서도 동학농민군 1백여 명이 포살되었다.

영춘이 이 싸움 끝에 집으로 돌아왔지만, 이미 죽은 사람이 되어서 다락에 숨어서 지냈다. 그러던 어느 날, 감나무에 올라가 망을 보던 고모가 2,30명의 일본군이 까맣게 몰려온다고 소리쳤다. 어머니와 영춘은 집을 나와 산으로 피하고 나이 어린 고모만 집에 남았다. 조선군 앞잡이가 집안 여기저기를 둘러보다가 곰방대가 버려진 것을 보고 "동학교도의 집이다!" 하는 바람에 고모를 정지에 가두고 밖에서 문을 잠그고 집에 불을 질렀다. 영춘은 어머니를 남겨두고 그 길로 깊은 산중으로 도피하여 지리산 속으로 들어가 화전을 일구며 살았다.

 영춘이 멀고 험한 길을 걸어 목이 말라 우물가에 닿았다. 머리를 우물 안으로 들이밀어 보지만 물을 떠먹을 수가 없었다. 문득 인기척이 느껴져 고개를 들었다. 등 뒤에서 처녀가 서 있다가 동이에게 말없이 두레박을 내밀었다. 물을 길어 올려 허겁지겁 물을 마시려할 때 이번에는 처녀가 두레박에 버들잎을 흩어 뿌렸다. 물 위에 버드나무 잎이 떠 있어서 입으로 후후 불어가며 천천히 마셔야 했다. 물을 마실 때는 몰랐지만 갈증이 가셔진 뒤에야 등 뒤의 처녀가 슬기로운 여인인 줄 알았다.

 여기가 어느 동네인지, 그리고 아직도 동학쟁이를 찾아다니는지 않는지 여러 가지를 물어보았다. 여기는 영춘의 집 반대쪽 산 너머 마을이고, 관군의 입김도 닿지 않는 곳이라고 했다.

 영춘이 처녀를 따라서 집으로 들어갔더니 어머니 아버지가 사람을 달고 온 처녀는 젖혀두고 영춘을 붙잡고 이것저것을 묻느라 정신이 없었다. 처녀가 얼른 부엌으로 들어가서 밥상을 차려 마루에 털썩 올려놓으면서 제 어머니 아버지를 핀잔했다.

 "배고픈 사람 앉혀놓고 말만 시키니 어찌 사람의 바른 도리예요?"

"우리는 영애 니가 밥상을 차릴 줄 알고 그랬다. 호호호."
처녀의 어머니가 말끝에 깔깔대고 웃는 바람에 함께 짝 지어 살 처녀의 이름도 알게 되었다.
(*)

어린 뱃사공 윤성도 이야기

1

동짓달 낮 해는 짧았다. 먼바다 끝에 붉은 해가 걸쳐졌나 싶더니 바다에 뜬 섬들이 먼저 어둠 속으로 섞여버렸다. 어둠을 기다리기라도 한 듯 맵찬 바람이 불어왔다. 오늘이 동지 열여드렛날, 물때에 맞춰 먼바다까지 나가기 좋은 때다. 저물어가는 바다를 바라보고 섰던 윤성도가 서둘러 나뭇지게를 지고 일어섰다. 오늘따라 생솔가지를 많이 쳐서 나뭇지게가 무거웠다.

윤성도가 산 중턱쯤 내려왔을 때 저 아래 골짜기 어둠 속에서 희끗한 것이 나타났다가 사라졌다.

"누, 누구…"

무서워서 말이 입에서 나오지 않았다. 아니, 내가 헛것을 본 것이다. 이렇게 저물고 험한 골짜기에 사람이라니. 순간, 윤성도(尹成道)의 머리카락이 곤두서고 서늘한 기운이 온몸으로 퍼져나갔다. 윤성도가 정신없이 골짜기를 빠져나왔을 때는 어둠이 한층 촘촘해지고 바람이 한층 거세졌다. 아까 나타났던 헛것이 아직도 있는지 뒤돌아보았다. 없었다. 그러면 그렇지, 내가 헛것을 본 것이다.

윤성도가 집으로 들어서자 새각시가 늦도록 오지 않는 서방 걱정 때문인지 사립문 앞에 나와 서성이다 맞이했다. 윤성도는 지난 가을에 회진 갯마을에서 홍거시를 잘 잡는 새각시를 맞아 장가를 들었다.

"늦으셨네요."

새각시가 수줍음에 짧은 말을 흘리고 나서 마당을 질러 부엌으로 들어갔다. 사랑채에 방문이 열리고 할아버지와 아버지가 밖을 내다보았다. 날이 저물어 벌써 저녁상을 물리고 뭔가 상의하는 모양이었다.

"고기잡이에 고단할 텐데 나무를 하러 갔구나. 시장할 테니 어서 밥 먹거라."

오늘 저녁상에 돔과 우럭탕이 푸짐하게 올라왔다. 오늘은 먼바다까지 나간 보람이 있어서 제법 많은 물고기를 잡았다. 윤성도 역시 새각시 앞이라 수줍어 말없이 밥을 먹었다. 새각시는 상머리에 다소곳이 앉았다. 윤성도가 저녁상을 물리고 나서 방을 나서며 말했다.

"사랑에 마실 좀 다녀오겠소."

윤성도가 사립문을 나설 때, 오늘은 사랑에 가는 것을 그만둘까 잠시 망설였으나 오늘은 왜인지 꼭 가 봐야 할 일이 있을 것 같았다. 윤성도의 늦은 저녁 때문인지 사랑방에는 벌써 동무들이 들어와 이야기가 한창이었다.

"성도 너 새각시 엉덩이 두들기다 왔나? 오늘은 늦었네?"

"그래, 오늘 저물어서 안 오려다 왔다."

"얘가 떠꺼머리총각들 속을 박박 긁어놓는구나."

"속상하면 얼른 장가들 가거라."

윤성도의 입에서 새각시 앞에서 못했던 말이 저절로 나왔다.

홍우범이 하던 말을 이었다.

"지난 섣달 보름날에 장흥 석대 들에서 관 일본군과 동학농민군 사이에 엄청나게 큰 싸움이 벌어졌단다. 관 일본군 신무기에 크게 패해 동학농민군 수천 명이 죽었고, 살아남은 동학농민군이 자울재 너머로 물러났단다. 동학농민군의 시신이 산 같이 쌓이고 피가 냇물 같이 흘렀다더라. 동학농민군이 다음날 옥산촌에 진을 치고 저항했지만 여기서 다시 패하고, 다음날 또다시 월정리에 재집결하여 또 싸움을 벌였으나 동학농민군 백여 명이 죽고 많은 동학농민군이 생포되었다더라. 싸움에서 살아남은 동학농민군이 덕도와 천관산, 천태산으로 피신을 하고, 일부는 회진에서 배를 타고 섬으로 달아났단다."

"그래서 요 며칠 동안 천둥소리 같은 포 소리가 연신 났구먼?"

"어쩐지, 어제는 가까운 회진 쪽에서도 총소리가 들렸다."

"그럼 우리가 사는 덕도까지 동학농민군이 들어왔단 말이여?"

"그거야 우리가 어찌 알겠나?"

"참말 안됐다. 동학농민군이 우리 같이 없이 사는 사람들을 위해 일어섰다는데, 살아남은 사람이라도 더 죽지 말아야 할 텐데."

윤성도와는 집안 동생 윤흥도가 근심했다. 그제야 윤성도는 아까 피난골에서 잠깐 본 헛것이 동학농민군일지도 모른다는 생각이 들었다.

중저녁 무렵이었다. 윤성도가 손질하던 그물을 사려서 막 자리에서 일어서려 할 때 홍우범이 심술궂게 나섰다.

"우리, 배도 출출한데 참새잡이나 나가자. 성도가 새각시 즐겁게 하려면 기운이 좋아야지."

"내 걱정 말고 너들 걱정이나 해라. 난 일찍 바다에 나가야 하니 이만 집에 갈란다."

"저 녀석이 끝까지 떠꺼머리총각들 속을 긁어놓네."

"아니꼬우면 빨리 장가를 가든가."

윤성도가 같은 말을 던지고 사랑을 나서자 마침 아버지가 댓돌 앞에 서서 막 헛기침을 하고 서 있었다.

"아버지, 무슨 일이에요?"

"아니다! 얼른 집으로 가자."

아버지가 사랑방까지 찾아온 것을 보니 아무래도 급한 일이 생긴 것 같았다. 사랑에 있던 아이들도 더 묻지 않았다.

하늘에 별들이 말똥말똥한 중에 바람이 여전히 불고 있었다. 삼태성 기울기로 보아 벌써 중저녁이 훌쩍 지나 있었다.

다른 날 같으면 할아버지 할머니가 잠자리에 들었을 시간인데, 사랑방에 불이 켜져 있었다. 윤성도가 아버지의 뒤를 따라 사랑방으로 들어가니 구레나룻이 성한 낯선 사내가 앉아 있었다. 아까 피난골에서 잠깐 희끗한 자취를 보였던 사내가 틀림없었다.

"우리 애가 돛배를 곧잘 저어요."

다급한 일 앞에서도 아버지가 윤성도를 치하하여 수줍어 머리를 긁었다. 할아버지가 윤성도에게 물었다.

"섬으로 급하게 피해야 할 사람이 있는데, 배를 언제 띄울 수 있겠냐?"

"한 시각 뒤에는 배가 뜹니다. 어디로 가는데요?"

할아버지가 미리 계획을 세워둔 듯했다.

"한 사람이라도 더 많은 사람이 피난골을 벗어나야 한다. 먼저 노력도로 들어갔다가, 형편을 보아가며 성산도 청산도 금당도 약산같이 더 먼 섬으로 옮겨야 한다."

이번에는 구레나룻 사내가 서둘러 윤성도에게 물었다.

"돛배에는 몇 사람이나 탈 수 있겠소?"

"짐이 없으면 열 명 남짓 태울 수 있습니다."

"알겠소. 그러면 피난골에 있는 사람들을 나루터로 열 명씩 이동토록 하겠소."

"그러시오!"

"아까 해 질 무렵에 정탐을 나갔던 세 사람 중에 두 사람이 회진 주막거리에서 붙잡혔는데, 몇 마디 묻고는 그 자리에서 총살해버리더랍니다. 저들이 연일 사람 죽이는 데 미쳐서 마치 피에 주린 이리떼 같더랍니다."

구레나룻 사내가 눈물을 글썽였다. 아버지가 물었다.

"지금 동학농민군은 어떤 무기로 무장하고 있나요?"

"무기가 다 뭐요? 이제는 동학농민군이 아닌 듯이 지니고 있던 무기도 다 버렸지요. 우리가 그래도 옥산과 월정리에서 싸울 때까지는 무기를 가지고 저항했지만 어제 싸움 뒤에는 무기를 다 버렸지요. 처음에는 강진 해남 쪽으로 달아나려다 이쪽으로 방향을 틀었는데 아무래도 무덤으로 들어온 듯해요."

구레나룻 사내의 말끝에 할아버지가 말했다.

"죽고 사는 것이야 하늘에 달린 것 아니오?"

"부디 하늘이 우리 편이었으면 좋겠소. 5백 명의 목숨이 제 처신에 달렸다고 생각하니 잠시도 마음이 놓이지 않습니다."

"잘해봅시다. 관군이 회진나루에서 덕도로 건너올 기미를 보이면 이쪽에다 연기나 횃불 군호를 보내기로 했소. 그럴더라도 동학농민군이 한꺼번에 움직이지 말고 스무 명씩 움직이도록 하는 것이 좋겠소."

"안 그래도 그렇게 조치를 해뒀소."

구레나룻 사내가 자리에서 일어섰다. 사랑방을 나간 구레나룻 사내가 어둠 속으로 녹아들 듯 사라졌다. 세 사람이 남게 되자 할아버지가 말했다.

"배를 띄우는 일은 온전히 성도 네가 맡아서 하고, 애비는 덕도나루에 나가서 회진에서 건너오는 관군의 움직임을 살피도록 해라. 성도 너 혼자서 잘할 수 있겠지?"

"예. 혼자서는 힘에 부칠 듯하니 사랑에 있는 흥도와 우범이를 데리고 갈랍니다. 기운이 떨어지면 그 애들이 교대로 노를 저을 수 있으니까요."

"그래, 생각 잘했다. 서둘러 나루로 나가거라. 날이 밝으면 관군이 덕도에 닥칠 것이다. 성도 너도 잠시 떠났다가 이곳이 잠잠해지면 돌아오너라."

할아버지와 아버지의 얼굴에 깊은 근심이 끼어있었다.

"알겠습니다."

윤성도가 사립문을 나서면서 새각시에게 며칠 못 들어오게 될지도 모른다는 말을 하지 않은 것이 후회되었지만 내처 발걸음을 옮겼다.

윤성도가 사랑에 들러 윤흥도와 홍우범이를 데리고 나루에 도착했을 때는 바닷물이 차올라 돛배가 물 위에서 일렁이고 있을 때였다. 먼 동쪽 검은 하늘에 푸른 기운이 움트고 있었고, 거센 바람이 불어왔다. 윤성도의 배가 뜨는 시각 예측이 맞은 것이다. 얼마 아니 되어 동학농민군 한 떼가 내려왔다. 대충 스무 명 남짓이었다. 점점 추워지는 날씨에 사람들이 홑껍데기 옷을 입고 벌벌 떨고 있었다. 먹는 것이야 정 없으면 갯바위에 굴과 게로 연명할지 몰라도 점점 다가오는 추위가 더 걱정되었다. 구레나룻이 나섰다.

"먼저 열다섯 사람을 태워 보세요."

"알겠소!"

열다섯 명을 태우는 동안 바람은 한결 거칠어져 있었다. 윤성도에게는 많은 생각들이 오갔다. 첫행보의 배에 먼저 흥도와 우범이를 태우고 도 스무 명을 태워 닻을 올렸다. 바람을 먹은 돛배가 거친 물결을 뚫고 빠르게 달아났다.

노력도에 동학농민군을 부려놓고 다시 나루로 돌아오기는 맞바람이어서 힘겨운 노젓기를 해야 했다. 다행히 흥도와 우범이가 번갈아 노를 저어 줘서 다행이었다.

세 번을 다녀왔을 때 어느덧 날이 밝아 오고 있었다. 마지막 네 번째, 스무 명이 배에 올랐다. 이번에 섬에 들어가면 배가 돌아오지 못 하는 마지막 행보가 되었다. 배에 오르지 못한 동학농민군은 이제 발길을 돌려야 한다. 이때 파발 사내가 달려왔다. 예상대로, 날이 밝으면서 관군이 나룻배를 대고 덕도로 건너오기 시작했다는 것이다. 이제 나머지 동학농민군은 피난골에 은신해야 하고, 관군이 이를 알고 덮치면 고스란히 죽음을 맞이하는 길밖에 없다.

이때 윤성도가 흥도와 우범이를 내리게 하고 대신 동학농민군 두 사람이 더 타도록 했다. 구레나룻이 발길을 돌려야 하는 동학농민군을 향해 말했다.

"순번에 따라서 두 사람이 배에 오르시오!"

그러나 배에 오르겠다고 나서는 사람이 없었다. 맨 앞 순서에 있던 동학농민군이 나직하게 말했다.

"어차피, 죽고 사는 것이야 하늘의 뜻인데, 굳이 오를 것 무엇이오?"

그러자 구레나룻이 단호한 말로 명했다.

"장성에서 온 윤재영 윤재명 두 형제가 돛배에 오르시오!"

그제야 두 사람이 배에 오르고 닻을 올렸다. 바람을 안은 배가 힘차게 달아났다.

2

덕도에 상륙한 관군은 서른 명이었다. 저마다 총을 메고 있었지만 연일 치른 전투에 지쳐 보였다. 대열 앞에 선 교도중대장 이진호가 덕도를 말없이 굽어보았다. 오른쪽에는 회진에서 대동하고 온 주막집 홍호표가 섰고, 왼쪽에는 덕도 장산리 윤정복이 서 있었다. 이진호가 먼저 윤정복에게 물었다.

"이 섬으로 들어온 동학농민군이 몇이나 되는가?"

"소인은 한 사람도 못 봤습니다."

이때 교도대장 이진호가 뒤돌아 대열 앞에 선 갓쟁이를 향해 물었다.

"서기! 일본국 미나미 쇼시로(南小四郎) 대장 나리의 말씀을 분명히 들었지?"

"예, 제 귀로 똑똑하게 들었습니다요. 5, 6백 명이 덕도로 숨어들었다고요."

이번에는 이진호가 다시 윤정복을 향해 을러메 말했다.

"거짓말을 하면 어떻게 되는지 알지?"

"알다마다요, 소인이 왜 거짓말을 하겠습니까요?"

"좋다! 앞장서라!"

먼바다가 하늘에서 쏟아져 내려온 하얀 햇살에 눈이 부셨다. 이렇게 맑은 날에는 피난골 골짜기가 멀리서도 물속처럼 훤히 들여다보인다. 윤정복이 앞서 걸으면서 초조해지기 시작했다. 교도대장 이진호의 행동으로 보아 동학농민군이 어디에 숨어 있다는 정보까지 듣고 들어왔을지도 모른다. 회진 주막집 홍호표가 관군의 움직임을 횃불이나 연기로 전해주기는 했지만 더 아는 것이 없었다. 그렇다고 지금 홍호표에게 물어볼 틈도 없었다.

마을 어귀를 막 들어섰을 때였다. 동구 밖에는 선발대로 들어갔던 교도병 세 명이 한 사람을 포박해 세워놓고 마을 사람들을 불러 모아 세워놓고 있었다. 선발대가 있었구나! 윤정복의 등으로 싸늘한 기운이 쓸고 내려갔다. 이를 예상했더라도 어찌할 수 없는 일이긴 했지만, 미처 예상치 못한 일이었다.
 "대숲에 숨어 있는 놈을 잡았습니다."
 포박된 사내를 어찌나 호되게 다뤘던지 온몸이 피투성이에 기진하여 벌써 반 주검이나 다름없었다.
 "웬 놈이냐?"
 이진호가 동학농민군에게 묻자, 사내가 뭐라 말 했지만 들리지 않았다. 미리 심문을 해뒀던 터라 교도병이 나서서 말했다.
 "광주에서 온 김경주라는 동학 수괴이고, 엊그제 장흥 석대뜰에서부터 어제 월정리 싸움까지 치르고 쫓겨서 한밤중에 혼자서 바다를 헤엄쳐 건너왔다고 합니다."
 "제 말대로 혼자인지 심문해 보았느냐?"
 "나리께서 보시다시피 이 지경이 되도록 주리를 틀어도 같은 말입니다."
 눈이 벌겋게 충혈된 교도중대장 이진호가 망설일 것 없이 말했다.
 "사살해라!"
 잎이 다 떨어진 느티나무에 동학 수괴를 세워 묶었다. 몸에서 생기가 빠져나간 뒤여서 벌써 몸이 축 늘어져 있었다. 병사 세 사람이 서서 총을 겨눴다.
 "쏴라!"
 이진호의 명과 함께 총소리가 나고, 붉은 피가 흥건하게 번져 나와 다시 옷깃을 붉게 적셨다.

"가자!"

이진호의 명에 따라 병대의 행진이 시작되었다.

병대가 점점 피난골 골짜기를 향해 다가가고 있었다. 윤정복의 가슴이 뛰기 시작했다. 어쩌면 이제 피난골 동학농민군 400명의 명이 풀잎 위의 이슬처럼 스러져갈지도 모른다.

윤정복의 귓가에는 조금 전에 동학농민군을 처형할 때 쏜 총소리가 맴돌고 있었다. 이제 또다시 콩을 볶는 듯한 총소리가 쏟아질 것이다. 그리고 수많은 동학농민군이 짚단처럼 쓰러져 갈 것이다. 생각만 해도 등줄기로 서늘한 기운이 훑고 지나갔다.

언덕에 올라섰을 때였다. 순간 찬 기운이 섞인 짙은 안개가 앞을 가로막듯이 훅- 끼쳐 들었다. 쨍쨍하게 빛나던 해가 갑자기 눈앞에서 사라지고 바다에서는 짙은 안개가 몰려왔다.

"이런! 날씨가 웬 변덕이야?"

이진호가 짜증을 냈다. 이때였다. 병대 뒤를 따라오던 갓쟁이 서기가 앞으로 달려 나왔다. 이유는 갑자기 앞에 닥친 안개가 아니라 서기의 발낭에 들어있던 기기(機機)에서 울리는 요란한 전보 소리 때문이었다.

"정지!"

이진호가 좀은 당황한 기색으로 군사들에게 명했다. 그제야 이진호는 출발하기 전에 선발대를 보내지 않은 것이 실책인 줄 알았지만 지금 와서 후회해봐야 소용이 없는 일이었다. 뭔가에 홀린 기분이었다. 아니, 벌써 적이 파놓은 함정에 빠져들었을지도 모른다는 공포감이 몰려왔다.

"나리, 일본군 나리의 전보(電報) 명령이 왔습니다."

서기가 쭈뼛대며 말을 흘렸다.

"무슨 전보냐?"

"회군하여 강진으로 들어가랍니다."
"그러면 여기 동학군 놈들은 어쩌고?"
"이 섬에 동학군이 안 들어왔다고 하지 않습니까?"
"아까 총살한 놈도 있는데 무슨 말이냐?"
"지방군과 민보군을 들여보낸답니다."

말하면서도 점점 짙어가는 안개가 더 당혹스러웠고, 숨어 있던 동학농민군이 공격해올지도 모른다는 공포가 엄습했다.
"회군하라!"

이진호가 쭈뼛거리고 선 군사들을 향해 명했다. 그래도 섬에 들어와 동학농민군 한 놈을 총살한 공적도 크다고 위안 삼았다.

주막집 홍호표와 윤정복을 앞세워 다시 행군했다. 관군이 덕도나루로 나와 회진으로 완전히 건너간 것은 나룻배로 세 행보만이었다.

윤정복은 관군을 실은 마지막 배가 회진으로 돌아간 뒤에야 집으로 돌아왔다. 먼눈으로 사태를 지켜봤던 구레나룻이 급히 사립문으로 들어서면서 들떠 말했다.

"갑자기 닥친 안개가 우리 명을 이었소! 고맙소. 정말 고맙소이다."

묵연히 담배 연기를 뿜어내던 윤노인이 곰방대를 털며 말했다.

"관군이 돌아갔다고 안심할 일이 아니오. 이제 지역 방어를 맡은 지방군이나 민보군이 들이닥칠 거요, 이 섬을 잘 아는 이들이니 더 무섭지요."

이에 구레나룻이 말을 받았다.
"예, 저도 잘 압니다. 겨우 한고비를 넘겼지요."

이번에는 윤정복이 구레나룻에게 물었다.
"앞마을에서 붙잡혀 총살된 동학군은 어찌 된 거요?"
"어차피 살 가망이 없는 목숨이라고 자진해 나가서 잡혀 죽었소. 관군의 발길을 조금이라도 늦추겠다고요. 부질없는 짓이라고 말렸지만 지나고 보니 바다 안개가 몰려오는 때를 맞춰 준 것이오."

구레나룻이 눈에 눈물을 씻어냈다. 울음 끝에 구레나룻이 말했다.

"그의 죽음이 안개를 불러와 우리를 살렸으니 양지바른 언덕에 묻어주도록 했습니다. 앞으로 남아 있는 우리의 목숨을 지켜달라고요."

동학농민군은 회진 덕도가 한눈에 내려다보이는 언덕에 번을 서게 했고, 윤성도가 돛배로 동학농민군을 섬으로 실어 나르는 일이 계속됐다. 배를 타는 순서는 집이 먼 순서였다. 충청도 옥천 공주 부여 보은 사람들이, 전라도 전주 옥구 삼례 사람들이 떠났고, 이제 부안 함평 장성까지 내려왔다.

사흘째 되던 날이었다. 장흥에서 멀지 않은 용산에 집을 둔 한 동학농민군이 집으로 가겠다고 나섰다. 구레나룻과 동학농민군 몇이 나서서 말렸으나 너무 완강했다. 마치 실성한 듯이 말했다.

"집에 갈 거요. 날은 추워오는데 여기도 살 가망이 없소. 어차피 죽을 몸, 집에 가서 처자식이나 보고 죽을 거요."

"참 맹랑한 놈일세. 이런 놈이 동학을 한 놈이라니,"

"정 뒈지고 싶으면 내 손으로 죽여줄까?"

동학농민군들이 저마다 나서서 으르고 달래도 안 되니 겁까지 줬지만 소용없었다. 곁에서 실랑이를 지켜보던 구레나룻이 말했다.

"좋소! 그러면 먼저 돛배를 태워 줄 테니 더 먼 섬으로 가시오. 그러면 되겠소?"

"그도 싫소! 섬이 아니라 죽는 한이 있어도 내 집으로 가겠소."

너무 완강하여 구레나룻이 머리를 절레절레 저었다.

"안 되겠소. 보내버립시다."

말이 떨어지기 무섭게 장흥 용산 동학농민군이 쏜살같이 바닷가로

난 길을 따라 뛰었다. 그의 뒷모습을 보던 한 동학농민군이 물었다.

"대장님! 저놈이 이 섬을 나가면 우리의 소재를 알리는 격인데 어찌 보내셨습니까?"

"한번 마음먹었는데 어떻게든 도망은 못 가겠소? 기왕 내보내는데 원한을 품게 해서 보내는 것보다야 낫지 않겠소? 맘 같아서는 다리몽댕이를 부러뜨려서라도 말리고 싶었지만 안 되는 걸 어쩌겠소?"

곁에서 듣고 있던 윤 노인이 곰방대를 털어내면서 말했다.

"대장 말이 맞네. 이제부터 정신 바짝 차려서 번을 서야 하네."

3

먼바다 쪽에서 찬 기운을 품은 바람이 사납게 불어오고 있었다. 돛에 바람을 담아 먼바다로 나가기 좋은 날이었다. 윤성도는 이제 물때가 새벽으로 바뀌어 초저녁에 잠들었다가 새벽에 배를 띄웠다. 요즘은 날마다 배가 떠서 피난골에서 동학농민군 3백 명이 섬으로 도피했지만 아직 2백 명이 남았다.

하루 이틀 초조한 나날이 가고 동짓달 스무날이었다. 윤정복이 마을 사람들 몇을 데리고 회진으로 양식을 팔러 나갔다가 얼굴이 사색이 되어 돌아왔다. 피난골 구레나룻 대장이 마당으로 뒤따라 들어섰다.

"염려했던 대로, 일이 틀어졌소. 지금 회진에 민보군이 닥쳐서 집집마다 뒤지고 난리랍니다. 전날 덕도를 빠져나간 동학농민군을 붙잡아 족쳐서 회진까지 들어갔다가 나왔다는 말을 들었답니다. 나중에는 묶어놓고 불태워 죽였다는데 덕도라는 말이 안 나왔다는 보장도 없소."

"그렇게 뒈질 걸 왜 나가냔 말이여."

"제 명이 그것밖에 안 되었던 게다."

곁에서 어른들의 말을 듣고 있던 윤성도는 사태가 더 다급해졌다는 것을 알았다.
"그럼 더 서둘러 섬으로 날라야 할 거 아닌가요?"
"천상에 성도 네가 할 일이 태산이구나. 그나 힘들어서 어쩔거나."
"괜찮아요. 그래도 흥도와 우범이가 도와줘서 다행이에요."
그날 저녁나절이었다. 닻을 올려 배가 막 뜨려 할 때 언덕 쪽에서 연기가 피어올랐다. 동시에 세 줄기가 피어올라 회진에서 토벌군이 덕도로 들어온다는 급박한 군호였다. 얼마 안 되어 언덕에서 번을 서던 동학농민군과 윤정복이 나루로 달려 나왔다. 집에서도 윤 노인이 나루로 뒤따라 나왔다.
"민보군이 회진에서 토벌군이 덕도로 들어왔답니다. 지난번 관군보다 많은 숫자랍니다."
윤정복이 다급한 사태를 내놓기는 했지만 당장 어떻게 해야 좋을지 대책은 말하지 않았다.
"모두 피난골로 들어가시오!"
먼저 구레나룻이 동학농민군에게 명했다. 그렇지만 배에 오른 동학농민군은 배가 뜰지 아니면 배에서 내려 피난골로 들어가야 할 지 다급한 중에도 망설였다. 사람 열 명을 태우는 대신에 양식을 싣는 바람에 다섯 사람만 배에 올라 있었다. 이때 윤 노인이 차분하게 말했다.
"지금 들어오는 민보군이 동학농민군이 피난골에 숨었다는 사실을 알고 들어오는 것 같소. 먼저, 섬을 빠져나갈 날랜 동학농민군 열 명을 선발하시오! 노를 저을 줄 아는 사람이 좋겠소."
"알겠습니다."
구레나룻이 대답은 했지만 그 까닭은 알지 못한 듯했다. 윤 노인이 말을 이었다.

"먼저 피난골에서 쫓고 쫓기는 사이 날랜 군사 열 명이 토벌군을 달고 피난골을 벗어나 덕도나루로 나가 배를 타시오."

윤 노인의 말은 마치 미리 계획이라도 해 둔 듯 아귀가 맞았다.

"성도 너는 지금 배를 띄워 노력도로 들어가 배를 숨겨두고 헤엄쳐서 나와라. 민보군에게는 동학군에게 배를 빼앗겼다고 말해라."

한꺼번에 모든 행동이 정해진 셈이었다.

윤성도의 돛배가 먼저 노력도를 향해 뜨고, 동학농민군이 피난골로 들어갔다.

민보군이 뽀얗게 먼지를 일으키며 언덕을 달려 내려와 피난골 어귀에 멈춰 섰다. 전날 빠져나간 용산 동학농민군으로부터 동학농민군이 피난골에 숨었다는 사실을 알고 들어온 것이 분명했다. 더그레에 벙거지를 쓴 지방군이 민보군에 섞여 있었지만 숫자는 전날 관군보다 많았다.

전날처럼 회진 주막집 홍호표가 앞장서서 들어오자마자 윤정복을 불러들였다.

민보군대장은 피난골 어귀에 세 대로 나눠 공격 태세를 갖췄다. 윤정복이 피난골 어귀로 들어서자 민보군대장이 물었다.

"동학농민군이 몇이나 있느냐?"

"잘 모르오니다. 며칠 전에 돛배를 빼앗겨서 밤낮으로 오가는데, 나리께서 보시는 대로 지금은 배의 행방을 모릅니다."

"윤성도가 누구냐?"

"제 아들입니다."

"지금 어디에 있느냐?"

"동학군에게 돛배를 뺏기고 나서 갯가에 나가 낚시질로 소일하고 있죠."

"알아볼 것이 있으니 빨리 불러오시오."

"예, 알겠습니다. 하지만 어디로 낚시를 갔는지 모르니 더딜 수 있습니다."

"잔말 말고 당장 불러 와!"

해가 서녘으로 기울기는 했지만 날이 저물기까지는 아직 한 각이 남았다. 그렇다고 더 늦으면 섬으로 들어온 민보군을 회진으로 내보낼 수 없다. 어떻게든 민보군이 저물기 전에 섬을 빠져나가게 해야 한다.

"휴식!"

마침내 민보군 대장이 신중해야겠다고 생각했던지 결단을 내렸다. 피난골에 진을 친 동학농민군이 함정을 파놓고 저항한다고 생각하고 있을 것이다.

짧은 겨울 해가 설핏해지면서 바다 쪽에서 내린 은비늘이 가뭇없이 걷혀갈 무렵 낚싯대를 둘러맨 윤성도가 나타났다.

"돛배를 언제 어떻게 빼앗겼느냐?"

"며칠 전에 스무 명 남짓 되는 동학농민군이 들이닥쳐 배를 탈취하여 이 섬을 떠났어요."

"어디로 갔느냐?"

"동짓달에는 바람이 성산도 금당도 청산도 약산 사방으로 부니 그리로 갔겠지요."

"음, 그렇다면 여기에 남은 동학군은 독안에 든 쥐구나."

민보군 대장이 잠시 중얼거리더니, 이윽고 영을 내렸다.

"1진은 바른쪽에서 섬을 겉으로 싸고돌고, 2진은 피난골 좌측 능선을 타고 동학군을 몰아라, 3진은 나를 따라 피난골 정면으로 들어간다."

민보군대장이 그래도 병법을 아는 이였다. 세 대로 나뉜 민보군이 공격해 들어갔다. 민보군이 떠나고 얼마 아니 되어 바로 급박한 상황이 벌어졌다.

"동학군이다!"

외마디 비명이 피난골로 메아리쳤다. 이어 요란한 총포 소리가 빗발쳤다.

윤성도가 덕도나루를 향해 뛰었다. 윤 노인의 말대로 회진에서 건너온 나룻배가 떠 있었다. 피난골에서는 계속 총포소리가 들려왔다.

덕도나루에는 사람들이 몰려나와 산 너머에서 들려오는 총소리를 들으며 웅성거리고 있었다. 윤성도가 마을 바깥 길로 휘돌아 나루에 닿아 나룻배에 몸을 숨겼다.

"동학군이다!"

얼마 지나지 않아 한 떼의 동학농민군이 나타났고, 검정 더그레에 벙거지를 쓴 군사들이 뒤쫓으며 총포를 쏘아댔다. 동학농민군과 민보군이 같이 날래어 동학농민군이 한꺼번에 배를 향해 뛰어오고 민보군이 뒤를 바짝 추격하고 있었다. 급기야 다급한 일이 벌어졌다. 나루를 향해 뛰어오던 동학농민군이 총탄을 맞고 쓰러진 것이다. 동학농민군이 뛰어가 총을 맞은 동학농민군을 떠메고 돌아왔다. 그 바람에 민보군이 더 바짝 다가와 있었다.

"나, 나를 두고 어서 가!"

총을 맞은 동학농민군이 신음과 함께 소리쳤다. 옆구리에서 피가 솟구치고 있었다. 동학농민군이 달려들어 두건을 풀어 피가 나오는 구멍을 틀어막았다.

"어서 배를 띄우시오!"

윤성도가 힘껏 노를 저었다. 나루까지 뒤따라온 민보군이 소리쳤다.

"이놈들아, 배를 돌려라!"

민보군이 총포를 쉼 없이 쏘아대며 소리쳤다. 귓가에 피융 피융 총알 스쳐가는 소리가 들려왔다.

윤성도가 처음에는 총알을 피해 엎드려 노를 저었으나 나루가 멀어지면서 일어서서 노를 젓게 되니 배는 더 빠르게 나루에서 멀어지고, 마침내 총소리가 멎었다. 총소리가 멎은 것은 마을 대숲에 숨어 있던 동학농민군이 죽창으로 민보군을 공격했기 때문이었다.
  어둠이 빠르게 몰려왔고, 덕도를 빠져나온 배는 바람을 타고 금당도로 향했다.
  윤성도가 다시 배를 끌고 덕도로 돌아와 피난골에 남은 동학농민군을 멀고 가까운 섬으로 피신시켜 겨울을 보냈다.

  4

  이듬해 꽃 피고 종달새 우짖는 봄날에 5백여 동학농민군이 무사히 고향으로 돌아갔다.
  (*)

강령 탈춤 패와 동학농민군

1

　해주감영 마당에 5월 단오의 하얀 햇살이 넘실대고, 풍악 속에 웃음소리가 넘쳐났다. 잔잔한 거문고 가락에 나비처럼 날렵한 기생의 춤사위가 꽃을 피웠다.
　태평무가 끝나자 탈춤 마당을 알리는 딱딱이가 짧게 울었다. 동헌마당 한 모퉁이에서 이를 지켜보던 성재식(成在植)이 초조해져 마른 침을 삼켰다. 느릿한 풍악이 흐르고, 마당 양쪽에서 광대 패가 달려 나와 줄지어 섰다. 맨 앞에 행수가 섰고, 뒤로 맏양반 노승 말뚝이 취발이가 줄지어 섰다. 동헌 마루 한가운데 앉았던 황해감사 정현석(鄭顯奭)이 자리에서 일어섰다. 곁에 앉았던 고을 수령들이 따라 일어섰다. 그중 강령현감 류관수(柳灌秀)와 봉산군수 강윤(姜潤)이 감사의 양 옆구리에 섰다.
　"강령 탈춤 패 감사 나리께 문안이오!"
　행수 최재호가 인사하자 해주감사가 삿대를 들어 답례했다. 뒤를 이어 봉천 행수가 허리를 접었다. 감사 정현석이 자리에 앉자 수령들이 따라 앉고, 강령 봉산 탈춤 패가 제자리로 돌아갔다. 해주 감영에서는 해마다 5월 단오절에 강령 봉산 두 탈춤 패를 불러 연희 겨루기를 했다. 이긴 춤패에 포목을 상으로 내리고, 감영 관기를 상으로 내렸다.

풍악을 앞세운 강령 탈춤 패가 놀이마당에 등장하고, 양반탈이 앞장섰다. 빨간 얼굴에 언청이, 코가 비뚜름하고 한쪽 눈이 치켜 올라간 양반인데, 등장할 때부터 불만이 가득하여 연신 머리를 좌우로 흔들어댔다. 양반의 엉덩이를 뒤따르던 취발이가 코를 틀어쥐었다.

취발이 : 어휴! 양반님 똥구멍 냄새 한번 고약하다.
양반 : 이놈아! 그러게 누가 뒷간에 바짝 붙으라더냐?
취발이 : 십 리나 떨어져도 냄새가 나는 걸 어쩌겠소?
―동헌 마당에 늘어선 사람들이 와하하 웃음을 터트렸다.
양반 : 그놈 참! 뺑 하나는 그만이다! 네 놈은 천년만년 노총각 신세를 면하지 못하리라.
취발이 : 그 양반 저주 한번 야무지오. 저 양반 천년만년 X 한번 못할 팔자요.
양반 : 그나저나 네 놈은 뭘 하느라 며칠 눈에 띄지 않았더냐?
취발이 : 내가 수염이 허연 도인으로부터 검무를 익히느라 정신없었소. 오늘은 나 취발이가 여기 모인 사람들 앞에서 검무를 선보이겠소.
양반 : 수염 허연 도인이 옆집 똥개만큼이나 흔한갑다. 어디 검무가 어떤지 좀 보자.
―장단과 함께, 취발이가 겉옷을 벗어버리고 무수장삼 차림이 되어 칼춤을 춘다.

시호시호 이내시호/ 부재래지 시호로다
만세일지 장부로서/ 오만년지 시호로다

용천검 드는 칼을/ 아니 쓰고 무엇 하리
무수장삼 떨쳐입고/ 이 칼 저 칼 넌짓 들어
호호망망 넓은 천지/ 일신으로 비켜서서
칼노래 한 곡조를/ 시호시호 불러내니
용천검 날랜 칼은/ 일월을 희롱하고
게으른 무수장삼/ 우주에 덮여 있네
(…)

  성재식이 깜짝 놀랐다. 행수 최재호가 취발이에게 동학 창도주의 검무를 추게 할 줄은 예상하지 못했다. 지금 관아마다 세곡을 내지 못 하는 백성들을 옥에 가둬서 백성들의 원성이 하늘을 찌르고 있었다. 더 놀라운 것은, 취발이의 칼이 허공을 가를 때 감영 마당에 모인 백성들의 추임새와 박수가 쏟아졌다. 검무가 끝나자 감영 마당이 들끓었다. 강령 탈춤에 이어 봉산 탈춤패의 연희가 이어졌지만 우열이 진작에 판가름 났다. 연희의 우열은 동헌 마당에 모인 구경꾼들이 정하니 상은 자연 강령 탈춤 패에 돌아갔다.
  그날 저녁 성재식은 탈춤 패와 함께 객주에 머물고 있었다. 상으로 내린 술과 음식으로 모두 거나하게 취해 흥겨워하는 중에 감영에서 아전들이 나왔다. 상으로 내린 감영 기생 가마가 함께 따라왔다. 행수 최재호가 손사래를 저어 말했다.
  "나는 사람 상을 받지 않겠소. 관아기생도 귀한 인생인데 어찌 하룻밤 노리개로 삼는다는 말이오?"
  최재호의 말에 아전이 난감해져 말했다.
  "그러시면 소박맞은 기생이 되어 오갈 데 없는 딱한 처지가 됩니다."
  이에 최재호가 물었다.

"우리 춤패에 떠꺼머리총각이 있는데, 그와 연을 맺어주면 어떻겠소?"
"그것이야 거기서 알아서 하시오."
"무동아, 상을 네가 받아라. 이도 귀한 인연이니 잘 살 거라."
아까 취발이 탈을 쓰고 검무를 했던 무동이가 낯을 붉혀 말했다.
"저도 싫어요. 행수님이 마땅치 않게 여기시는데 저라고 다르겠소?"
"무동아, 네가 모르고 하는 말이다. 나는 한 아낙의 지아비이고 너는 떠꺼머리총각이니 잘된 일 아니냐?"
무동이가 엉겁결에 최재호 대신 기생 가마를 따라나서게 되었다.

다음 날 아침이었다. 성재식과 탈춤 패가 객주를 나서 강령을 향해 길 나설 채비가 되었을 때 지난밤 초례를 치른 무동이와 새색시가 문밖에 서 있었다. 최재호가 덕담을 했다.
"천생연분으로 잘 어울리는 신랑 각시다. 부디 백년해로 하거라."
"행수님 덕분입니다. 잘 살겠습니다."
"그래, 어디서 신접살림을 차릴 거냐?"
"각시는 태평무를 췄던 춤꾼입니다. 고양 춤패를 따라가기로 했습니다."
이번에는 성재식이 덕담했다.
"연희로 백성의 한을 풀어주는 것도 보람된 일이지."

2

성재식과 춤패가 강령으로 돌아왔을 때는 날이 저물 무렵이었다. 이 방이 현감께서 급히 보자는 전갈이 왔다. 백성이 관아에 들어가는 일이야 상을 준대도 무서운 일이지만, 어제 봉산 탈춤 패를 이겼다고 기분 좋아 음식을 낸 끝이라 성재식과 최재호는 근심 없이 동헌으로 들어갔다. 현감 류관수의 굳은 표정을 보자 성재식 최재호는 갑자기 긴장되었다. 동헌 마루에 마주 앉자마자 류관수가 먼저 입을 열었다.

"나는 이번 연희를 두고 시비하고 싶지 않은데 봉산군수 강윤이 먼저 시비하였네. 강윤 군수는 지난해 창원부사로 있다가 거기서 민요(民擾)를 치르고 부임했는데, 검무를 두고 감사에게 따졌다네. 동학 창도주 최복술이가 검결로 참형 당했는데 어찌 감사가 이를 용납하느냐고."

류관수의 말에 성재식 최재호 두 사람은 단박에 얼굴이 굳어졌다. 그동안 동학을 표나지 않게 포교를 하고 몰래 주문을 외는 것으로 지나왔는데, '너희들 동학도인이지?' 묻는 말과 같았다. 류관수가 이어서 말을 질렀다.

"나라에서 금하는 동학이 우리 고을에도 창궐한다는데, 두 사람은 동학을 들어봤소?"

성재식은 올 것이 왔다 싶었다. 호서 호남에서 동학교도가 봉기했다는 소문이 올라오는 마당이라 이제 정면으로 맞서겠다고 마음먹자 당당해졌다.

"들었지요. 동학이 고을수령이나 이속의 탐학을 바로 잡아달라고 나섰는데, 어찌 동학이 잘못이오? 지금 강령에도 세곡을 내지 못해 옥에 갇힌 백성의 원성이 하늘에 닿았소."

관아마다 보리가 익기 전 춘궁기에 온갖 명목을 붙여 세곡을 뜯어가더니, 최근에는 듣도 보도 못한 '청일전쟁 군마비'를 거둬가는 바람에 원성이 극에 달했고, 세곡을 내지 못한 백성들을 옥에 가뒀다. 성재식의 말에 이번에는 류관수의 얼굴이 허옇게 가셔졌다. 그러나 류관수가 슬그머니 꼬리를 내렸다.

"앞으로 조심해야겠다는 말이네."

류관수도 호남 호서지방에서 동학농민군이 기포하여 고을 관아를 점령했다는 소문을 들었을 터였다.

3

9월 하순, 기포 통문이 해주를 거쳐 강령 성재식 대접주에게 전달됐고, 벌써 해주 주위 여러 고을에서 동학농민군이 기포했다는 소문이 함께 도착했다. 성재식은 강령 고을에 즉시 통문을 돌려 고현장(古縣場)에 모이도록 했다. 장날이 되자 동학교도 수천 명이 모여들었다. 성재식이 잠행 포덕으로 교세를 넓혀오기는 했지만, 장터에 모인 교도는 예상치 못한 엄청난 숫자였다. 성재식 최재호가 '강령포' '창의' 깃발을 올리자 동학교도는 발낭에 들어 있던 낫을 꺼내 들어 올려서 백성이 아니라 동학농민군이 되었다.

"여러분! 우리는 백성들의 재물을 무단으로 빼앗는 탐관오리를 몰아내고, 외세로부터 나라를 구하자고 일어선 것이오!"

"옳소! 당장 현아로 쳐들어갑시다!"

동학농민군의 함성과 함께 낫을 든 손을 일제히 뻗쳐 올리자 시퍼런 낫날이 허공에서 번득였다. 성재식이 앞장서서 강령 현아로 쳐들어가자 현감과 이속들이 동헌 마루에 섰고, 앞에는 창과 칼을 든 사령들이 엄호하여 섰다.

"관아의 무기는 마땅히 나라와 백성을 지키는데 써야 한다. 너희들도 우리 편에 선다면 용서하겠지만 거역한다면 목숨이 위태로울 것이다!"

성재식의 호령에 사령들이 무기를 순순히 내려놓았다.

"탐관오리 현감이나 이속들을 묶어 마당으로 끌어 내려라!"

동학농민군이 달려들어 결박하여 마당에 꿇어 앉혔다.

"옥문을 열어 무고한 백성을 풀어주시오! 부당하게 거둬들인 곡식 창고를 열어젖히고 무기고를 열어 무장하시오!"

별 저항 없이 현아를 점령하고, 그날 저녁이 되자 주변 고을에서도 관아를 점령했다는 통문이 속속 도착했다.

10월 6일, 강령 현아에 진을 치고 있던 동학농민군이 해주감영으로 쳐들어가기로 했다. 그날 아침에 포박했던 현감 류관수와 아전들을 풀어줬다. 해주로 가는 길에 동학농민군의 행렬이 수십 리 이어졌다. 강령 동학농민군이 해주 서쪽 취야장터로 들어가자 사방에서 모여든 수천에 이르는 동학농민군이 모여 있었다. 장터에 차일막을 치고, 포 별로 진을 치고 번을 섰다. 동학지도자들이 지휘소에 모여 민폐 사항을 개혁할 것과 동학교의 자유를 요구하는 글을 지어 방을 붙이고, 글을 동헌에 보냈다. 날이 갈수록 동학농민군이 점차 불어나 엄청난 군세가 되었다. 총대장에 대접주 임종현(林鍾鉉)을 세우고 좌우로 성재식 이용선(李用善)을 세웠다.

"가자!"

총대장 임종헌이 한번 소리치자 동학농민군이 일제히 무기를 들어 하늘을 향해 솟구쳤다.

10월28일, 해주 감사 정현석이 호막 이명선과 수교 영리 등을 보내 '민폐는 즉시 개혁하되, 동학의 금지는 조정의 명령이므로 감영에서는 들어 줄 수가 없다. 빨리 해산하라'고 요구했다. 동학농민군은 관의 요구를 묵살하고, 오히려 이들을 결박해버렸다.

"감영으로 가자!"

동학농민군 수천 명이 총과 포를 쏘며 해주성 사방으로 성문을 깨뜨리고 감영으로 물밀 듯 밀려들었다. 동학농민군에 동조하는 영리까지 있어 몇만 명의 동학농민군이 한꺼번에 밀어닥쳐 감영은 단숨에 동학 세상이 되었다. 감사 정현석과 판관 이동화 및 중군 이하 영리 관속들을 결박하여 감영 마당에 무릎을 꿇렸다. 정석현을 영노청(營奴廳)에 가둬버렸다.

해주점령 열흘 만인 11월 6일, 청일전쟁 끝에 평양에서 머물던 일본군이 내려오고, 용산에 주둔한 일본군이 해주를 향해 출발했다는 소문을 접하고 두령 회의를 열었다. 동학농민군은 일본의 신무기 위력을 알고 있는 터라 해산하기로 했다. 제 지역으로 돌아가 그 지역에 맞게 일본군과 싸우기로 했다.

예상대로 일본군의 해주성 투입은 신속했고 막강했다. 일본군은 곳곳에서 동학교도를 참혹하게 토벌 활동을 벌이면서, 동학농민군 지도부는 다시 기포하라는 통문이 돌기 시작했다. 이에 따라 11월 12일 황주 재령 해주 봉산 강령 등 5읍의 두령 이용선과 임종현 성재식이 모여 한 번은 기린역(麒麟驛)에서, 또 한 번은 탁영대(濯纓臺)에서 모여 일본군을 끌어들여 공격하기로 했다. 그러나 일본군은 해주성에서 진을 치고 꿈쩍하지 않았다.

다음날 성재식은 누천참(漏川站)에 머물다가 동학농민군을 이끌고 강령 현아를 다시 습격하여 공사(公舍)와 민가 4백여 호를 불태웠다. 다음날 일본군이 고현장에 진을 치고 있던 동학농민군을 공격해왔다. 수천의 동학농민군이 일본군의 신식 총에 속수무책이라 후퇴를 명했다. 일본군은 생포한 동학농민군 13명을 해주로 압송했고, 일부는 서문(西門) 밖에서 효수했다는 소식이 들어왔다.

11월 18일 황해감영에서 체포한 접주 김기원를 백성들을 모아놓고 효수했다는 소식이 들어왔다. 일본군의 잔혹한 토벌이 곳곳에서 자행되자 동학지도자들은 다시 해주성으로 집결하라는 통문을 냈다.

11월 27일, 황해도 지역 접주들이 이끄는 동학농민군이 총집결하여 다시 해주감영 습격에 나섰다. 오응선 김창수(김구) 김선장 임종현 김명선 이용선 최득서 성재식 등 동학농민군 지도자들이었다. 이번에도 동학농민군의 숫자가 더 많았지만, 미리 진을 치고 있는 일본군의 신무기와 수성군의 공격에 참혹한 피해를 입고 뿔뿔이 흩어졌다. 동학농민군이 어울리면 추적 대상이 되니 홀몸으로 각기 흩어졌다.

4

강령현감 류관수가 갓에 도포 차림을 했지만 사람의 눈에 띄는 것이 두려웠다. 먼저, 고을의 수령으로 결박당하는 수모를 겪었고, 명을 잇기 위해 임지 강령을 벗어났기 때문이었다. 고양 군수 정찬용에게는 이런 사정을 말하지 않고 공관에 머물고 있었다. 해주성을 탈환하고 곳곳에서 민보군 관군이 토벌전을 벌였다지만 강령현 소식은 없었다.
류관수는 고양 장날이라 황해도의 민심을 얻어듣기 위해 장터로 나갔다. 남의 눈에 띄지 않으려고 조심하려는 중에 문득 귀에 익은 풍악이 들려왔다. 아니나 다를까 탈을 보니 강령 탈춤 패였다. 그런데, 노승 탈 속에서 잠깐 스쳐간 눈빛이 전날의 성재식이었다. 온몸으로 소름이 훑고 지나갔다. 다행히 저들은 챙이 큰 갓을 쓴 류관수의 눈과 마주치지 않았다. 해주성 전투에서 패하고 나서 사방으로 흩어졌다더니 놈들이 탈춤 패에 몸을 숨겼구나.
장터에서 나온 류관수는 고양 군아로 달려갔다. 고양 군수 정찬용 역시 큰 공을 세울 기회인 줄 알아서 먼저 군교와 나졸들을 준비 시켰다. 류관수가 고개를 저어 말했다.
"저놈들이 뱀같이 독한 놈들이라 섣불리 덤볐다가 되레 당할 거요.

참에 머무는 일본군에게 도움을 청하시오."

정찬용은 류관수의 말이 맞다 싶었다. 누구를 시킬 것 없이 직접 일본군을 찾아가 필담(筆談)으로 "동학수괴(東學首魁)라 쓰고 '포박(捕縛)'을 부탁했다.

고양 장터에 도착하여, 먼저 군교와 나졸로 둘러싸고, 일본군 여섯이 둘러쌌다. 패거리들은 연희에 빠져서 포위될 때까지 낌새를 알아채는 사람이 없었다. 일본군의 한 발 총성에 탈춤패와 구경꾼들이 일제히 엎드렸다. 조선군 일본군의 총구가 탈춤 패를 겨누고 있었다.

단단히 포박된 성재식 최재호를 그날로 한양으로 압송했다. 류관수와 정찬용은 총으로 무장한 일본군 둘을 딸려 보내고서야 안심이 되었다.

5

조선의 고요한 새해 첫날 아침이었다.[4] 차가 성문을 빠져나오자 하얀 눈 세상이 펼쳐졌다. 그 위에 얹힌 하늘은 임박한 폭풍 전야처럼 어둡고 묵직했다. 동대문과 남대문을 등 뒤로 두고 차를 달리자 눈앞에는 소나무가 울창한 둥근 야산 사이로 도로가 펼쳐졌다. 차 운전을 하는 여자 곁에는 친구인 여행가 비숍이 타고 있었다. 하얀 눈길을 달리던 차가 갑자기 속도를 낮췄다. 도로 옆에 이상한 물체가 눈에 들어왔기 때문이었다.

두 여자가 차에서 내렸다. 이 추운 날씨에 면으로 된 여름 홑옷을 입은 채로 길가에서 누워 자는 세 명의 인부들이 좀 이상하다 싶어 가까이 다가갔다. 그들이 누운 자세는 휴식을 취하듯 평온해 보였지만 머리

---

[4] 이하 문장은 비숍의 『조선과 그 이웃나라들』(원제 : 『Korea and her Neighbours』, Isabella Bird Bishop, 신복룡 역)의 문장 일부를 원용했다.

가 없는 몸뚱어리만 남은 시체였다. 이는 며칠 전 남벌원(南伐院)에서 처형된 성재식 최재호 안교선이었다. 이들의 세 머리와 전주 초록바위에서 참수되어 올라온 김개남의 머리가 서소문 밖 저잣거리에 사흘간 효시 되었다. 아직 도로 한복판에는 얼어붙은 선홍색 핏자국이 낭자하게 찍혀 있었다. 이곳은 동학지도자들이 그들의 반역죄에 대해 마지막으로 사죄를 구했던 곳으로, 마치 옛 예루살렘에서의 '출구 없는 환란'과 같은 마지막 형극(荊棘)이었다.

왜냐하면 며칠이 지나 새해부터 조선은 참수형(斬首刑)과 능지처참형(凌遲處斬刑)을 폐지하고 민간인에게는 교살(絞殺)을, 군인 범죄에는 총살(銃殺)한다는 보도가 관보에 실렸기 때문이다. 이 명령은 목숨을 마음대로 할 수 있는 왕권의 종말을 의미하는 것이었다.

(*)

조선의 동학 거괴(巨魁) 재판 참관기

1

　1895년 4월 23일, 조선 한성의 봄은 흐리고 싸늘했다. 무라카미 텐신(村上天眞)에게는 이국의 봄이라 싸늘한 것일까. 벚꽃 앵두 살구꽃이 진 자리에 맺힌 애기 열매가 제 발등에 소복이 쌓였다.
　"헤이! 무라카미 특파원 기자 선생. 오늘은 무거운 카메라를 메고 어디를 행차하시오?"
　진고개 어귀로 들어서자 화장품 점방 주인 아오이 유우(蒼井優)가 반겨 인사를 했다. 그는 여성적인 이름이더니 행동까지도 여성적으로 조신하다. 상대를 높이느라 특파원 기자 선생 세 가지 호칭을 있는 대로 다 갖다 붙여서 불렀다.
　"조선의 재판 구경 가는 길이오."
　"아 맞다! 오늘이 조선 최고의 동학 거괴들이 재판을 받는 날이라고 들었는데, 거기를 가시는구나."
　"그 소식을 어찌 아시오?"

"한성에 두루 퍼진 소문인데 어찌 모르겠소? 잘 다녀오시고, 제게도 소식 좀 전해 주시오."

"알겠소."

무라카미는 몇 달 전에 아내에게 줄 생일 선물 '구루무'를 사기 위해 이 상점에 들렀다가 제 몸보다 커 보이는 카메라를 가진 영국의 여행가 비숍(Isabella Bird Bishop)을 만났다. 무라카미의 짧은 영어 소통으로 같은 '저널리스트(journalist)'라는 인연으로 그녀가 가지고 있던 카메라를 구입했다.

아오이가 무라카미에게 물었다.

"동학 난리가 끝났으니 이제 우리 일본제국이 조선을 지배할 수 있을까요? 지금은 미국 노국 불국 독국이 호시탐탐 조선을 서로 먹겠다고 눈을 부릅뜬 형국이라던데요."

"글쎄요."

무라카미는 얼른 대답하지 못했다. 좀 전까지 불안한 낯빛이던 아오이의 얼굴이 환해지면서 말했다.

"전날 갑신정변(甲申政變, 1884년) 때처럼 우리가 본국으로 허둥지둥 쫓겨 들어갈 일은 없겠지요?"

"글쎄요. 저도 거기까지는 모르겠소."

지난 늦봄에 시작한 일청전쟁으로 청나라 군사를 국경 밖으로 몰아냈을 뿐만 아니라 요동 만주 지방까지 진출하여 항복 문서를 받아냈다. 이제 일본 단독으로 조선에 대한 지배권을 장악했다.

무라카미가 종로로 들어섰다. 머릿속에 한동안 아오이의 좀 전 질문이 여운처럼 맴돌았다.

오늘따라 카메라 가방이 무겁게 느껴졌다.

권설재판소로 들어서자 장소를 잘 모르고 찾아왔나 싶을 정도로 재판소가 적막하게 비었다. 내부는 본국의 재판소 구조와 비슷했다.

무라카미가 방청석 앞에 카메라 받침대를 세우고 초점을 맞춰보는 실험까지 마쳤을 때 조선의 일꾼 두 사람이 들어섰다. 여기저기를 점검하고, 의자가 바르게 놓였는지 살피고 정렬했다.

오후 2시가 개정 시간인데, 허리춤에서 회중시계를 꺼내보니 아직 10분 정도 남아 있었다. 이때 나카이 마사히로(中居正広)가 법정 안으로 들어섰다. 올봄까지 가까이 지냈던 통사(通事, 통역사)여서 조선 사람을 취재할 때 가끔 같이 일했는데, 한동안 보이지 않아서 본국으로 돌아간 줄 알고 있었다.

"나카이 선생! 그간 안 보이더니 어찌 된 일이오?"

"오! 무라카미 특파원님, 그간 안녕하셨습니까? 저는 충청도 강원도 지역에 병참부대 군인들 통사로 나갔다가 동학 난리가 끝나서 돌아왔지요."

"그랬군요. 나도 그렇고, 많은 사람이 동학 난리는 전라도 지역에서 일어난 일로만 알고 있는데, 충청도 강원도에서도 일어났습니까?"

"나도 처음에는 그렇게 알았는데, 조선팔도에서 일어난 사건이더군요."

"그렇군요."

"그나저나 오늘 판결로 그 많은 말들이 일단락되겠군요."

"오늘 죄수에게 판결이 내려지면 선고 내용 좀 정확히 통역해 주시오."

"그러겠습니다."

"그건 그렇고, 오늘 나카이 선생은 여기 웬일이오?"

"오늘 동학 거괴들 심문 과정에서 통사를 맡았지요."

"아, 그래요? 이번 재판에 주빈이구려."

"뭘요. 조선어 좀 안다는 이유로 좀 거들었지요."
"조만간 만나서 충청도 강원도에서 있었던 동학 이야기 좀 듣고 싶습니다."
"언제라도 시간을 내겠습니다."
"말 나온 김에 정합시다. 오늘 재판 내용도 정리할 겸 내일 점심 때 전에 만났던 '도쿄정(東京亭)에서 봅시다."
"그러시지요. 저도 마침 내일 일정이 없네요."

개정 시간이 가까이 되면서 재판 관계자들과 방청객이 들어오기 시작했다. 그렇지만 방청석은 외국인들 몇이 눈에 보일 뿐, 조선 사람은 보이지 않았다. 그나마 극히 제한된 사람만 초청된 듯 했다. 방청객 중에 영국인 비숍이 나타났다. 작고 왜소해 보여도 단연 돋보이는 여인이었다. 비숍이 무라카미를 보고 화들짝 놀라듯 반겨 맞이했다.
"오! 저널리스트 무라카미 씨. 안 그래도 뵈려던 참이었어요."
"네, 비숍 여사님, 반갑습니다."
"전날 서소문 밖 광마장 풍경, '거괴의 수 실견(巨魁首實見)' 신문 기사 잘 봤어요. 거기에 실렸던 사진 좀 부탁해요. 나도 사진을 찍었는데 이상한 이유로 하얗게 날아가 버렸어요. 마치 흰나비 같이요."
비숍의 말에 무라카미가 말했다.
"예. 흔쾌히 기증하겠습니다. 그런데, 비숍 여사님. 오늘은 왜 카메라가 없지요?"
"저널리스트 무라카미 씨를 믿고 저는 그냥 왔어요. 실은 카메라가 지금 온전하지 못해요."
비숍은 여행가답게 지난 1894년 1월부터 조선 기행에 나섰는데, 무게 16파운드(7.3kg)의 삼각대 카메라와 4파운드(1.8kg)의 핸드 카메라를 가지고 다니면서 조선 각지의 풍물을 촬영하고 있었다. 무라카미가 비숍으로부터 구입한 16파운드 무게의 카메라에 문제가 생겨서 지난해 세밑에 비숍을 만나서 간단하게 문제를 해결했다. 그날 그 자리에서 서소문 밖 네거리에 동학 거괴 김개남 안교선 성재식 최재호 4 두령의 머리가 효시 되었다는 말을 들었다. 무라카미가 비숍으로부터 이 말을 들었을 때는 날이 저물어서 다음 날 아침 일찍 서소문 밖 저잣거리로 달려갔다. 무라카미가 카메라를 들고 현장에 도착했을 때는 성재식 최재호의 머리는 해주감영으로 떠나고 김개남 안교선 두 머리만 막대기를 세우고 매달아 찍었다. 무라카미 특파원 기사와 사진이 <오사카 매일신문> 1895년 2월 1일자 2면에 "(조선의) 거괴의 수 실견(巨魁首實見)"이라는 제목으로 기사가 실렸다. 무라카미는 이 기사로 조선에 파견된 특파원 중에서 '가장 빠르고 정확한 소식통'으로 인정받았다.

그리고 눈 오는 날, 무라카미가 일본 공사관에 갔다가 가마에 실려 법원으로 이동하는 전봉준의 모습을 포착했다. 마침 진료를 맡은 군의관에게 양해를 얻어 촬영에 성공했다. 이 사진이 조선 최고의 동학 거괴 전봉준의 모습을 촬영한 최초의 사진이 되었다.

만일 무라카미가 오늘도 사진 촬영에 성공하면 또 한 번 특종을 잡는 셈이다.

죄수들이 한 시간도 더 넘긴 시간에 도착하여 오후 3시 반이 되어서야 재판이 열렸다. 법복을 입은 법관이 들어섰는데, 얼핏 본국의 어느 법정 같았다. 대신 서광범, 협판 이재정, 참의 장박, 경성주재일본제국 일등영사 우치다 사다쓰지(內田定槌)가 나란히 앉고, 한 단 아래에 주사 김기조, 주사 오용묵이 자리 잡고 그 아래 좌측에 피고인석이 마련되었다.

법정에 사람들이 채워지자 비로소 장엄한 분위기가 살아났다. 무라카미 뿐만 아니라 법정 안의 모든 사람이 동학 거괴에게 사형이 언도될 것이라고 짐작해서인지 죽음을 조상하듯 엄숙한 분위기였다.
　무라카미가 일본 공사관에 방청 신청을 내려고 갔을 때, 직원이 재판에 대해 스스럼없이 말해줬다. 여러 날 전부터 전봉준 손화중 최경선 김덕명 성두환 등 20여 명의 동학당 거괴의 형에 대해 일본 일등영사 우치다와 법무협판 이재정, 참의 장박이 수차례 법무아문에서 만나서 선고문을 하나하나 들춰보고 형량에 대한 논의를 마쳤다고 했다. 영사 우치다는 도쿄 제국대학 법학부 출신으로, 약관 30세에 외교관이 되어 한성에 들어왔다. 무라카미는 우치다 영사의 젊고 이성적이고 패기 넘치는 외모를 보자 어쩌면 파격적인 형량이 언도될 수도 있다고 짐작했다. 곧, 동학 거괴 중에 사형이 아닌 무기징역 형량이 나올 수도 있다는 추측이었다.
　무라카미가 곁에 앉은 나카이에게 나직이 물었다.
　"동학 두령 중에 사형을 면할 자가 있겠소?"
　"그럴 일은 없을 겁니다. 오히려 극형에 처해야 한다고 내세운 인물이 있어서 이를 조정하느라 오랜 시간이 소요되었으니까요."
　"일동 정숙! 지금부터 재판을 시작하겠소이다."
　이윽고 개정이 선언됐다. 개정 소식을 전하는 법무대신 서광범의 목소리가 몹시 떨렸다.
　먼저 죄수 성두환을 세워놓고, 장박이 선고문을 낭독했다. 선고문이 낭독되는 동안 장내는 찬물을 끼얹은 듯 조용했다. 무라카미는 성두한의 얼굴을 카메라 앵글에 잡고 있었다. 이윽고 선고문 낭독이 끝나고 잠깐 숨을 돌린 뒤 판결이 내려졌다.
　"위의 이유로 피고 성두환을 사형에 처한다! 특별히 육형에 처한다!"

무라카미가 선고 순간 카메라 셔터를 눌렀다. 잠시 장내가 술렁였다. 사형이야 짐작했지만 육형이라니! 모두 무라카미와 같은 심정이었을 것이다. 그러나 성두환의 얼굴 표정은 변함없이, 오히려 평온해 보였다.

성두환은 아무 일도 없었던 양 덤덤한 얼굴로 재판정을 걸어 나갔다. 조선 사람들은 배짱이 이렇게 좋단 말인가.

다음, 전봉준으로 이어졌다. 전봉준의 선고문은 앞의 성두환보다 길어서 십 수 분간 이어졌다. 이윽고 선고문 낭독이 멎고 잠시 틈을 둔 뒤에 말했다.

"전봉준을 부대시처형(不待時處刑)을 선고한다!"

순간 카메라 셔터를 눌러댔지만 전봉준 역시 표정에 변화가 없었다. 전봉준이 천천히 입을 열었다.

"정부의 명령이라면 목숨을 바치는데 굳이 아까울 것이 없다. 삼가 목숨을 바치겠다."

전봉준의 말끝에 장박이 다시 선고문의 내용을 부연하여 몇 가지를 낭독 했다. 그 끝에 전봉준이 의연히 말했다.

"나는 바른길을 걷고 죽는 자다. 그런데 역률(逆律)을 적용한다면 천고에 유감이다!"

전봉준의 눈빛은 마치 세상을 불태울 기세로 활활 타오르고 있었다. 법정 안의 모든 사람들이 그의 기세에 압도된 듯 숙연했다.

전봉준이 아리(衙吏)에게 안겨 정내를 나갔다. 전봉준은 체포될 때 당한 부상이 아직 아물지 않아서 혼자서는 한 발자국도 옮길 수가 없었다.

다음으로 손화중의 판결로 이어졌다. 선고문 끝에 전봉준과 똑 같은 판결이 내려졌다. 손화중이 정내를 걸어 나가다 뒤돌아서서 큰소리로 부르짖었다.

"나는 내 백성을 위해서 힘을 다했는데 어찌 사형에 처하여야 할 이유가 된단 말인가? 나는 다시는 이런 세상이어서는 안 되겠기에 일어선 것이다!"

마치 온 세상을 향하는 말로 들렸다.

다음은 최영창(최경선)으로 이어졌다. 선고문에 이어 사형을 선고받고 나서 말 한마디 없이 굳은 표정으로 유유히 걸어 나갔다.

마지막으로, 김덕명에게 사형이 언도되었는데, 성두환과 같은 육형이었다. 김덕명 역시 아무 말 없이 법정을 걸어 나갔다.

"성두환 김덕명 두 사람은 왜 악한(惡漢)이며, 육형이지요?"

"말씀드리자면 좀 깁니다. 어차피 내일 뵙고 말씀드리지요."

나머지 열여섯 명 죄인에 대한 판결이 이어졌다. 한 사람씩 피고인을 데리고 나오면 장박이 선고문을 낭독했다. 대개 태장(笞杖) 도형(徒刑) 또는 유배(流配)에 처해졌다. 무라카미는 서둘러 사진기를 걷었다. 나카이가 다가와 물었다.

"갑자기 무슨 일입니까?"

"사형 선고를 받은 조선의 동학 거괴의 추정이 너무 가련하여 이 자리에 더 있기가 괴롭소."

나카이가 서둘러 카메라 삼각대를 풀어 가방을 챙겨 법정을 나섰다. 나카이가 무라카미의 뒷모습을 보면서 고개를 끄덕여 말했다.

"쯧쯧, 나는 저런 감성적인 특파원은 처음 보았소."

2

한성의 하늘은 잔뜩 흐렸다. 그런 중에도 먼 북악산은 짙은 초록으로 빛났다.

무라카미가 도쿄정에 들어서자 나카이가 먼저 와서 기다리고 있었다.
"사형 선고를 받은 죄수들의 형이 언제 어떻게 집행됩니까?"
"오늘 새벽에 집행되었습니다."
"예? 확실합니까?"
"재판 과정과 형 집행을 모두 우리 일본공사관에서 지시하는데, 확실하고말고요. 오늘 새벽 2시에 전봉준 손화중 최영창 3인은 좌감옥에서 처형되었고, 성두환 김덕명 두 악한은 모처에서 육형으로 집행되었습니다."
"내가 듣기로는 전봉준이 가장 큰 조직으로 움직였고, 손화중 최영창은 후방에 남아 군수물자를 뒷받침하면서 광주와 나주를 중심으로 투쟁 활동을 벌이면서 장차 해안으로 상륙할지도 모를 일본군에 대비했습니다. 그런데 김덕명 성두환을 두 악한으로 처형한 까닭은 어떤 행적 때문인가요?"
무라카미가 말을 하면서 가방 안에서 종이와 펜과 잉크병을 꺼냈다. 나카이가 말을 이어갔다.
"통사로 심문을 지켜본 바에 따르면, 김덕명은 김제 원평 출신 대접주입니다. 전봉준이 이끄는 주력 동학농민군이 황토현에서 지방군을 물리치고, 이어 장성에서 최초로 경군을 상대로 승리를 거뒀습니다. 동학농민군은 장성 갈재를 넘어 파죽지세로 전라감영을 목전에 둔 원평에 이르렀습니다. 전봉준이 원평에 주둔하고 있을 때 홍계훈의 경군이 보낸 이효응과 배은환이 왕의 편지를 들고 대장소로 전봉준을 찾아왔고, 이주호는 하인 2명을 데리고 내탕금 1만 냥을 들고 찾아왔습니다. 전봉준은 원평장터에 군중을 모아놓고 내탕금을 **빼앗은** 뒤 왕의 편지는 읽어 보지도 않고 이들의 목을 베어 시체를 마을 뒤에 버리고, 그들이 지니고 있던 문서는 시체 위에 던져버렸지요. 그런데 이 죄가 모두 김덕명에게 씌워졌어요."

"죄가 씌워지다니? 김덕명이 심문에서 혐의를 부인하지 않았소?"

"김덕명은 모두 왕의 사자가 보낸 인물을 제 주장으로 처단했다고 자복을 했습니다."

무라카미가 글을 써나가면서 말했다.

"나카이 선생. 내게는 지금 '조선의 동학 거괴 사형 특보'를 정리해서 본국에 송고하는 일이 급해졌습니다. 사실을 확인하면서 정리하겠습니다. 1895년 3월 30일 새벽 2시에 동학 거괴 5명이 왼쪽 감옥에서 교형이 집행되었다. 맞습니까?"

"정확하게는 3인의 동학 거괴가 집행된 사실만 확인되었을 뿐, 성두환 김덕명 두 거괴는 어디서 육형에 처해졌는지 저도 알 수 없습니다."

"알겠습니다."

무라카미가 글쓰기를 마치고 잉크병 뚜껑을 닫고 펜 뚜껑을 닫을 때 요릿집 여주인이 들어왔다.

"오늘은 어떤 요리를 준비해 드릴까요?"

그제야 무라카미는 비숍을 찾아가 '조선의 동학 거괴 재판 참관' 사진을 인화해야 하고, 우편국에 가서 전보를 쳐야 한다는 생각이 미치자 마음이 조급해졌다. 나카이는 모처럼 만에 만났으니 전날같이 요리에 사케 한 잔을 기대하고 있는지도 모른다.

"무라카미 선생께서 오늘은 급한 듯하니 점심은 간단히 하시지요."

나카이가 무라카미의 바쁜 사정을 헤아려 먼저 말했다.

주문을 받은 여주인이 나가자 무라카미가 서두는 기색을 감추고 물었다.

"충청도 성두환은 어떤 인물입니까?"

"제가 충청도 충주 병참에 통사로 가게 된 것이 8월 초순입니다. 일본으로서는 조선과의 병탄(倂呑)을 위해서는 전국의 동학군을 샅샅이 토벌하는 일입니다. 저의 투입은 일본군의 '조선 동학두령 참살 작전'의 일환이었습니다. 제가 충주 일본국 병참부대에 도착했을 때 성두환은 충주 장자봉에 진을 치고 부산 낙동 충주 한성으로 이어지는 전신선을 위협하고 있었지요. 성두환의 판결문에는 '충청도 산사군(山四郡, 청풍 제천 단양 영춘) 활동'이라고 되어 있지만 당시 성두환은 충청북부를 평정하고 강원도로 진출하여 강릉관아를 점령하였고, 경상도 문경 안동 상주 예천 김천으로 투쟁 조직이 연결되어 있었습니다. 그리고 우리 일본군 몇 명이 죽음을 당해서 성두환 두령에게는 이를 갈고 있었지요. 대일본제국 군인의 목숨을 빼앗아 자존심을 건드려 악한이 된 셈입니다."

"어떻게 붙잡혔나요?"

"충주 병참에서 토벌에 나서자 성두환은 장자봉을 떠나 강원도로 들어가 마지막까지 투쟁을 했지요. 결국 일본군 토벌대에 의해 정선에서 생포되었는데. 그 과정에서 일본군의 희생도 불가피했지요."

무라카미가 펜을 내려놓고 나카이에게 물었다.

"조선 동학 거괴에 대한 심문을 통시한 종합 소감을 듣고 싶습니다."

"글쎄요. 저처럼 무지한 사람의 눈에도 조선의 형세가 보입니다. 조선의 무능하고 부패한 관리와 양반들이 제 백성을 토벌하자고 청나라 군대를 끌어들여서 결과적으로 일본 군대까지 끌어들였습니다. 조선 민중의 눈에는 나라가 망하는 꼴이 보이고 조선의 관리나 양반들 눈에 보이지 않을 리 없습니다. 이로써 일본국의 조선 병탄은 아주 쉬운 일이 된 셈이지요. 미안한 말이지만, 이제 조선은 없습니다."

3

무라카미가 가회동 비숍이 머무는 가택에 도착했을 때는 오후 2시쯤이었다. 무라카미가 탄 인력거가 종로 좌 감옥을 지나왔는데, 늦봄 햇살은 아무렇지 않은 듯 눈부시고 세상은 평온하기만 했다.
"어제 사진 잘 찍었습니까?"
비숍이 무라카미를 반겨 맞이하여 물었다.
"예."
무라카미가 막상 대답은 했지만 내심 긴장하고 있었다. 재판정의 모습과 선고를 받는 순간 동학 거괴의 무덤덤한 표정이 아직도 무라카미의 머리에 잔상으로 남아 있는데, 사진에 어떻게 담겼는지 궁금하다 못해 가슴이 설렜다.
무라카미가 응접실에 앉아 차를 마시는 동안, 비숍은 암실로 들어갔다.
암실에 들어갔던 비숍이 좀 빠르게 나온다 싶더니, 어두운 표정을 지은 끝에 반짝 웃음을 지어 말했다.
"백지에요."
무라카미도 비숍을 따라 웃으며 말했다.
"흰나비 같이요? 왜 그렇게 되었지요?"
"그 이유는 저도 모릅니다."

4

무라카미가 전보를 치기 위해 우정국으로 들어섰다.
가방에서 잉크병을 꺼내 뚜껑을 열고 펜을 들었다. 무라카미가 조선의 동학 거괴 참관기를 마무리하듯 여백으로 뒀던 말을 적어 넣었다.

"…조선의 동학 거괴는 실로 가련했다."

무라카미가 전보를 치고 진고개로 들어섰을 때 몸과 마음이 함께 무거웠다.

"헤이! 무라카미 특파원 기자 선생!"

진고개 어귀로 들어서자 이번에는 화장품 점방 주인 아오이가 문밖까지 나와 인사를 챙겼다. 무라카미가 아오이에게 말했다.

"오늘 조선의 동학 거괴가 처형되었소. 이제 일본과 조선이 병탄하는데 아무런 걸림돌이 없습니다."

아오이가 마치 무라카미가 한 일을 칭찬하듯이 기뻐하여 말했다.

"무라카미 특파원 기자 선생! 잘되었습니다. 썩 잘되었습니다!"

(*)

진도 뱃노래

　잔잔한 바람이 불어오는 먼바다는 흐렸고, 흰 뜸 속에 눈부셨다. 황포 돛배가 가물거리고 노랫가락이 들려왔다. 군수로 부임해온 지 달포 남짓 되는 권중면에게는 낯선 풍경이어서 곁에 선 이방에게 눈을 돌렸다. 그러나 이방은 머리를 조아리고 서 있을 뿐 말이 없었다.
　"여보게, 이방! 저 돛배는 무엇이며, 노랫가락은 뭔가? 한양에서 듣기로 가끔 해적 떼가 출몰한다고 들었는데, 해적 떼 아닌가?"
　"저 노래는 술비 소리인데, 어부들이 바다에 내렸던 그물을 올릴 때 부르는 노래입니다."
　"물고기 담긴 그물을 들어 올리는 소리라면 어찌 저토록 가락이 서글픈가?"
　"나리께서는 어찌 서글픈 가락으로 들으시오니까? 전에 계셨던 군수 나리들은 배를 보거나 노랫가락을 전혀 듣지 못하셨습니다."
　"새벽에 뱃노래가 들려와 처음에는 바람소리인가 했고, 아침이면 돛배가 눈에 들어와 해적이 아닐까 놀랐네."
　"옛말에 이르기를 같은 소리도 듣는 이의 성정(性情)에 따라 달리 들린다고 했는데, 아무래도 나리께서는 백성을 아끼는 성정이 남다른 듯합니다."

"그게 무슨 말인가?"

"본디 저 소리는 갑오년 난리에 억울하게 죽은 원귀의 소리인데, 여태 어떤 나리도 배를 보거나 듣지 못하셨습니다."

"내 눈에 돛단배가 은비늘 속에 가물거리고, 노랫가락이 뚜렷한데 대체 무슨 말인가?"

"원귀는 마음이 열린 자에게만 보이고 들린다고 했습니다."

어이야 술비야 술비로구나/ 걸렸구나 어어야 술비 걸렸구나/
어어야 술비야/ 코코마다 걸렸구나/ 조구조구 황조구야/
어디를 갔다가 때를 찾아서/ 우리 배 망자에 다 들어왔느냐/
그물 코가 삼천 코면/ 걸릴 날이 있다더니/ 오늘날 걸렸구나/
칠성당에 비는 부모/ 정성이 가련하여/ 용왕님 전 덕을 입어/
코코마다 걸려온 조구/ 오천칠백냥 봉홧불 썼다네/
…

이때였다. 술래잡기놀이를 하는지 예닐곱이 될까한 두 아이가 동헌 문 안으로 들어와 담벼락에 몸을 숨겼다. 이방의 아들 방세이고, 군수 아들 태훈이였다. 달포 남짓에 벌써 동무가 된 모양이었다. 권중면이 불러서 꾸중하려다가 마음을 고쳐먹고 점잖게 말했다.

"너들 이리 좀 오너라."

권중면의 말에 태훈이 겁을 먹고 쪼르르 달려와 머리를 숙이고 섰다. 같이 있던 방세와 두 아이가 동헌 마당에 들어와 뻘쭘히 섰다.

"태훈이 너는 거기 서 있고, 너희들은 모두 이리 올라오너라."

권중면이 쭈뼛거리고 선 아이들을 향해 부드럽게 말했다.
"여기는 어른들이 일 하는 곳이니 앞으로는 딴 데 가서 놀도록 해라. 대신 오늘은 너희에게 물어볼 말이 있다. 모두 마루로 올라오너라."
아이들이 영문은 모르지만 잔뜩 겁먹었던 몸을 풀고 동헌 마루로 올라섰다.
권중면이 손가락으로 먼바다를 가리키며 물었다.
"너희들은 무엇이 보이느냐?"
방세가 촐랑 나서 말했다.
"네, 황포돛배가 보이고, 어부들의 뱃노래가 들립니다."
이는 아버지 이방이 아침에 일러둔 말이었다. 곁에 선 두 아이가 고개를 끄덕이니 더 묻지 않았다.
"오냐, 알았다. 너희들이 내려가고 이제 태훈이 네가 올라오너라."
태훈이에게 먼바다를 가리켰다.
"제 눈에는 아무것도 보이지 않습니다."
"잘 보아라. 큰 해 덩어리 아래로 보이는 것이 없느냐?"
태훈이 고개를 저어 말했다.
"안 보여요. 하얗게 비늘만 번뜩입니다."
"오냐, 알았다."
아이들이 태훈이를 놀려 말했다.
"얼레리 꼴레리, 얼레리 꼴레리, 서울내기는 달달 봉사, 먹먹 귀머거리래요."
깔깔대는 아이들의 웃음소리가 동헌 대문 밖으로 사라지고 이방과 권중면이 남았다.
"이방! 여기 아이들 눈에 배가 보이고, 우리 아이에게 보이지 않는 연유가 무엇인가?"

"소인 짐작에, 진도에는 갑오년 동학 난리를 모르는 사람이 없고, 그 원혼이 곳곳에 사무쳐 있기 때문일 것입니다."

"어찌하면 원혼을 달랠 수 있겠는가?"

"무당을 불러 크게 살풀이굿을 해야 합니다."

"갑오년 동학난리 때 대체 어떤 일이 있었기에 10년 묵은 원귀가 아우성인가?"

"사연이야 굽이굽이 길지만 소인이 짧게 말씀 올리겠습니다."

"말 해 보게."

"동학이 진도에 들어온 해는 신사(辛巳, 1882) 년 입니다. 나주 나치현이란 이가 포덕을 시작했습니다. 동학교도가 한 집 두 집 늘어서 갑오에 이르러서는 엄청난 교세를 이뤘습니다. 갑오년 5월부터 영암의 김의태가 해남 강진 진도의 동학농민군과 연합하여 수차례 관군과 접전을 벌였지요. 마침내 7월에는 고군내면 내동리 손행권, 석현리 김수종, 조도면 박중진이 동학농민군을 이끌고 진도부를 공격하여 무기를 탈취했지요. 부사 이희승이 무기를 빼앗긴 책임을 물어 압상 조치되었지요."

"그때 이방은 어디서 뭘 했나?"

이방이 잠깐 멈칫했지만, 씨익 웃음으로 멋쩍은 틈을 채우고 나서 말했다.

"부사 나리가 줄행랑 친 마당에 제가 그 자리에 있었더라면 맞아 죽어서 지금 이 자리에 있지도 못했을 겁니다."

"그렇군. 계속 말 해보게."

"10월이 되자 감목관이 진도 백성 1300 명을 모아 수성소를 설치하여 사도진과 원문에 진을 치고 장차 쳐들어올지 모를 동학농민군 공격에 대비했지요. 다행히 진도의 동학농민군 지도자 김광윤 나치현 나봉익 양순달 허영재 등이 이미 섬을 빠져나가 무안 고막포 전투에서 패해 일부는 죽었지요. 경군과 일본군이 진도읍에 들어온 것은 동짓달 27일이었는데, 수성군이 잡아들인 동학농민군을 문초하여 손행권 김윤선 김대욱 서기 등을 처형하고, 나머지는 훈계하여 본업으로 돌려보냈습니다. 경군과 일본군이 30일에 섬을 떠났으나 수성군이 다시 동학농민군 70여 명을 붙잡아 처형하여 남문 밖에 방치했다가 솔치에 내다 버렸습니다. 여기다 이 시기에 장흥전투에서 패한 동학농민군 7-800명이 해남을 거쳐서 진도로 들어왔습니다. 수성군에 의해 저 바닷가로 쫓겨서 배를 탄 동학농민군은 제주도로 도망쳐 연명하고 미처 배를 타지 못한 동학농민군은 잡혀 죽었지요. 동학농민군의 송장이 해안 여기저기 쓸려 다니다 곳곳에 뼈들이 묻혔지요."

"그렇다면 원귀를 어떻게 달래야 하는가?"

"소인 생각에는 먼저 솔계치에서 살풀이굿을 하고, 바닷가에 무덤을 만들어 살풀이굿을 하면 비로소 돛배와 돛배소리가 사라질 것입니다."

"알았네. 이방이 모두 알아서 시행하도록 하게."

"나리께서는 참으로 백성을 긍휼히 여기는 성정이 넓고 깊으십니다."

이방의 아부 말에 권중면이 헛기침을 몇 번 토해낸 뒤에 나지막이 말했다.

"목민관에게 애민은 기본 아닌가?"

"지당하신 말씀이오나 여태 그런 군백(郡伯)은 많지 않았습니다."

그날 밤, 군아의 내청이었다. 황초불이 낮처럼 환하고, 꽃과 벌 나비가 날아드는 병풍이 둘러섰고, 상 위에 쌓인 진수성찬(珍羞盛饌)으로 상다리가 휠 지경이며, 호리병이 머리를 조아리고 서 있었다. 방문이 열리고 권중면이 들어오자 미리 서 있던 이방과 사토 마사지로(佐藤政次郞)가 납신 허리를 접어 맞이했다. 권중면이 자리에 앉자 사토가 사례의 말을 내었고, 이를 이방이 통역을 해줬다.

"사토 씨가 환대해 주셔서 감사하다고 합니다."
"천만에! 면화 농가에 장려금을 전달하기 위해 이런 벽지를 찾아온 사토 씨의 노고에 감사드린다고 전해 주게."
 인사가 오간 끝에 권중면이 호리병을 들어 술을 권하자 사토 씨가 무릎을 꿇어 잔을 받았다. 호리병에서 나온 붉은 술 줄기가 붉게 잔을 채웠다. 사토가 잔을 내려놓고 호리병을 들어 권중면의 잔에 술을 따랐다.
"진도의 명주 홍주(紅酒)인데, 지초(芝草)로 빚어서 술이 붉으며, 무병장수의 약술이라고 합니다."
 이방의 통역에 사토가 허리를 납신 접으며 조선말로 사례했다.
"감사하무니다!"
 술 몇 잔이 오갔을 때 권중면이 이방에게 물었다.
"진도 사람이 면화 농사를 짓는 이유야 풍토에 잘 맞고 이익이 커서 짓는데 장려금을 나눠주겠다니 아무래도 괴이쩍네."
"저들은 이문이 있을 때 돈을 씁니다. 일본이 면화 장려금을 줬다는 소문이 섬 안에 퍼질 것이고, 그렇게 되면 내년에는 너도나도 목화 농사를 짓게 될 것이고, 자연 면화 가격이 떨어집니다. 싸게 사들인 면화를 제 나라로 보내어 다시 이문이 날 겁니다. 지금도 저들은 벽파진에 배를 대고 목화를 사들이고 있습니다."
 권중면이 고개를 끄덕여 말했다.
"어쨌거나 우리 진도 군민에게 좋은 일이니 서로에게 좋은 일이지."
"그렇습니다."
 이번에는 권중면이 이방에게 말했다.
"사토 씨가 진도에 머무는 동안 불편하지 않게 잘 보살피도록 하게."
"네, 알겠습니다."
"그건 그렇고, 이방은 어떻게 일본말을 배우게 되었는가?"

"일본이 우리 조선을 통치할 터인데, 저들의 말을 배우지 않고서 어찌 세상을 살아가겠습니까?"
 "그렇구나. 나는 거기까지는 생각이 미치지 못했구나."

 10월 보름날이었다. 먼바다를 건너오는 서늘한 가을바람 속에 아직 미지근한 여름 기운이 남아 있었다. 아이들은 산 아래 연기가 스믈 스믈 피어오르는 샘골을 내려다보며 서성이고 있었다. 연기에 섞인 돼지고기 굽는 냄새에 연신 코를 벌름거렸다.
 "군수 아들도 소용없는 거 아녀? 그럼 다 글러먹은 것인디."
 "쫌만 더 기다려 보자. 군수 아들이 돼지오줌보 하나도 못 얻어올려구."
 한참이 더 지난 뒤에야 태훈이 올라왔다. 돼지오줌보와 바가지에 돼지털이 듬성듬성 박힌 돼지비계를 얻어왔다. 돼지오줌보는 젖혀놓고 우르르 달려들어 돼지비계를 집어 왕소금에 찍어 먹었다.
 "참말로 구수허네."
 돼지비계를 한동안 먹는데 정신이 팔려있다가 거덜이 난 뒤에야 저마다 한마디씩 했다.
 "모처럼 만에 뱃속에 기름칠 좀 혔구만이라."
 "이게 다 군수 아들 덕이랑께."
 이 말에 이방 아들 방세가 샐쭉해져 말했다.
 "우리 아버지가 그러는디, 이방이 없으면 군수는 허수아비라더라."
 "그 말이 맞다. 야들아! 우리 공 차고 놀자!"
 태훈이 말에 공터로 우르르 몰려갔다. 공차기하던 방세가 갑자기 아랫배가 뒤틀리며 갑자기 똥구멍에서 뜨거운 똥물이 찔끔 새어나왔다. 방세가 얼른 산골짜기로 달려갔다. 골짜기로 들어가 미처 바지를 까 내리기도 전에 똥이 줄줄 쏟아졌다. 바지는 벌써 똥물에 흥건히 젖었다. 한바탕 설사 똥을 쏟아내자 그제야 똥 묻은 바지 걱정도 되고, 주변사정이 눈에 들어왔다. 바로 아래에 파헤쳐진 묘와 두 사내가 방세의 눈에 들어왔다. 놀랍게도 한 사내는 하얀 해골을 항아리 물로 씻는 중이고 곁에는 작은 나무상자가 있었다. 더 놀라운 것은 사내를 지켜보고 서 있는 사람은 다름 아닌 아버지 이방이었다.

방세는 눈앞에 벌어지는 무서운 일에 혼비백산해서 바지를 올리고 다시 엉금엉금 기어서 골짜기를 벗어났다. 물가로 내려온 방세의 눈앞에는 여전히 하얀 해골이 아른거렸다.

"야! 빵세야. 공차다 말고 어디 가?"

공을 차던 아이들이 등 뒤에서 아이들이 방세를 불러댔지만 당장에야 똥 묻은 바지를 씻는 일이 더 급했다. 대체 저놈들 속은 괜찮은가. 아버지는 왜 멀쩡한 묘를 파고 해골을 꺼냈을까 궁금했다.

전날 차고 놀던 돼지오줌보는 다음날 솔치에서 살풀이굿을 하던 날 터져버렸다. 그래서 다시 술래잡기놀이를 했다. 전날 아버지와 군수에게 꾸중을 듣긴 했지만 몸을 숨기는 데는 동헌이 그만이었다. 오늘 방세는 동헌 뒷문으로 들어가 집 모퉁이로 숨어들었다가 이번에는 일본 손님을 배웅하는 모습을 보게 되었다. 군수 권중면이 좌정해 있고, 마당에는 사토가 작별 인사를 하는 중이었다.

"잘 묵었다가 갑니다."

사토의 말이 건너왔고, 권중면이 이방에게 말했다.

"우리 지역 토산품을 선물로 마련하였으니 받아주면 고맙겠다고 전해주게."

"알겠습니다. 나리."

이방이 보자기에 싼 상자를 전해주는데, 방세는 깜짝 놀랐다. 상자 안에는 며칠 전 묘를 파헤치고 물로 씻던 해골이 들어 있을 것 같았다.

"환대(歡待)와 귀한 선물에 감사드리며, 한양 가는 길에 일본공사관에 들러서 나리의 후의(厚意)를 전하겠다고 합니다."

"먼길에 조심하기 바란다고 전해주게."

빵세는 지금 눈앞에 헛것을 보고 있거나, 아니면 꿈속의 일일지도 모른다는 생각에 슬금슬금 뒷걸음질로 동헌을 빠져나왔다.

(에필로그)

위 두개골은 일본으로 건너갔다가 1995년 7월 25일 일본 홋카이도대학 후루카와 강당 인류학교실에서 방치된 채 발견된다. 두개골에 "1906년 9월 20일 전라남도 진도에서 사토 마사지로가 채집한 동학수괴(東學首魁)"라 명시되었다. 1996년 우여곡절 끝에 한국에 두개골이 반환되었으나, 현재 전주박물관 지하 창고에 있다가 전주 다가산에 안장되었다.

(*)

불사조 조병갑 이야기

1

 주막집 쪽문으로 내다 뵈는 바다 가운데 고금도가 한낮 햇살 속에 가물거렸다. 아침 일찍 강진병영을 떠날 때는 간밤 내내 몰아치던 폭풍 끝자락이라 가랑비가 추적거렸으나 한나절이 지나 마량항 주막에 이르렀을 때는 날이 씻은 듯 개었다.
 점심상이 들어왔지만 조병갑(趙秉甲)은 서글픈 심사에서인지 수저를 들 생각도 않고 먼바다에 눈을 주고 있었다. 바다를 덮은 하얀 햇살이 눈부셔서였을까. 눈에 눈물이 배는가 싶더니 눈물이 흘러내렸다. 조병갑이 소매를 가져다가 눈물을 훔쳐냈다.
 "나리, 한 잔 드시지요. 마침 바다도 잔잔하게 잤습니다."
 벙거지를 쓰고 까치등거리를 입은 머릿나졸 김쌀문이 조병갑에게 술을 권했다. 이제 주막을 나서면 강진병영에서 나온 머릿사령에게 죄인을 넘기고 배가 고금도를 향해 떠나는 것으로 김쌀문의 소임이 끝나니 지금이 고별의 자리인 셈이다.

"으흐흑!"

조병갑이 기어이 아이같이 울음을 터트렸다. 김쌀문은 곤혹스러워져 며칠 동안 다듬지 못해 까칠해진 수염만 쓸었다.

"내가 왜 저런 궁벽한 섬으로 들어가야 한단 말인가?"

"나리의 분한 심정을 제가 왜 모르겠습니까? 머지않아 억울한 사연이 밝혀지면 해배(解配)되어 당상관에도 오르시겠지요."

김쌀문은 그동안 조병갑의 억울한 사연을 귀에 딱지가 지도록 들은 터라 비위를 맞춰줬다. 이렇게 비위를 맞춰주는 것도 마지막이니까. 조병갑이 술잔을 들어 훌쩍 마셔버리더니 응석받이 아이가 울 듯 소매 깃이 젖도록 엉엉 울었다. 고별 자리가 길어지니 한양에서 함께 내려온 나졸이나 강진병영에서 나온 감찰 사령들이 문밖에서 기웃댔다.

한양에서 떠날 때 의금부 도사가 김쌀문을 불러 각별하게 일렀다.

"중죄인이라지만 살아 있는 세도가의 비호를 받는 자라 조심해야 하네. 더구나 아직 호남 호서에 동학 비류가 창궐하니 조병갑이라는 소문이 나면 척진 자들이 제 손으로 때려죽이겠다고 달려들지도 모르네."

"명심하겠습니다."

김쌀문이 내심 긴장되었으나 광주에서 화순으로 넘어오는 너릿재에서 동학농민군의 기찰이 있었지만 별 탈 없이 여기까지 왔다.

동학 난리가 지난 정월에 고부군수 조병갑의 탐학으로 시작되었다. 전라감사 김문현이 조병갑을 싸고도는 바람에 사태를 키웠다. 조정에서 안핵사로 파견한 장흥부사 이용태가 군졸을 이끌고 고부에 들어가 군민을 잡아 죽이면서 일을 키우는 바람에 동학 난리가 시작된 것이다. 김문현은 2월15일이 되어서야 조정에 조병갑을 파직시켜야 한다는 장계를 올렸다. 그러자 대신들은 임금에게 김문현도 같이 처벌해야 한다고 주청했다.

　의금부에서는 지난 4월 20일 전라감영으로 나졸을 보내 고부군수 조병갑이와 장흥부사 이용태를 한양으로 압송하여 투옥했다. 연이어 전라감사 김문현, 전운사 조필영 등 부정부패에 연루되어 잡아들인 관리가 260명이었다. 이마에 민비 편이라고 써 붙이지 않아서 그렇지 모두 민비 일족이었다. 민비는 제 잘못을 반성하지 않고 조정 신하들이 저를 음해하려 한다며 오히려 심사가 잔뜩 꼬여 있었다. 의금부에서 조사했지만, 조병갑은 믿는 구석이 있어서 그러는지 입을 열지 않았다. 임금도 민비가 조병갑에게 1만 냥을 받고 고부군수로 내려보낸 것을 알고 있으니 민비에게 불평 삼아 말했다.

　"조병갑이 말하기를 '처음 소란은 세금을 거두어들이는 문제 때문에 일어났고, 두 번째 난은 자기가 물러난 뒤의 일이라 모르는 일이다.'고 말해놓고 입을 다물었답니다. 의금부에서도 혀를 내두르고 있답니다."

　민비가 조병갑의 역성을 들고 나섰다.

　"조병갑이의 말이 틀리지 않습니다. 도백이나 군백이 우선할 일이 세곡을 거두어들이는 일인데 어찌 허물이오?"

　임금은 말을 괜히 꺼냈다고 후회했다. 의금부에서 올라온 대로 처리하라고 했더라면 문제없을 것을, 임금이 쩝 입맛을 다셨다.

　"조정 신하들은 조병갑이를 어쩌자고 합니까?"

　"입을 열지 않으니 형틀을 갖춰서 심문을 하여 실정을 캐라고 할까 합니다."

　"서로 신역 고되게 할 거 뭐 있어요? 아예 먼섬으로 귀양을 보내버리고 말지요."

　"그것도 좋겠소."

임금은 괜스레 민비의 심사를 건드리지 않을 방법이다 싶었다.
임금이 의금부에 엄명했다.
"조병갑은 장죄(贓罪, 뇌물죄)를 범했을 뿐만 아니라 백성들을 학대한 일이 많고 많아서 호남의 소란이 이 지경에 이르렀으니 가볍게 처벌해서는 아니 될 것이다. 원악도에 안치하는 형전을 시행하여 당일로 압송하라!"
의금부에서는 조병갑의 유배 행거에 여러 사령에다 총으로 무장한 군졸까지 딸려서 여기까지 내려왔다. 전에 경상감사를 지내다 횡령죄로 경상도 칠곡으로 귀양 가는 임금의 6촌 형 이용직의 유배 함거도 이렇게 엄하지 않았다.

김쌀문이 조병갑이의 죄를 감해줄 만한 세도가 있는 것도 아닌데, 조병갑이 입만 열면 피를 토하고 싶을 만큼 억울하다고 하소연했다. 김쌀문이 조병갑에게 측은한 심사가 들어 눈물을 글썽이자 마치 아이가 응석을 부리듯 눈물을 쏟으니 난감했다. 김쌀문이 듣기 좋은 말로 조병갑을 위로했다.
"나리, 곧 풀려나실 것이니 너무 심려 마시지요."
"그 말, 진정이지? 그래, 언제 풀려날 것 같은가?"
김쌀문은 또 듣기 좋은 말을 해줬다.
"찬바람 나기 전에야 풀려나시지 않을까요?"
이 말에 조병갑이 언제 울었느냐는 듯 온 얼굴에 웃음을 피우며 말했다.
"정말 그렇게 되겠지?"
"나리가 마음 잡수신 대로 꼭 될 것입니다."
"내가 자네를 믿고 하는 말인데, 이것 좀 심상훈 대감께 전해주게. 절대 실수해서는 아니 되네."

조병갑이 밥상 옆으로 팔을 뻗어 김쌀문에게 편지를 내밀었다. 김쌀문이 편지를 얼른 품에 넣었다. 그제야 조병갑이 밥 수저를 들더니 밥과 술을 빠르게 해치웠다. 술기운이 오르자 조병갑은 금방 주고받은 말대로 될 것 같아서였는지 기분이 좋아졌다.

밖으로 나오자 술기운이 오른 두 사람의 눈에는 바다뿐 아니라 온 세상이 눈부시게 희었다.

조병갑을 실은 배가 은비늘이 깔린 바다 한가운데로 녹아들 듯이 멀어져갔다.

2

그해 6월은 가뭄이 들고 내내 무더웠다. 청계천 물이 말라 빨랫감을 이고 먼 한강으로 나가야 했다.

김쌀문이 삼청동 심상훈 대감댁 대문 곁 행랑에서 부름을 기다리고 있었다. 반나절이 다 되어도 기별이 없었다.

한나절은 족히 되어서야 평교자에 오른 머리와 수염이 희어서 백운도사라는 별명이 붙은 심 대감의 행차가 나타났다. 김쌀문은 은근히 켕기기도 했다. 편지를 표나지 않게 뜯어보고 도로 봉하기는 했지만, 행여 시비할지 몰라서 '편지를 잃어버릴지 몰라서 봤노라'라고 미리 할 말을 준비해뒀다. 그 편지에는 '궁전마마께 일러서 의금부 도사의 관직을 박탈해야 한다'라는 무서운 말이 들어있었다. 한참을 더 기다렸을 때 하인이 와서 말했다.

"나리께서 편지를 가져오라고 하시니 이리 내어 보우."

하인 주제에 말이 좀 시건방졌지만, 김쌀문은 말없이 서찰을 내밀었다.

　다시 한참을 더 지나 그 하인이 돌아왔다.
　"알았으니 그만 가보게."
　하인의 입에서 끝까지 해라 투 말이 튕겨 나왔다. 김쌀문이 하인의 아래위를 훑어보자 하인이 알아차리고 툭 던져 물었다.
　"왜 그렇게 고깝게 보는가?"
　"어느 정승집 개가 짖기에 개 구경 잘했네. 나 이만 가네."
　김쌀문의 말에 정승집 개가 바로 저인 줄 알아차린 하인의 얼굴이 붉으락푸르락할 뿐 말을 잇지 못했다.

　김쌀문이 남대문을 나와 남지(南池)를 끼고 칠패시장으로 들어섰다. 가뭄에도 사방에서 온 물건이 산더미처럼 쌓였고. 사람들이 왁작댔다. 벌써 저녁연기가 피어오르니 풋것 장사꾼들은 떨이라고 목청을 돋우고 있었다. 장을 벗어나 뚜께우물을 지나 풀무골은 같은 장이라도 좀 조용한 편이다. 그러나 서소문 앞에서 흙다리와 반석방(盤石坊)으로 이어지는 주막거리는 사람들로 시끄러웠다. 낮술에 취한 사람들은 집으로 돌아가고 저녁밥과 술을 새로 시작하는 패거리들의 목청이 높아갈 때였다.
　"꺼져, 이눔아! 무슨 염치로 발걸음이여!"
　주모의 욕지거리와 함께 사람이 튕겨 나오고 뒤이어 구정물이 뒤따라 나왔다.
　"이 가뭄에 웬 물벼락이오?"
　김쌀문이 허허 웃음을 달아 말했다. 욕바가지에 물벼락을 맞은 군졸 최형식이 머쓱해져 주모를 향해 허청 난 웃음 끝에 말했다.
　"허허, 사람이 없다고 늘 없으라는 법이 있는가? 나도 한 몫 잡을 날이 있을 게니 괄시하지 말게나. 허허허."
"터진 주뎅이로 말은 잘해요. 외상값이 몇 달째여."
이때 김쌀문이 끼어들었다.
"허! 조선의 군졸이 주막 아낙에게 망신이라니!"
그제야 구정물 바가지를 든 주모가 김쌀문을 알아보고 말했다.
"아니, 이게 누구여? 전날 망나니 똥쌀문이 아니여? 의금부 포졸로 들어갔다더니, 여기는 웬일이여? 지금도 포졸질 잘 하구 있지?"
"말조심하게. 어엿이 김쌀문이여."
곁에서 최형식이 금방 당한 수모를 앙갚음하듯이 주모를 나무라 말했다.
김쌀문 최형식 두 사람이 봉놋방에 자리를 잡고 앉았다.
"아니, 내외간으로 같이 잘 사는 줄 알았더니 아직 그대로던가?"
"길게 살 것 같지도 않은데. 정은 붙여 뭐 하겠나?"
"그래, 고금도는 잘 다녀왔는가?"
김쌀문과 최형식이 말을 막 시작할 때 주모가 호호호 웃음을 앞세우고 다가왔다.
"그래, 포졸 나리, 뭘 드시려우?"
"삶은 도야지 고기 먹을 만큼 주시우. 외상이 얼마인지 모르나 내가 갚아 줄 테니 급료 못 받는 딱한 군졸 너무 괄시하지 말게나."
"그러고 보니 의금부는 사정이 좀 나은가 보우."
"나라 꼬라지가 엉망인데, 어디 성한 데가 있겠소?"
주모가 술상을 들여왔는데, 상에 작은 도마와 삶은 돼지고기를 올려 조금씩 썰어서 김치와 함께 먹게 했다. 주모가 나가자 최형식이 물었다.
"그래, 조병갑이는 유배를 얌전히 받아들이던가?"
"웬걸. 억울하다고 펄펄뛰지. 심 대감에게 의금부 도사를 치자는 서찰

심부름을 시키더군."
 "의금부라고 가만있겠나?"
 "안 그래도 의금부에서는 다시 조병갑의 부정축재를 들고나오고, 대신들도 계속 문제 삼았다네. 그때마다 심순택은 허연 수염만 쓸고 앉았다네. 한마디라도 거들면 다 민비와 연결될 일이니 입을 다물 수밖에 더 있겠나. 그나저나 연일 사건이 벌어져 온 나라가 시끄러우니 이제 한가하게 조병갑이 논할 겨를도 없겠지."
 "그래, 장차 어찌 되겠는가?"
 최형식의 물음에 김쌀문이 몸을 앞으로 바짝 기울이고 말소리를 낮춰 말했다.
 "전주성이 동학농민군에게 떨어지자 조정에서는 청나라에 군대를 보내달라고 요청했다네. 청나라가 조선에 군대를 파병했고, 일본도 곧바로 조선에 군대를 파병하여 청일전쟁이 일어났네. 외국 군대가 들어온다는 말을 듣고 동학농민군은 조정과 서둘러 전주화약을 맺고 동학농민군을 해산시켰다네."
 "장차 청일전쟁은 어찌 되겠는가?"
 "벌써 청군이 평양성 전투에서 크게 패하고 일본군은 요동 땅까지 점령했다네. 조정에서는 일본과 청나라 양국에다 철군을 요구했지만, 일본은 오히려 지난 6월 12일 일본군 선발대가 들어왔고, 추가로 4천 명이 들어와서 용산에 주둔했다네. 벌써 일부 병력은 한양 도성으로 들어갔다는 말도 있네."
 두 사람은 말없이 안주만 씹고 있었다.
 "그래, 자네는 앞으로 뭘 하려나?"
 김쌀문의 물음에 최형식이 말소리를 낮춰 말했다.
 "혼란한 틈에 한양 성안의 동학도를 움직여 썩어버린 조정을 바꿔버려야지."

"성안에 동학교도가 얼마나 되는가?"

"잘 모르지만 일이 터지면 모습을 드러낼 것이네. 조정 대신을 처단할만한 숫자는 되네."

"그러면, 임금까지 바꾼단 말인가?"

최형식이 잔을 들어 벌컥벌컥 마시고 빈 잔을 내려놓고 말했다.

"바꾸려면 썩은 대가리까지 바꿔야지! 새 판을 만들어놓고 고금도로 가서 조병갑이를 처단하겠네."

"내 짐작인데, 고금도까지 갈 것 없이 조병갑이 머지않아 한양으로 올라올 것이네."

"그러면 더 좋고."

이때 밖에서 소란이 일어났다. 말발굽소리와 함께 다급한 군사들의 말이 이어졌다.

"군령이다! 모든 군사는 병영으로 복귀하라! 군사는 병영으로 복귀하라!"

최형식이 얼른 벙거지를 집어 들며 말했다.

"급료도 못 주는 군사, 그래도 쓸모가 있는 모양이로군. 나 들어가 봐야겠네."

최형식이 급히 자리에서 일어서 주막을 나갔다.

김쌀문이 주막을 나와 다시 칠패시장으로 나왔을 때는 섰을 때 어둠 속에서 일본군사 행렬의 긴 꼬리가 용산 쪽으로 길게 이어져 있었다. 남대문을 향해 들어가고 있었다. 일본군사 행렬의 긴 꼬리가 용산 쪽으로 길게 이어져 있었다. 큰일이 벌어졌구나 싶었다. 그날 밤새도록 성안 쪽에서 총소리가 들려왔다.

김쌀문이 다음 날 아침에 진고개 집을 나와 남대문에 이르자 남대문

쪽에서 피난민들이 몰려나왔다. 어젯밤에 일본군이 경복궁을 점령했다는 것이다.

 김쌀문은 뭔가 불길한 예감이 들어서 서소문 밖 주막으로 달려갔다. 눈물 한방을 흘릴 것 같지 않은 억센 주모의 눈에 눈물이 흥건했다.

 "무슨 일이오?"

 "뭔 상을 받으러 가는 것도 아니고 쪼르르 달려가더니, 저래 되어 나왔답니다."

 안방으로 들어가자 최형식이 누워 있었다.

 "어찌 된 일인가?"

 "일본군이 경복궁으로 쳐들어왔네, 독한 왜놈의 총알을 맞기는 했지만 다행히 종아리 살만 상했으니 쉬 아물 것이네. 아직 할 일이 남았다고 하늘이 날 도와주는 모양일세."

 "다행일세. 이참에 아낙까지 얻었으니 아주 안 좋은 일은 아닐세."

 김쌀문이 주막을 나섰다.

 이제부터 동학농민군의 활동이 한층 더 거세질 거라고 예상했는데, 한동안 잠잠했다. 김쌀문은 가끔 조병갑에게 '해배 될 것'이라고 던진 말이 생각나기는 했지만, 한동안 조병갑이의 유배가 해제됐다는 소식은 없었다.

 1894년 9월 18일, 동학 교단이 재기포를 선언하여 이제 동학농민군이 호남 호서 영남 영동 해서 지역으로 확산되어 관아를 점령하고 한양을 향해 쳐들어온다고 했다. 조정은 일본군에게 동학농민군 토벌을 부탁했고, 일본군은 본격적인 동학농민군 토벌에 나섰다.

 이런 중에 최형식의 말했던 대로 한양에서 "동학당 한양성습격사건"이 일어났다. 10월 3일 흥선대원군의 적손 이준용을 앞세워 조정대신 김홍집 조희연 김가진 김학우 안경수 유길준 이윤용을 살해한 뒤 정부를 전복하고 왕위를 찬탈할 계획이었는데, 도중에 기밀이 새는 바람에 전 법무아문 협판 김학우만 집에서 최형식 일당에 의해 살해됐다.

김쌀문은 이 소식을 듣자마자 서소문밖 주막으로 달려갔다. 행여 최형식이 아니기를 바라면서 달려갔지만 벌써 주막 문이 닫혀 있었다. 옆 객주에 들어가 주막 문이 닫힌 연유를 묻자 노인은 경계의 눈초리로 김쌀문의 아래 위를 찬찬히 훑어본 끝에 물었다.

"왜 그러시우?"
"단골로 다니는 주막이라 궁금해서요."
"역적 집이라고 포졸이 닥쳐서 잡아 갔다우."
"주모는 역적이 아닌데."

3

그해는 추위가 일찍 찾아왔다. 혹독한 추위 속에 곳곳에서 동학농민군이 패했다는 소식과 동학두령들이 잡혀 죽거나 잡혀 올라와 전옥서에 갇혔다는 소식이 들려왔다.

이듬해 조병갑에 대한 처벌이 다시 거론됐다. 1895년 3월 12일, 총리대신 김홍집과 법무대신 서광범이 임금에게 상신했다.

"지난해 작년 호남 지방에서 일어난 비적의 소요는 조병갑의 탐학과 불법으로 인해 발생했는데, 지금 비적의 수괴들이 잡혀와 조사 중에 있습니다. 고금도에 있는 죄인 조병갑을 관원을 보내 불러올려 다시 조사하고, 관원을 충청도 공주 집으로 보내어 뇌물로 거둬들인 쌀 6백 석도 징수하는 것이 마땅합니다."

1895년 3월 30일, 한양에 벚꽃 잎이 휘날렸다. 이날 새벽에 동학란의 거두 전봉준 손화중 김덕명 최경선 성두한이 오랜 재판 끝에 처형되었다. 그 다음날 김쌀문이 조병갑을 소환하는 함거를 따라 다시 한양을 떠났다.

　조병갑이 고금도에서 나와 강진병영에 올라와 기다리고 있었는데, 마치 유배에서 풀려나기라도 한 양 싱글벙글 웃었다. 그렇다면 김쌀문이 모르게 먼저 전달된 편지가 있단 말인가.

　"자네 덕분에 다시 보게 되는군. 노고 잊지 않겠네. 장차 하고 싶은 일이 뭔가?"

　조병갑이 전날 '찬바람 불 때'라는 말을 까맣게 잊은 듯했다. 김쌀문은 그저 지나가는 말이려니 여겨 건성으로 말했다.

　"칼을 휘두르던 망나니가 군졸을 하는데 더 바랄 것이 뭐 있겠습니까? 그저 칼 쓰는 망나니 말고 교형(絞刑)쟁이면 족합지요."

　이번 함거는 김쌀문이 꾀를 냈다. 온 나라 곳곳에서 일어났던 동학 소요가 가라앉았으니 조병갑을 수레에 태우지 않고 말에 태워 빠르게 한양으로 올라오게 하여 남대문 밖에서 돼지우리 같은 수레에 앉혀 도성으로 들어와 전옥서에 가뒀다.

　1895년 4월 19일에 "동학당 한양성습격사건"에 대한 법부의 판결이 내려졌다. 이준용 외 8인은 도적률 모반죄(盜賊律謀反罪)로 유배형을, 전동석 외 15인은 인명률 모살죄(人命律謀殺罪)로 교형과 종신유배형에 처해졌다. 이로써 조병갑을 처단하겠다고 별렀던 최형식이 먼저 교형에 처해져 저세상으로 갔다.

　조병갑은 한양에 올라온 지 넉 달이 미처 안 된 1895년 7월 3일에 민씨 일파와 함께 석방되었다. 나라에는 이미 법이 없어진 지 오래였다.

4

    1897년 12월 10일, 조병갑은 법부 민사국장에 임용되어 고등재판소 판사가 되었다. 당시 사돈 심상훈이 탁지부대신이었고, 충청감사였던 조병식이 법부대신서리로 있었다.
    대한제국의 판사로 화려하게 부활한 조병갑은 1898년 5월 29일 동학 2세 교주 최시형에게 사형 판결을 내렸다.
    1898년 6월 2일, 최시형이 좌도난정률로 교수형(絞首刑)에 처해졌다. 김쌀문은 제 입으로 조병갑에게 했던 말이 씨가 되어 참형이 폐지되고 새로 생긴 교형의 집행관이 되어 최시형의 형을 집행했다.
    조병갑이 영화를 누리다 1912년에 죽었는데, 동학농민혁명 때 동학농민군이 최고로 많이 죽은 우금치가 멀리 바라다 보이는 양지바른 산에 묻혔다.
    (*)

동학 두령 박학래 연명기

1

박학래(朴鶴來)가 대구와 경주 고을을 떠돌다가 예천 읍성으로 돌아온 날은 눈 끝에 닥쳐온 추위로 온 세상이 얼어있을 때였다. 동문에 들어섰을 때는 낯선 병정들이 기찰하고 있었다. 아차! 호랑이굴로 들어왔구나 싶었을 때는 뒤돌아 옴치고 뛸 수도 없었다. 등 뒤에는 붉은 벙거지에 더그레를 쓰고 입은 감영에서 나온 진위대 장관이 매의 눈으로 박학래를 쏘아보고 있었다. 이제는 죽으나 사나 예천 읍성으로 들어갔다가 빠져나갈 궁리를 해야 한다. 성문은 전날 전투에 불에 탄 채 그대로였고, 불에 탄 집에서 매캐한 냄새가 떠돌았다. 박학래가 속으로 신중하지 못한 자신을 나무랐지만 이도 죽을 운명인가 싶었다.

"뉘며, 우짠 일로 성에 들어가는교?"

"예천 박진사라는 사람인데, 잠시 벗을 보러 왔소."

장관이 등 뒤로 다가왔으니 꼼짝없이 포위당한 꼴이었다. 장관이 말했다.

"통성명을 대시오!"

순간, 박학래는 머리칼이 곤두섰다. 대구감영에는 '우음동 접주 박래헌(朴來憲)'으로 기록되었기 때문에 차분하게 말했다.

"박학래(朴鶴來)라 하오. 지난 갑오년 2월에 진사 급제하였소."

뒤는 아니 해도 좋을 말이었지만, 말을 더 이어가기 위해서, 그러다보면 위기를 벗어나기 좋을 말이 나올 것 같아서였다.

"보내드리게."

말이 길어질 줄 알았는데, 장관의 말은 뜻밖이었다. 이것도 예상에 어긋났다. 성안으로 발걸음을 옮기는 순간, 성안에 가둬놓고 잡으려는가 싶어 다시 등줄기로 차가운 기운이 쓸고 내려갔다. 지난달 22일에 최맹순 최한걸 부자와 장복극이 남사장에서 읍민이 지켜보는 중에 총살되어 한천 모래밭에 묻혔다. 박학래가 애초부터 읍성으로 발을 들여놓는 게 아니었다.

읍내 쾌빈루 뒤 황 약국집 골목 끝에 있는 박예천의 집 대문으로 들어섰다.

"여, 여기는 우짠 일이고?"

박예천이 박학래 보다 더 놀란 낯빛으로 달려 나와 맞이했다. 박예천이 입을 다문 채 소맷자락을 잡고 제 방으로 급히 끌어들였다. 지난해 갑오년 한양 과장에 함께 상경하여 과거를 치른 손아래 먼 집안사람이었다. 얼마 전 동학난리 때는 민보군에 들어 동학농민군을 잡아들이는 일을 거들고 있으니 박학래와는 대척점에 있기도 했다. 박예천이 전날 동학 접주였던 박학래를 맞아들였으니 잘못 처신하면 저한테도 불똥이 튈 참이라 어떻게 대할지 궁금하기도 했다. 박학래는 다시 한 번 경솔한 제 행동을 자책했다. 박예천이 이런 박학래의 속을 모르고 말했다.

"배포 하나 크다! 지금 동학 수집강 장문건을 잡을라꼬 대구에서 진위대 1백여 명이 들어왔다 아입니껴. 벌써 그 집에 군사들이 닥쳐 곧 사달이 났꾸마. 내한테도 곧 수소문하러 올 끼요."
 "장문건 두령을 지목해서 들어왔다면 별일이야 있겠소?"
 "그야 감영에서 가지고 나온 문서를 몬 봤응께네 우예 알겠노?"
 박예천이 말하고 나서 금방 꾀를 냈다.
 "여기도 안전하지 않으니 어서 가이소! 마침 내가 집강소 서기 일을 맡아 볼 때 만들어놓은 인징표(人徵標)가 있응께네 이걸 가져가소!"
 박예천이 막 먹을 갈아놓은 벼루에 붓을 들어 이름을 적으려할 때 '박학래'라 쓰라고 말해줬다. 후후 바람을 쏘여 먹이 마르기 무섭게 박학래에게 내주어 이를 품에 넣을 때 밖에서 하인의 기별이 있었다. 큰소리로 말할 수 없으니 하인이 마루로 기어 올라와 문 가까이 입을 대고 말했다.
 "장문건이 병정들에게 음식 대접을 해놓고 제 방으로 들어가 배에 칼을 찔러 자결했다캅니더."
 아! 동학 두령들이 색출되어 처형되는구나 싶었고, 이제 내 차례구나 싶어 더럭 겁이 났다. 당장에는 예천 읍성을 무사히 빠져나가는 일이 시급했다.
 "오냐, 알았다."
 박예천이 하인에게 일러놓고 박학래를 향해 말했다.
 "서문과 북문 사이에 성벽이 낮으니 그쪽으로 가시소. 뒷날, 좋은 세상에서 뵈입시더."
 그렇지만 이제 좋은 세상이란 저들에게 좋은 세상을 말하는 것 같아서 더 씁쓸했다. 동학 난리로 대체 뭔 덕을 봤던가.

2

예천 읍성을 벗어나 산등성이 길로 들어섰지만 길은 전에 내린 눈이 얼어붙어 험했다. 박학래가 안도의 숨을 몰아쉬며 돌아보니 예천 읍성이 내려다보였고, 눈에 덮인 언덕으로 군사들이 빠르게 북문을 빠져나오고 있었다. 박학래 생각에, 박학래를 지목하여 뒤쫓는 듯하여 화들짝 놀라 내닫기 시작했다. 저들보다 발걸음이 느리면 붙잡힐 수 있으니 더 빠른 걸음으로 달아나야 살 수 있다. 어떻게 뛰었는지 모르게 거의 반나절을 달려 뒤돌아보니 비로소 박학래를 뒤쫓는 사람의 자취가 보이지 않았다.

박학래는 상주 단밀 주암리로 향했다.

지난 갑오년 봄, 예천 읍성에 집강소를 설치한 것은 동학농민군이 더 먼저였다. 이에 맞서 향리 층이 주도하여 향반 집강소를 설치하고 민보군을 결성하여 동학농민군의 읍내를 침입을 막았다. 8월 10일, 민보군이 먼저 동학집강소를 공격하여 전규선 등 11명의 동학농민군 지도자를 체포하여 화적 혐의를 씌워 한천 모래밭에 생매장해버렸다. 예천의 동학본부 최맹순 대접주가 토치 접주 박현성과 화지 접사 김노연을 향반 집강소에 파견하여 동학농민군 11명 살해를 주도한 두 사람을 압송해 줄 것을 요구했으나 대응하지 않았다. 이에 동학본부는 8월 20일 각 접소에 통문을 돌려 상주의 이정(梨亭)과 예천 소야 등지에 접주들이 모여 '11명 생매장한 사건'에 대한 응징으로 예천 읍성을 공격하기로 했다. 이를 위해 관동 대접과 상북 용궁 충경 예천 안동 풍기 영천 상주 함창 문경 단양 청풍 등 13 고을 접주가 상주 산양과 예천 오천 금곡 화지에서 차례로 대회를 열고 예천으로 모여들었다.

동학농민군이 예천읍성을 포위하여 봉쇄에 들어갔다. 이때 박학래는 의용 접 접주로 5천여 명을 이끌고 용궁관아에 쳐들어가 무기를 탈취했다. 8월 28일 서정자 뜰 전투에 참여했으나 패했으며, 대구 경주로 몸을 피해 명을 이었다.

박학래가 상주 집에 닿았을 때는 새벽이었는데, 안부를 묻고 답할 겨를도 없이 아내 강 씨와 아이들을 깨워 길을 나섰다.

박학래가 용궁 영동을 거쳐 어촌 지인의 집에 들렀다. 여기서도 감영군과 민보군이 연일 동소임이 잡으러 돌아다닌다는 말을 들었다. 동소임이 오가작통법으로 연일 감찰을 나온다는 말을 듣고서 차마 그 집에 머물 수 없어서 바로 길을 나서 안동 신경에 사는 매부 김 서방을 찾아갔다. 박학래는 박예천에게 받은 인징표를 잠시 고민 끝에 찢어서 땅에 묻었다. 감영군이나 민보군이 '동학 두령 박학래'를 지목했으니 도리어 명줄이 끊길 구실이 될 같았다. 지난 연말부터 큰 눈이 내린 뒤 눈이 녹지 않아서 큰길만 가까스로 통했다.

정월 16일 새벽 미명에 박학래가 예천군 오천장터를 지나게 되었다. 동학교도 장점석의 집에 들렀더니 크게 놀라 반기며 말했다. 민보군이 장터 가까운 곳에 둔취해 있다고 하여 바로 발길을 돌려야 했다.

"언제나 다시 뵐까예? 가까운 날에 다시 보도록 하입시더."

장점석 내외가 못내 아쉬워하며, 정표로 대추 떡 엿 등속을 챙겨줬다. 오천 다리목을 건너 오백령 우편 골짜기로 하여 우포 뒷재를 넘어 통명역(通明驛)에 당도하니 새벽 찬 기운 속에 먼동이 텄다.

풍기읍을 지나 순흥 읍실동 광덕에 사는 권 노인 집을 찾아갔다. 매기재를 넘어서면 바로 부모형제가 사는 집이지만 바로 찾아가는 게 무서웠다.

다행히 자별난 소식은 없었다. 짐을 권 노인 집에 맡기고 매기재를 넘어 남대동 집을 찾아 들어갔으나 집이 비어 있었다. 이웃 사람이 북편 태산 상상골 뚜립박골에 들어가 산다고 알려주는데, 경계의 눈초리가 싸늘하게 느껴졌다. 뭐가 찜찜했다.

깊은 산중 험한 계곡에 참나무 잡목이 우거지고 고적하기만 했다. 인적이 끊긴 깊은 산중이었다. 멀리 벌목장 도끼 소리가 들리나 싶더니 굴뚝에서 연기가 피어오르는 곳에 투방집 예닐곱 채가 마을을 이루고 있었다. 투방집이란 나무를 베어다 우물 정(井) 자로 얹고 그 틈을 흙으로 메꾸고 지붕은 풀을 엮어 덮었다. 밤에 광솔 불을 켜놓고 있으면 호랑이 늑대 같은 짐승이 사람이 있는 줄을 알고 투방집 밖이나 지붕 위를 헤집어 파며 으르렁대다 간다고 했다. 부모 형제를 만나 난중에 지내 온 이야기는 끝이 없고, 그런 중에 새삼 눈물도 짓고 한숨도 내쉬었다. 먹을 것이라고는 감자뿐이지만 시장하니 이나마도 별미였다.

박학래 부모 형제 내외가 만나서 반갑고 정겹지만 당장 닥칠 일과 장차 살아갈 계획에 이르자 한숨을 몰아쉬고 나서 앞으로 일을 물었다. 동생 붕래는 죽으나 사나 당분간 이곳에서 지내 살 작정이었다. 부모와 동서는 남편과 시부를 따를 뿐이라 했다. 해동이 되면 밭을 일구어 농사를 지어 살아갈 참이었다. 가족의 말을 다 들은 끝에 박학래가 부친께 말했다.

"이 근동에는 소자가 동학 두령이었던 일을 모르는 이가 없으니 여기서 살기 어렵심더. 소자가 대구에 몸을 피해 있을 때, 징청각(澄淸閣) 뒷방에 사는 전날 경주 영장 김유석에게 들응께네, 경주 등 영변 7읍은 갑오동란 피해보다 흉년이 들어 빈집과 땅이 널려 있어 돈만 좀 있으면 논밭이나 집을 마음대로 살 수 있다캅니더. 소자가 그곳으로 가 터전이 마련 되는대로 모시겠심더."

"오냐, 어디를 가던동 몸이나 성하거래이."

다음날, 아침밥을 먹은 뒤에 이불 속에 묻어둔 3백냥을 챙겨서 길을 나서려는데 난데없이 총으로 무장한 포군 넷이 들이닥쳐 불문곡직으로 박학래와 부친을 포박하더니 "의풍에 있는 대장소로 가자."고 했다. 의풍은 충청도 땅이다. 벌써 마을에서 사연을 다 듣고 올라온 것이 분명했다. 곁에서 서성이던 불길하고 두렵던 일이 마침내 닥친 것이다. 좀 더 일찍 떠나지 못한 것을 후회했지만 이미 쏟아진 물이었다.

　박학래 부자가 잡혀서 눈길 20리쯤 내려가 충청도 단양 의풍에 도착했다. 한 주점에 4,50명의 관포군이 둔취하고 있었다. 그중에서 대장이라 하는 자가 한쪽 방에 사처를 정하고 있었다. 벌써 마당에는 많은 죄인들이 잡혀와 있었고, 여기저기서 군졸들이 사정없이 매질하는 모습과 내지르는 비명이 끔찍했다. 동학군을 잡아 다스린다고 했지만 실제로는 재물 강탈에 목적이 있었다.

　박학래가 죽든 살든 대장을 만나고 싶다고 해도 들은 척도 하지 않다가 겨우 대장과 대면하여 말을 나누게 되었다. 대장이 불문곡직 물었다.

　"동학을 했느냐 안 했는지만 말해라."

　"저는 갑오 년 2월에 치른 과장에서 급제를 하였으나 난리를 만나 살아남을 궁리로 동학에 들었심더. 대장께서도 아시다시피 백성이 명을 부지하기 위해 아침에는 동쪽, 저녁에는 서쪽으로 유리한 쪽으로 옮겨 다니는 형편 아닌교. 어제의 평민이 오늘은 동학에, 내일은 평민이 되는 시절이 아닙니껴. 종당에 저는 경상감영에서 양민 징표를 받았심더."

　"죄가 없다면 무슨 까닭에 산중 암혈에서 세월을 보내고 있단 말이냐? 지금 양민 징표가 있느냐?"

　그 순간, 박예천으로부터 받은 징표를 찢어서 땅에 묻은 게 아쉬웠다.

　"금방이라도 경상감영에 박학래 이름 석 자를 대면 밝혀질 낀데 왜 거짓말을 하겠십니꺼?"

　"알았다. 두말 말고 부자가 며칠 먹은 식채 3백 냥만 내면 된다."

대장은 단도직입으로 뇌물을 달라고 곧이 들이밀었다. 마치 아침에 3백 냥을 챙겨 봇짐 싸는 것을 두 눈으로 본 듯이 말했다. 밖에서는 마치 들으라는 듯이 "으악!" "에구! 에구!" 연방 비명이 들렸다. 박학래는 속으로 두 목숨 값 돈 3백 냥을 내야겠다고 작정해뒀다.

"내겠심더! 우째 내면 되겠능교?"

"아비를 여기에 두고 집에 가서 돈을 가져오면 풀어주겠다."

박학래는 날이 저물었지만 길을 나섰다. 정월 해가 떨어지자 금세 어두워졌다. 쌓인 눈 속으로 희미하게 길이 보였다. 어디쯤에서 두 길이 갈려서 어느 길로 가야 남대동인지 가늠할 수 없어 망설이다 바른쪽 길로 어림하여 방향을 잡았다. 거의 십 리 남짓을 갔는데, 밭 가운데 우뚝한 바위 위에 호랑이가 앉아서 눈에 불을 뚝뚝 흘리고 있었다. 박학래는 순간 머리털이 곤두서고 전신이 오싹하여 뒷걸음치지도 못하고 스르르 그 자리에 주저앉았다. 예로부터 호랑이는 '산군(山君)'이라 불리는 짐승이다. 박학래가 호령했다.

"이놈! 썩 비켜라. 네가 산군 영물일진대, 감히 부모를 구하러 가는 사람의 앞길을 막는단 말이냐? 썩 물렀거라!"

박학래가 소리치며 발을 굴렀다. 순간 눈에 불이 꺼지며 가뭇없이 사라졌다. 애초부터 길을 잘못 들었다싶어 발길을 돌렸다. 박학래가 장군 소로 쓰고 있는 의풍 주막으로 되돌아왔을 때 날이 새고 있었다. 밤새 걸어 몸은 가누기 힘들 정도로 지쳐 있었다.

"아니! 뉘시우? 예천 박 진사 양반 아니오?"

번을 서던 군졸이 놀라 지쳐 쓰러질 것 같은 박학래를 부축했다. 새벽 추위라 사랑방 아랫목에 눕히고 군불을 넣고 새 불을 담은 화로를 들였다. 박학래가 뜨거운 고깃국에 밥을 먹여 기운이 돌게 했다. 그동안 박학래는 길을 잃고 '호랑이를 호령한 일'을 들려줬다. 한잠 자고 깨어나니 대장소에서 대장이 찾는다고 했다.

"내가 인물을 몰라보았소. 뒷날 크게 되거든 부디 괄시나 마시오. 부친을 모시고 돌아가시오."

번을 서던 군졸이 어떻게 보고 했던지 대장이 박학래를 깍듯이 예우하여 말했다.

그날 남대동 뛰립박골 투방집으로 돌아왔을 때는 저녁연기가 모락모락 피어오를 때였다.

"아이고! 참말로 잘 됐구마. 이래 무탈하게 살아서 돌아오다이 꼭 꿈 겉다!"

말은 어머니가 정신없이 했지만 눈물은 온식구가 흘렸다.

다음날 아침, 박학래는 작정한대로 가솔을 이끌고 집을 나섰다.

"속히 자리 잡아 모세겠심더."

다시 하직 절을 받는 부모는 말없이 눈물만 지을 뿐이었다.

3

박학래가 3백냥을 밑천으로 경주 봉계촌(鳳溪村)에 약국을 개설한 것은 을미(乙未. 1895)년 2월이었다. 대구 약령시로 가서 약을 들여오고, 바로 가솔을 한자리에 모았다. 그러나 경주는 갑오년 흉년으로 곡식이 귀한 때여서 순흥 등 윗녘에서 양식을 팔아 연명하자니 여러 모로 곤란했다. 양식을 팔아도 소나 말이 없어 그 짐을 실어올 재간이 없었다.

게다가 봉계동이 외진 곳이고, 마을이 텅텅 비었으니 약국을 찾는 이가 없었다. 그렇다고 사람들이 많이 다니는 경주 읍으로 옮기자니 돈이 문제였다. 게다가 가솔은 많은데 보리가 익을 때까지 버틸 양식이 걱정이었다. 집을 마련하는데 돈을 써서 당장 곡식을 팔아들여 놓을 돈이 없었다.

경주에서 새로 사귄 전날 영장 김유석이 경주군 강서면 홍천동 빈집을 소개했다. 집을 구경하고 약국을 차리면 좋을 것 같아 값을 물으니 3백 냥이라 했다. 이는 단양 의풍 대장소에 붙잡혀갔을 때 낼 돈과 같은데, 지금은 당장 그만한 돈을 마련할 재간이 없었다.

"어찌 마련해 볼 테니 기다려주이소."

박학래가 말은 떨어뜨려 놓았지만, 그때부터 새로운 걱정이 앞섰다. 동학 난리가 나던 봄, 동학교도를 이끌고 기포하면서 부모형제가 아닌 오천장터에 사는 동학교도 장점석에게 소 두 마리를 사 줬다.

박학래가 단출한 봇짐을 메고 오천장터에 사는 장점석을 찾아 길을 나섰지만 딱히 소 두 마리를 찾을 요량은 아니었다. 갑오 난리가 휩쓸고 흉년까지 겹쳐 촌락이 비다시피 했다. 그나마 살아남은 백성이 농사를 지으려도 마을에 남은 소가 없었다. 난리 통에 관에서 징발한다고 몰아가고, 그나마 남은 소도 우질(牛疾)이 창궐하여 영남에 남은 소가 없었다. 얼마 전에 박학래가 예천 읍성에 들어갔다가 독 안에 든 쥐 신세가 되었다가 쫓기는 중에 들렀을 때는 경황이 없어 묻지도 못했지만 수많은 사람이 죽어가는 시국에 소가 살아남았을 가망이란 없었다.

박학래가 오천장터 장점석의 집으로 들어가자 내외가 반겨 맞아 먼저 말을 꺼냈다.

"안 그래도 소를 찾으러 오실 어른을 기다리던 참입니다."

"그런가? 오는 길에 들으니 근동에 우질이 돌아 소 씨가 말랐다던데 무사하던가?"

"우리도 근심했지예. 하늘이 도왔던지 두 마리 다 무사합니더. 달걀도 두 개는 한 그릇에 두지 않는다카는데 소를 두 마을에 나눠서 빌리줬는데 모다 무사하다 아입니껴."

"그런가? 난리 중에 관에 징발되었다 캐도 되고, 괴질로 죽었다고 캐도 내사 할 말이 없는데 두 마리가 무사하다캉께 고마운 일일세."

"무슨 말씀인교? 우리는 벌써 농사를 지어도 크게 지었고, 소가 새끼를 쳐서 발쌔 중소가 되어 한밑천 잡았다아입니꺼."

장점석이 마을에 들어가 소 두 마리를 받아 고삐를 쥐고 오천장터로 들어서자 사람들이 소구경을 나와 한마디씩 했다.

"소라고 생긴 것들이 깡그리 죽은 마당에 우째 소가 살아남았단 말이고?"

"소 임자 운수는 하늘이 정해주나 보오."

박학래가 양식을 팔아 소 등에 얹고 고삐 두 개를 쥐고 경주로 돌아온 날은 1895년 5월 스무날이었다. 소 한 마리를 팔아 경주 홍천동 집값을 치르고, 한 마리는 봉계동 동생 붕래 살림 밑천으로 줬다.

박학래가 두 소 등에 싣고 온 곡식은 온 식구 한 달 양식을 덜어내고 나머지는 모두 병자에게 풀었다. 박학래의 약국에서 으뜸은 감기와 식채를 다스리는 곽향정기산(藿香正氣散)이었는데, 근동에 소문나서 많은 사람들이 몰려왔다. 이 약은 이제마(李濟馬)가 지은 『동의수세보원(東醫壽世保元)』에 실린 처방으로, 오뉴월 절기에도 나는 몸살 처방이었다. 가벼운 고뿔 증세에도 병자의 몸이 늘어져 거의 죽을 지경이 되어 지게에 얹히거나 등에 업혀서 찾아왔다. 모두 먹지 못해 기력이 쇠하여 난 병이라 약을 처방하고, 구휼 식량을 얹어 줬다. 말하자면 제아무리 좋은 약도 몸에 곡기가 들어가 먼저 양기를 돋워야 한다는 이치였다.

소문이 소문을 불러 사람이 구름처럼 모여들었다. 첫해에 논이 아홉 두락이더니 둘째 해는 전답이 63두락이 되었다. 이태 뒤인 1897년 2월에 인접해 있는 구강동으로 이사했다. 정결한 다섯 칸 기와집이니 해마다 이엉 엮을 걱정이 없어졌다.

박학래는 제 입으로 동학(東學)의 동(東) 자도 꺼내지 않았는데, "동학쟁이는 과연 인심이 다르다"는 소문이 퍼졌다. 이는 큰 근심을 부르는 소문이었다.

4

1898년 2월에 안동 산다는 김봉재가 찾아왔다. 아직 이른 봄의 아침나절이라 봄꽃들이 다투어 꽃망울을 터트릴 때였다.
"내는 동학 난리에 예천 금당실 어름에 살다가 안동으로 거처를 옮깄심더. 박 접주께서는 우음동서 접주를 안 하셨는겨?"
순간 박학래는 이 자가 찾아온 이유를 금세 알아차렸다. 등에 진 홀쭉한 봇짐이나, 꾀죄죄하게 절은 땟국이나 헝클어진 옷매무새로 보아 집도 없이 떠도는 객이 분명했다. 박학래가 나지막이 물었다.
"그래, 무슨 일이오?"
"내가 먹고 살 길이 없으니 장사 밑천 할 돈 1백 냥만 내놓으시소."
박학래가 말없이 궤를 열어 2백 냥을 내주며 말했다.
"1백 냥을 가지고 장사 밑천이 되겠능겨? 2백 냥은 되어야 시작할 것이니 부디 성공하여 잘 사시소."
김봉재는 웬 횡재냐 싶었던지 돈을 집어 품에 넣고 몸을 몇 번이나 굽실거린 끝에 발걸음도 가볍게 돌아갔다. 김봉재가 떠나자 강 씨 부인이 들어와 말했다.
"훈계 한마디 없이 돈을 주어 보내시던데, 여태 어른 같지 않네예."
박학래가 웃으며 말했다.
"세상에는 말해도 듣지 못 하는 사람이 있다아입니껴. 비록 내 재산이 축나긴 했지만, 저 사람은 곧 이 세상 영결(永訣)하게 될낌더. 모든 것은 자신이 지은 업보이고, 명운 아닌겨?"
　3월이었다. 전날 다투어 핀 꽃이 지고 자취를 감출 즈음, 꼭 한 달 만에 박학래의 예언대로 김봉재의 죽음 소식이 들어왔다. 김봉재가 같은 패거리의 김수길이란 자와 죽기 살기로 치고받는 큰 싸움이 났는데, 그 싸움 끝에 두 사람이 그날 세상을 하직했다는 것이다.

5

　다시 한 달이 지난 윤 3월 초이튿날, 이번에는 대구에 산다는 정치근이란 자가 박학래를 찾아왔다.
　"박진사께서 동학 난리 때 예천 우음동 접주를 하다 순흥에 도피하여 살다가 이곳 경주로 오싰지예?"
　정치근이 살점을 다 빼고 뼈다귀 말만 하여 박학래도 그에 맞게 대답했다.
　"그렇소. 다 맞는 말이오."
　박학래는 이번에도 김봉재 같이 지난날의 동학 이력을 시비하여 돈을 뜯어내려고 온 줄 알았다. 정치근이 망설이지 않고 말했다.
　"내가 오래전부터 장사를 댕겼는데, 갑오난리 중에 예천 경진에서 동학군에게 오백 금 재산을 잃었응께네 그 돈 대신 물어내소."
　정치근이 곧장 들이대 전날 김봉재와 하는 짓이 같았다. 사람마다 같이 대해주다가는 앞으로 이를 다 감당할 수 없을 것 같았다. 뿐만아니라 돈을 주는 일은 때로 죄를 키우는 일이다. 그렇지만 당장 물겠다고 덤벼드는 범은 어떻게든 막아야 될 터여서, 박학래가 계교를 내어 말했다.
　"내가 노형이 오실 줄 몰라 준비해 둔 돈이 없으니 나가서 돈을 좀 구해 올 테니 편히 쉬고 있으시소."

하고 나서 박학래가 의관을 지어 집을 나섰다.

박학래가 바로 경주 읍으로 들어가 소장을 지어 군수에게 고소했다. 군수는 안동 사람 권상문이었다. 소장을 읽어본 군수가 이방을 불러 말했다.

"근거 없이 모함하여 토색질을 하다니? 놀라운 일이다. 즉시 나졸을 보내 정치근을 잡아들이도록 해라!"

박학래가 나졸 두 사람을 대동하고 집으로 돌아와 보니 정치근이 미리 낌새를 알아차렸는지 '다음에 오겠다'는 말을 남기고 달아나듯이 떠났다고 했다. 두 나졸이 허탕치고 돌아갔다.

윤 3월이 지나고 4월 초파일 무렵에 정치근이 다시 왔다. 박학래가 동네 몇 장정에게 연락을 취해놓고, 정치근에게 큰소리로 말했다.

"사지 멀쩡한 네가 무슨 할 짓이 없어 강도질이란 말이고? 용서할 수 없으니 한번 죽어 보아라!"

박학래가 전날 군수가 써 준 공문을 보이고 동네 장정들을 불러들이니, 얼른 사태를 알아차리고 정치근이 넙죽 엎드렸다.

"살려 주이소! 다시는 이런 짓 않겠심더. 한번만 봐 주이소."

두 손 두 발을 모아서 정신없이 비는데, 몸은 마치 사시나무 떨 듯했다. 박학래는 그 모습이 측은하여 차마 볼 수가 없었다. 정치근이 자신의 잘못과 다시는 찾아오지 않겠다는 자복증서를 받고서야 보내줬다. 물론 군아에는 통기 하지 않았으니 정치근이 다시 박학래의 집을 다녀간 일은 알지 못했다. 그래도 어찌 소문이 나서 정치근이란 자가 동학을 빙자하여 돈을 뜯으려다 도리어 혼쭐이 나서 달아났다는 소문이 온 경주부내를 떠돌았다.

6

경주군수 권상문이 가고 김윤란(金允蘭)이란 자가 부임했다. 김윤란은 의성군 관노 출신으로, 대구 서문 밖으로 이사를 와서 소를 잡아서 베어 팔고, 그의 처는 술장수를 하면서 때로는 매음도 하여 내외가 억척스레 돈을 모았다. 그래서 대구에는 '김 가의 계집이 내 계집이다.'라고 떠벌이고 다니는 사람이 많았다. 이런 김윤란은 말에다 돈을 싣고 한양에 올라가 뇌물을 주고 하루아침에 경주 군수가 되어 내려왔다.

부임하자마자 들어간 돈을 뜯어내기 위해 돈 갈취에 나섰다. 돈 좀 있는 사람을 찍어 잡아들여 불문곡직 주리를 틀어 돈을 내면 풀어주었다. 그래도 전날에는 죄명이라도 씌웠지만 마구잡이였다. 한 사람을 벗겨먹고 나면 그 동네 이웃에 이웃으로 옮겨가고, 마지막에 동소임을 족쳐서 동네 돈을 한꺼번에 받아냈다. 이 소문이 돌자 동소임이 제 살 궁리로 먼저 알아서 재물이 있을 만한 사람을 찍어주니 경주 관아는 갑자기 죄인들이 넘쳐나 아수라장이었다. 이렇게 되자 경주 부내에 흩어져 있던 돈이 경주 관아 김윤란의 집에 산처럼 쌓여갔다.

경주군 기계면 화대동의 부녀자들이 목화를 따면서 노래를 지어 불렀다.

"이웃집 말 한마디로 세 동네가 망하고
동해면 문 약국의 딸 처자가
겨울날 얼음 얼 때 미끄러져
우물에 빠져 죽고 두 동리가 망하고,
전촌 사람이 역졸이 토색하는 일을 관아에 보고했다가
다섯 동네가 망했다네.

가가 촌촌 면면의 돈은 죽어가며 다 맡겨도
군방 구류를 면치 못하네.
말래에는 자부(子婦)가 원정 소지를 하다가 측실로
불러 두어 밤에 간통 후 보냈다네.
…"

토성의 김 참봉은 굶주린 과객에게 밥을 많이 먹인 것을 두고 화적을 대접했다고 잡아다 몇 달간 구류하여 주리를 틀어도 돈을 내놓지 아니하니 칼을 씌워 장터에 끌고 나와 목을 쳐서 효시했다.

차례로 재물을 훑어내는 중에 하마나 박학래 차례가 언제 오려나 했는데, 기상천외한 건으로 불러들였다. 지난 신축년(1901년) 가을에 박학래의 친구 최세인(崔世仁)이 가세가 부유하여 경성으로 벼슬자리를 구하러 가면서 경주군 강서면 반월샘[半月井]에 있는 자신의 토지를 팔아 서울로 보내달라는 위탁을 받았는데, 군수 김윤란이 어찌 알았던지 박학래를 잡아들여 말했다.

"그 논 값을 관에 바치고, 만일 못 팔았으면 토지문서라도 바쳐라."

박학래가 대답했다.

"최 가의 물건을 그의 허락 없이 무슨 이유로 관아에 바치리까?"

박학래가 거절하니 옥에 가둬놓고 며칠에 한 번씩 불러내 닦달했다. 박학래는 죽어도 군수의 청에 응하지 않고 버텼다. 최세인이 자수성가하여 모은 재산을 지켜주지 못하고 강도 같은 군수에게 주고 나면 자신은 신용이 없는 맹랑한 사람이 될 터다.

옥에 갇혀 며칠이 더 흘러갔는데, 하루는 좀 인정이 있어 보이는 옥지기가 박학래에게 다가와 나지막이 말했다.

"박 진사님예. 남의 물건 후딱 줘삐시지지 우째서 사서 고생하시는

교? 지가 군수와 이방이 상의하는 말을 들었는데, 영천 옥으로 이감(移監)시킨다꼬 하네예."

"그렇소? 내 긴히 부탁 좀 하겠소. 벼루와 종이 좀 기별해 주시오."

"알겠심더."

옥지기가 벼루에 글씨를 쓰기 마침맞게 먹을 갈아서 옥 안으로 들이밀었다. 박학래가 붓을 들어 일필휘지로 글을 써내려갔다. 종이에 먹이 마르기를 기다려 종이를 접어 망을 보고 섰던 옥지기에게 편지를 내주며 말했다.

"이 편지를 대구감영 장점석 사령에게 전해주시오."

장점석은 오천 장터에 살던 이로, 전날 소 두 마리를 되돌려 받아서 살림 밑천을 마련케 한 사람이다. 그 뒤에 장점석이 온가족을 이끌고 들이닥치듯이 박학래의 약방을 찾아왔다. 동학교도를 잡아들이는 바람에 몸을 피해 경주로 피신을 왔다는 것이다. 박학래가 곁에 둘 수도 있지만 가뜩이나 박학래의 동학 이력이 널리 알려진 마당이라 적절치 않았다. 궁하면 통한다고, 문득 지난 갑오년 과장에서 만났던 대구감영 이방 최형우에게 "올곧은 사람을 보내니 어디 밥 먹을 자리 좀 알선해 달라."는 편지를 써서 보냈다. 딱히 들어줄 거라고 예상하지 않았는데, 덩치 큰 것만 보고 사령으로 쓰게 되었다.

옥지기가 얼른 편지를 품에 넣었다. 이어서 박학래가 엽전을 얹어주며 말했다.

"공무에 대구까지 가기 어려울 것이니 사람을 사서 전해 주시오."

"아니라예, 진사님도 옥살이에 돈이 필요할 팅께 넣어 두시소. 발이 빠른 아들놈이 있으니 심바람 보내겠심더. 염려 마이소."

옥지기가 돈을 한사코 사양하고 벼루를 들고 나갔다.

과연 옥지기 말대로 그 다음날 아침에 이감 명령이 떨어졌다면서 사령 세 사람을 붙이고 형방이 뒤를 따라 길을 나서게 되었다.
　경주 성을 나와 저잣거리로 들어섰다. 누군가 오라 줄에 묶여서 끌려가는 박학래를 알아보고 큰소리로 말했다.
　"곽향정기산(藿香正氣散)으로 고명하진 박 진사님이시다!"
　"어디로 가시는 겨?"
　저잣거리 사람들이 우르르 뒤따르기 시작했고, 금세 따르는 사람들 끝이 보이지 않았다. 사령들은 그만두고 형방의 낯빛이 허옇게 가셔져 와들와들 떨었다. 경주 경계를 벗어난 곳에 이르러서야 뒤따르던 사람들이 하나 둘 씩 떨어지면서 한마디씩 내뱉는데, 와글대는 소리가 마치 솥 안에 끓는 물과 같았다.
　"잘 댕겨오이소!"
　"꼭 살아서 오시이소!"
　사람들이 다 떨어지자 형방이 혼잣말 같이 중얼거렸다.
　"할 일 없이 와 따라 붙고 지랄들이고?"
　얼마 쯤 가서 형방이 죄수 영거 발걸음을 멈추게 했다.
　"난 이만 돌아갈 띵께, 해찰하지 말고 단디 해서 댕겨오니라."
　형방이 사령들에게 타이르고 관아로 되돌아갔다.

7

　영천 관아에 닿았을 때는 짧아진 늦가을 해가 기울 무렵이었다. 박학래를 인계한 사령들이 돌아가고 나서 강영서 영천 군수와 마주 앉았다. 편지를 읽은 군수가 이방이나 통인을 부를 것도 없이 박학래에게 달려들어 손수 오라를 풀어주며 말했다.
　"허! 무지한 김윤란이가 사람을 알아본 모양이오. 잘 대접하여 모시라고 하였소만 사령들이 여태 박진사를 알아보지 못하고 홀대한 모양이오."

대접을 하다니, 갑자기 무슨 일인가, 오히려 박학래가 괴이쩍어 어안이 벙벙했다.

"여기서도 경주 김윤란이 하는 짓을 다 듣고 있소. 매일 들어오는 죄수가 20~30명이라니 돈에 미쳤소. 아마 낱낱이 적어 아뢸까봐, 그렇다고 풀어주기도 뭣하여 자리를 피하게 한 모양이오."

"허! 무슨 까닭인지 모르겠소."

"그냥 며칠 푹 쉬시면서 기다리시면 곧 좋은 소식이 들려올 것이오."

강 군수가 바로 책실 통인을 불러 당부했다.

"박 진사 어른께서 머무시는 동안 불편하지 않게 쾌적한 방을 내어드리고, 끼니도 잘 대접해 드려라."

"예, 알겠심더."

그날 저녁에 따뜻한 방에서 오랜만에 뼈 없이 잘 지은 밥을 먹고 나서 막 목침을 베고 누우려할 때 주안상을 든 통인을 앞세워 강 군수가 찾아왔다.

"처소가 불편하시지 않은지요? 혼자 적적하실까 하여 찾아왔습니다."

강 군수와 술잔을 나누면서 이런 저런 세상 돌아가는 이야기를 하다가 돌아갔다. 김윤란이 이곳 영천으로 보낸 것은 아무래도 강 군수와 가까운 사이일 것이고, 다른 의도가 있을 듯하여 박학래는 깊은 속을 내보이지 않았다. 다만 아까 낮에 한 말처럼 강 군수도 김윤란의 탐학을 여전히 분개했지만 맞짱구를 치지 않았다

이틀이 지나 이른 저녁을 먹고 저녁 산들바람을 쐬려고 동헌을 나서서 낮은 산자락에 있는 정자각으로 발걸음을 옮겼다. 거닐다가 문득 탕건에 두루마기바람이라 어슬어슬 한기가 느껴져 발길을 돌리는데 마치

헛것처럼 한 여인이 잠깐 나타났다가 사라졌다. 좀 괴이쩍다 여겨 돌아섰는데, 잠깐 눈앞에 나타났던 흰 쓰개치마의 잔상이 오랫동안 머리에 남았다.

다시 몇 날이 더 지나면서 두고 온 가족이 그리웠다. 영천으로 이감된 소식은 접했을 것이지만 고생 없이 잘 지내고 있다는 말을 전하고 싶은데 마땅한 방법이 없었다. 만일 경상감영에 서찰 넣은 것이 유효하다면 곧 소식이 들어올 것이다.

다음날 중화참 쯤에 깡총하게 바짓단을 묶은 파발이 도착하여 강 군수에게 서찰을 내밀었다. 군수가 서찰을 보더니 크게 기뻐하며 박학래를 향해 말했다.

"박 진사! 참말로 잘되뼷소!"

강 군수가 진정으로 기뻤던지 불쑥 고향 말을 팅겨냈다. 강 군수가 이어 말했다.

"서찰에 따르면, 감영병을 출동시켜 김윤란을 나포했다고 합니다. 백성들이 좋아서 온통 들끓고 있답니다."

박학래는 그길로 영천 군아를 떠나 경주로 향했다. 발 빠른 파발이 먼저 달려가 박학래가 돌아온다는 소식을 전해서 경주 경계를 들어서자 군민들이 박학래를 반겨 맞아 또 사람들을 달고서 경주 부내로 들어왔다.

"박 진사님, 어서 오이소!"

"덕분에 경주 군민이 다 살게 되었심더!"

경주 동헌에 들어가 그동안 사연을 들으니, 경상감사가 박학래의 서찰을 보고 더 방치했다가는 큰일이 날 것 같아 당장 나포하여 김윤란의 강탈 죄를 묻게 되었다고 했다. 김윤란이 묶여서 경주 성문을 나서자 사람들이 몰려나와 옹주먹을 허공에 던지며 배웅했다고 했다.

박학래가 저녁이 되어 집으로 돌아오니 눈물로 반기는 가족들 틈에 뜻밖에 장점석이 끼어 있었다.

"대구 감영 사령이 여는 우짠 일이고?"

박학래의 입에서 고향 말이 절로 튀어 나왔다.

"이번 김윤란 군수를 나포하러 나왔다가 일을 마치고 박 진사님을 뵐라꼬 하루 묵었심더."

"잘되었구마. 이번 일 하느라 욕봤제?"

"어짠걸요. 경상감사가 박 진사님의 글을 보시더마는 당장 김윤란을 잡아들이라고 하시데예. 저더러는 영천에서 돌아오시는 박 진사님을 뵙구 천천히 오라고 하시데예."

장점석이 내내 싱글벙글이더니 말이 끝나자 얼굴에 그늘이 얽혀서 박학래가 물었다.

"뭔 언짢은 일이 있는갑네."

장점석이 아래로 고개를 푹 꺾었다가 뜸을 들인 끝에 고개를 들었는데, 온 얼굴이 눈물에 젖었다.

"얼마 전에, 처가 그만 세상을 떴심더."

"뭔 말이고? 무슨 일이 있었단 말이가?"

"한밤중에 하혈을 쏟더마는 그 길로 세상 떴심더, 약 한 첩 몬 쓰고…가뿌릿심더."

박학래는 그만 입을 다물었다. 그간 붕루병(崩漏病)이 깊어 있었던 것이다.

"미련한 계집이 그간 병을 숨기고 살았다아입니꺼? 제 명이 거기까지 인갑다 싶네예."

장점석이 한숨을 몰아쉬었다. 장점석이 박학래가 할 말을 다 해버렸으니 그저 입만 다물 뿐이었다. 살아생전에 늘 생글생글 웃어 제 복을 부르던 모습이 눈에 아른거렸다.
"우짜겠노!"
장점석이 주먹으로 눈물을 씻고 나서 자리에서 일어섰다.
"어른도 뵙고 했으니 지는 이만 가볼랍니더."
박학래가 장점석을 더 잡지 못하고 그저 뒷모습만 바라보았다.

8

며칠 더 지난 어느 날, 모녀가 쓰개치마를 얹고 병을 진단할 행색으로 마주앉았다. 어미는 화색이 곱고, 딸은 이십 남짓에 얼굴은 누가 보아도 밉지 아니 했다. 의복 맵시와 앉는 거동이 반가 출신이었다. 모녀가 쓰개치마를 벗어 가지런히 놓고 앉았다. 어미는 눈물부터 지었으나 딸은 눈이 똘방 했다. 첩약을 지으러 온 손님이 아니다 싶었다.
"박 진사께서는 전날 영천 동헌 주변 정자각을 산책한 일이 있었지요?"
그제야 박학래는 영천 정자각 아래서 잠깐 눈앞에 나타나던 '흰 것'이 떠올랐다.
"그렇소만."
"저의 병은 다른 병이 아니라 이 너른 천지에 한 몸을 의탁할 곳이 없어서 난 병입니다. 세상에 이보다 깊은 병이 없을 줄 아오니 부디 청을 들어주시기 바랍니다."
이어서 사연을 풀어놓았다. 친정은 영해군 나라오리라는 곳이며, 이씨의 집 출생으로, 16세에 안동으로 출가하여 복이 박하여 혼인 뒤 금세 남편을 잃고 재미없는 세월을 친정과 시가를 오가며 보냈지요. 지난 봄에 안동과 영해 사이 진보 어름에서 부랑자에게 붙들려 몸을 더럽히고 저의 계집이라 하니 오도 가도 못 하는 신세가 되었습니다. 계집 팔자 뒤웅박 신세라지만, 옴치고 뛸 수 없는 처지가 되었으니 부디 딱히 여겨 살려 주시기 바라나이다."

규수가 말끝에 비로소 눈물을 짓고 옷고름을 가져다 눈물을 찍어냈다.

"마치 옥(玉)이 측간에 빠진 격이구려. 도대체 사내는 어느 놈이오?"

"영천군 관로로 있는 함봉악이라는 부랑자이옵니다."

"영천 강 군수는 덕이 있는 사람인데, 왜 관아에 호소하지 못하였소?"

"함봉학이 저를 꼼짝도 못하게 하니 때를 기다리다 박진사 어른을 택한 것입니다."

박학래는 눈을 감고 깊이 생각할 것도 없이 내쳐 말했다.

"대구감영에 사령을 하는 사내가 있소. 전처소생이 있기는 하오만."

"박 진사 어른께서는 정하시면 인연이라 여기어 가겠습니다만, 먼저 함봉학이라는 부랑아를 어떻게 떨쳐내겠습니까? 벌써 눈에 불을 켜고 저를 찾아 나섰을 것입니다."

박학래가 규수의 말끝에 붓을 들어 편지를 쓰고, 급사 아이를 불러 영천군수에게 편지를 전하고 답신을 받아오라는 심부름을 보냈다.

이어서 편지 한 장을 더 써서 규수에게 건네주며 말했다.

"영천에서 답신이 오면 대구감영으로 가서 장점석이라는 사령에게 전해 주시오. 남녀의 인연이란 인력으로 되는 일이 아닙니다. 인연이 아니다 싶으면 다른 길을 가셔도 좋소."

박학래가 영천에서 답신이 올 때까지 모녀가 안심하고 집에서 묵게 했다.

과연 며칠 뒤에 영천 강 군수가 함봉학이라는 부랑아를 잡아들여 혼을 내고 다시는 이 소저를 찾지 않겠다는 각서를 받았다는 서찰이 도착하여 모녀가 대구로 길을 떠났다.

　아주 오랜 뒷날이 흘러서, 장점석이와 이 씨 집 규수가 깨가 쏟아지도록 다정하게 산다는 소식을 들었다.

　(*)

갑년이의 환생을 기다리며

　최시형이 1898년 6월 2일 육군 법원 형장에서 교형이 집행되어 세상을 떠났다. 며칠 뒤 행인들이 빈번하게 오가는 광화문 네거리에서 미친년 갑년이가 성난 아이들이 던진 돌에 맞아죽었다. 갑년이가 왜 미쳐 버렸는지, 아이들은 왜 성이 났는지 알 수 없는 일이었다. 사람들이 말하기를, 시절이 하수상하면 더러 멀쩡한 사람도 미친다고 했다.
　갑년이가 죽어가면서 "두 갑년(甲年, 120년)이 지나 환생하겠다"고 선포했다고 했다. 미친년이 내뱉은 말을 두고 무슨 선포 씩이나.
　그러면, 동학 2세 교주 최시형의 죽음은 어떤 죽음인가? 그가 동학에 입도한 뒤 39년 동안 보따리 하나로 세상에 동학의 씨를 뿌리며 쫓기던 생애의 마지막을 고한 것이다. 동학 2세 교주 최시형이 마지막으로 한 말이라면 선포라 해도 좋겠지만, 넋 놓은 미친년의 말을 두고 선포라니 좀 그렇다. 그러나 혹자는 "동학 2세 교주 최보따리의 말을 미친년이나 애들의 입을 빌어서 나온 말"이라고 했다.

　광화문 한길에 북악과 인왕을 치고 불어오는 봄바람에 늦게까지 남은 꽃잎들이 난분분 휘날리고 있었다. 벌써 꽃이 진 자리에는 여린 열매가 맺혀가고 있을 때였다.

광화문 길거리에 한 패거리의 아이들이 갑년이 뒤를 따르고 있었다. 갑년이가 걸친 옷은 철이 지난 두꺼운 옷에다 너덜너덜 헤지고 반질반질 때가 절어 있었다. 얼굴에도 덕덕덕지 때에 절어 있었다. 그래도 눈매만은 허연 낮달처럼 빛나고 있었다.

갑년아 갑년아 미친년아
네 서방 아이 어디 두고
거적때기가 웬 말이냐?

"에헤라! 이 미친년아!"
앞에 섰던 대장 떠꺼머리가 돌을 집어 던지자 머리통을 맞은 갑년이가 '억!' 비명을 지르며 주저앉았고, 뒤따르던 졸개 아이들이 다투어 돌을 던지기 시작했다. 아! 이런 적개심은 도대체 어디서 무엇으로 비롯되었던가. 돌에 맞은 갑년이의 머리에서 피가 흐르고 있었다. 지나가던 어른들도 잠시 눈길을 주긴 했지만 그냥 지나쳐버렸다. 쓰러져 꿈틀대던 갑년이의 움직임이 멎자, 잠시 소란했던 세상이 고요해졌다. 이때 갑년이의 몸이 다시 꿈틀꿈틀 움직여 가까스로 몸을 일으켜 세웠다. 그리고 허공에, 아니 먼 하늘을 향해 피를 토하듯이 말했다.
"내가 두 갑년이 지나 이 자리에 환생할 것이다! 그날은 백두에서 물을 먹인 백마를 타고 단숨에 한라까지 내달릴 것이다!"
마침내 갑년이가 푹 쓰러지고 다시는 움직이지 못했다. 아이들은 무심코 던진 제 돌에 사람이 죽었다는 사실에 기가 질려 입을 다물고 있을 뿐이었다. 아이 하나가 간신히 제정신으로 돌아오지 못한 채 실성한 듯이 입을 열었다.
"저, 미친년이 뭐라고 씨부렁대는 거야?"
 그렇지만 갑년이의 말을 제대로 알아들은 아이가 없어서 누구도 대답하지 못했다. 누군가 침묵을 깨고 이제는 움직임도 없는 송장이 된 갑년이를 보면서 넋이 나간 듯이 말했다.
"포졸 뺨따귀도 올려치는 미친년이라서, 누가 죽여도 괜찮다고 말했다."
"그래, 맞다! 독사도 설죽이면 살아서 밤에 잠 잘 때 찾아와서 고추를 물어뜯는단다. 움직이지 않는 거 보면 우리가 제대로 죽였다."
 아이들이 이번에는 지은 제 죄를 정당화시키기 위해서, 아니 밤에 고추를 물어뜯기지 않으려고 돌을 다시 던지기 시작했다. 이때였다. 흰두루마기에 갓을 쓴 사내가 나타나 아이들을 점잖게 나무랐다.
"이놈들! 뭘 하는 게냐?"
 안 그래도 겁먹은 아이들이어서 꿩병아리처럼 사방으로 흩어졌다. 그 자리에 돌에 맞아 죽은 피 묻은 갑년이만 남았다. 마침 불어오는 바람에 날린 꽃잎 몇 장이 갑년이 위에 내려앉았다. 그제야 지나던 행인들이 하나 둘 모여들기 시작했다. 갓쟁이 사내가 천천히 시신에 다가갔다. 그리고 여자의 눈을 들여다보았다. 부릅뜬 갑년이의 눈이 매섭게 부릅뜨고 있어서 섬뜩했다. 그리고 다문 입에서도 금방이라도 무슨 하소연이 터져나올 것만 같았다.
"아! 한 발 늦었구려. 한 많은 이 세상 나랑 같이 갑시다."
 갓쟁이 사내가 길게 탄식하고 다정하게 중얼거리고 나서 그녀의 눈을 감기고 나서 불끈 안아 일어섰다. 이번에는 갓쟁이 사내가 갑년이를 안은 채 하늘을 우러러 보았다. 갓쟁이 사내의 눈으로 시리도록 푸른 하늘과 땅이 빨려들 것만 같았다. 구경삼아 잠시 둘러섰던 사람들도 뿔뿔이 흩어졌다. 그러니 갓쟁이 사내가 하늘을 향해 중얼거린 말을 제대로 알아들은 사람도 없었다.

이를 좀 오래 지켜본 홍선달이라는 사내가 있었는데, 주막 술자리에서 제 동무들에게 보고 온 갑년이 이야기를 했다.

"송장을 거둬 간 갓쟁이 사내가 누구란 말인가?"

"누구기는, 바로 동학농민군으로 죽은 갑년이의 서방이겠지."

"그걸 어떻게 아는가?"

"어떻게 알기는, '시천주조화정 영세불망만사지(侍天主造化定永世不忘萬事知)'이라는 13자 동학 주문으로 알지."

이 말을 듣고 고개를 끄덕이다가 누가 혼잣말처럼 중얼거렸다.

"엥이! 허망한 말 말게나. 어찌 죽은 사람이 살아나왔단 말인가? 그러고, 기왕 살아서 나타날 거면 갑년이가 죽기 전에 나와서 살려서 데려가야지."

말머리를 꺼낸 사내가 머리를 긁으며 중얼거렸다.

"하긴, 그러네."

하지만 콩이니 팥이니 더 따지는 사람이 없었다. 광화문 한길에서 돌에 맞아 갑년이가 죽었다는 사실만은 명백했다.

갑년이는 강원도 원주군 호저면 광격리(光格里)에 살던 여인이었다. 서방이 동학농민군으로 나가 죽고 나서 오직 아이 하나를 키우고 살아가는 청상과부였다. 동학 난리가 나고 몇 해가 지난 1897년 겨울에 이웃 마을 고산 송골에 동학 2세 교주 최시형이 숨어들어오자, 갑년이는 그의 옷을 빨래해주는 일을 했다.

1898년 4월 5일, 최시형이 관군에 체포되었다. 최시형이 전날 밤 주변에 살던 동학지도자들을 모두 집으로 돌려보내고 혼자 남아 있다가 체포되었는데, 며칠 만에 오는 갑년이한테는 그 말을 전하지 못해서 옷보따리를 이고 들어오다가 마주친 것이다. 그저 이고 온 옷보따리나 전해주면 그만인데, 포졸 대장 송경인이 곱살한 계집을 보니 그만 회가 동하여 명했다.

"수상쩍다. 저년도 데려가자!"

난데없이 갑년이가 최시형의 체포 대열에 끼게 되었다. 이를 본 최시형이 점잖게 나무랐다.

"여자는 아무 죄도 없으니 풀어주시오."

그러나 손안에 잡힌 물고기를 놓아줄 사람들이 아니었다. 그러자 최시형이 몹시 성을 내어 말했으나 기력 없이 파르르 입술만 떨릴 뿐 말이 입 밖으로 새어 나오지 못했다.

최시형의 죄수 함거 행렬이 여주에서 나룻배로 한양으로 향하게 되었다.

여주 나루를 떠난 나룻배가 저물녘에 두물머리로 들어섰다. 여기는 남한강 북한강 두 물줄기가 합치는 곳이어서 여기까지 급히 달려온 물이 깊고 잔잔해진다. 마침 떨어지는 붉은 햇물에 먹 같은 어둠이 차츰 번져 들고 있었다.

"나리, 배를 나루에 댈깝시오?"

묻지 않아도 어련히 배를 댈 것이지만 사공이 물어왔다.

"오냐, 그래라."

포졸 대장 송경인의 나른한 목소리가 급히 찾아온 어둠 속으로 스며들었다. 그동안 조정에서 수십 년 동안 체포하지 못했던 동학의 최고 두령을 체포했으니 이제 궁성으로 돌아가면 큰 상이 내려질 것이다. 이렇게 들뜬 중에 아까부터 배 한 쪽에 웅크리고 앉은 이목구비가 뚜렷한 갑년이가 눈에 들어와 벌써 밤이 푸근했다.

두물머리 주막거리는 벌써 진한 고깃국 냄새와 술 익는 냄새가 물씬 풍겨났고, 벌써 색주 집에서는 계집의 간드러진 웃음소리가 튕겨 나왔다.

아예 방이 많은 큰 주막집을 독차지하여, 급히 통기하여 닭과 돼지를 잡게 하고, 온 주막집에 통기하여 급히 술을 걸러 오게 했다. 이렇게 되니 괜스레 관리들과 시비 붙는 것이 성가신 사람들은 서둘러 피난 가듯 초저녁에 이웃 마을로 떠나버렸다.

이윽고 밤이 깊어가고 도성에서 나온 사령들의 웃음소리가 두물머리 주막거리로 넘쳐났다. 방안에서 술상을 받은 포졸 대장 송경인이 술기운이 오르기가 무섭게 조바심이 나서 밖을 향해 위엄을 갖춰 말했다.

"밖에 누구 없느냐?"

"네, 소인네 대령입니다요."

마침 대령하고 있던 주막 안주인이 쪼르르 달려와 머리를 조아렸다.

"아까 그 계집, 어찌 되었느냐?"

"네, 그게…"

안주인이 말을 더듬었다. 괜한 말이 나올까 봐 아랫사령 김 포졸을 거치지 않고 저녁상을 들여온 안주인에게 친히 명을 해뒀었다.

"가까이 와서 말해라."

안주인이 문을 조금 열고 나서 나지막하게 말을 안으로 밀어 넣었다.

"분부대로 목간을 시키고 옷을 입혀서 숙청 들기 좋게는 놓았으나, 한사코 수청을 들지 못하겠다고 울며불며 야단이니 어째야 좋을지 모르겠습니다요."

"고약하구나. 어찌 감히 포도청의 명을 어기겠다는 말이냐?"

"동학 난리에 나가 서방이 비명횡사한 마당에 유복자까지 있으니 수청들 수 없다고 버티고 있습니다요."

"갑오년 동학난리가 난 지 석 3년이 지나 저승에 든 귀신도 늙어 꼬부라졌을 마당에, 그리고 상년 주제에 뭔 수절이란 말이냐? 꼴깝떨지 말고 냉큼 들여보내도록 하라!"

송경인이 술기운이 한창 지펴 오른 때여서 말이 대차게 나왔다.

"예. 나으리! 분부대로 합지요."

안주인이 나가고 얼마 아니 되어 잔뜩 겁을 집어먹고 새처럼 벌벌 떠는 계집이 방안으로 등 떠밀려서 들어왔다. 한 줌으로 웅크려 떨고 있는 조막만 한 계집을 보자 은은히 타오르던 욕구가 활활 타올랐다. 가녀린 계집의 팔을 낚아채자 제법 앙탈을 부렸지만 곧 품 안으로 들어왔다. 그리고 몸을 덮쳐 불태웠다.

뜨거운 욕구가 식어지자 품 안에서 흐느껴 우는 계집을 보자 버럭 화가 났다. 옛적 임진왜란 때 신립 장군이 전날 품었던 계집이 꿈에 나타나 흐느껴 울면서 충주 탄금대에 진을 치라고 해서 문경새재를 버리고 탄금대에 진을 쳤다가 패했다는 이야기가 생각났다. 그렇지만 나는 전투를 앞둔 것이 아니라 이미 전투에서 이겼다. 초저녁에는 자색 고운 계집 하나를 놓고 밥숟가락을 들고 기다리는 졸개들에게 속으로 '내가 먹던 것을 남 줄까보냐'고 밤새 품 안에 두려고 마음먹었다. 그런데 훌쩍거리는 계집에게 덧정이 떨어졌고, 함께 골고루 나눠 먹어야 일러바칠 놈도 없을 것이다. 송경인이 밖에 대고 소리쳤다.

"밖에 누구 없느냐?"

"쇤네 대령이오."

안 계집의 말이 곧장 들어왔다. 그렇다면 이 눈치 없는 계집년이 밖에서 고스란히 희악질 소리를 들었단 말인가. 실은 계집은 싫어서 아우성쳤고, 송경인 제가 더 크게 신음했던 것이다.

"김 포교 좀 오래라."
"예. 나리!"
계집이 옷을 다 입었을 때 김 포졸이 달려왔다. 눈에 보이지 않아서 그렇지 빳빳해진 아랫도리를 움켜쥐고 있다가 달려왔을 것 같았다.
계집을 넘겨받은 김 포교가 연신 허리를 굽실거렸다.
"고맙습니다요 나리!"
송경인이 김 포교 놈 혼자 독식하지 못하게 단둘이 했다.
"불평이 없게 골고루 나눠 먹어라."

다음 날 아침, 배가 뜰 무렵에 파리한 보따리를 끌어안은 계집이 마루 끝에 간신이 앉아 있었다. 송경인은 저 계집을 어쩔까, 잠시 망설이고 있을 때 김 포교가 싱글벙글 웃으며 다가와 말했다.
"저 계집을 어쩔깝시요?"
"풀어줘라. 누가 데려다 살게 하거나!"
"참, 나리도. 아무리 계집이 궁하기로서니 여러 사내가 휘저은 구정물을 먹는단 말입니까요?"
이어 죄인 최시형을 배에 태우는데 옷이 전날보다 환했다. 그 까닭을 물을 것이 없이 김 포교가 또 싱글벙글 웃으며 말했다.
"죄수에게 계집이 가져온 옷을 갈아 입혔습니다요."
"오냐, 잘했다. 어서 길을 나서자!"
닻을 올리자 시원한 바람을 먹은 돛배가 강물 위로 미끄러지듯 앞으로 나아갔다.

어느 날부터인가 한양 도성에 이상하게 미친 계집이 나타났다. 미친 계집이면 미친 계집이지 이상하게 미친 계집은 또 뭔가? 벙거지에 검은 더그레를 입은 포졸만 보면 이를 갈며 달려들어 뺨따귀를 올려붙이는 이상하게 미친년이 나타난 것이다.

"이 더러운 개새끼야!"

어떤 때는 폴짝 뛰어올라서 포졸의 뺨따귀를 치는데, 미친년이 하는 짓이니 이를 고발할 수가 없어 내내 소문만 떠다녔다. 포졸들에게 조리돌림을 당해 몸이 만신창이가 된 갑년이가 원주 제집으로 돌아간 것이 아니라 원수를 갚겠다고 한양으로 따라 들어온 것이다.

2세 교주 최시형이 서울로 압송되어 광화문 경시청에 갇혔다가 10여 일 뒤에 서소문 성벽에 붙어 있는 감옥으로 옮겨왔다. 최시형이 서소문 감옥과 고등재판소을 오가면서 심문하던 중에 갑자기 건강이 나빠지자 재판을 멈추고 형 집행을 서둘러 6월 2일 정오 서소문 감옥에서 육군법원으로 옮겨져 교수형에 처해진 것이다.

최시형과 갑년이가 마지막으로 마주친 것은 처형되기 며칠 전 모전교(毛廛橋)에서였다. 칼을 쓴 최시형이 주저앉아 쉬다가 사람들에게 놀림을 받는 갑년이를 먼눈으로 보게 된 것이다. 마침 갑년이도 최시형과 눈이 마주쳐 최시형에게 달려갔다. 그때는 이상하게 미친 갑년이가 제정신으로 돌아와 최시형의 뚱뚱 부어 있는 발아래 엎드려 펑펑 울음을 터트렸다.

"아이고! 스승님, 만수무강 하옵소서! 부디 만수무강하옵소서."

죽음을 앞둔 사람에게 만수무강이라니! 갑년이가 미친년이 틀림없었다. 갑년이를 바라보는 최시형의 눈에서도 뜨거운 눈물이 흘러내렸다. 이때 한쪽에서 쉬던 포졸들이 다가와 갑년이를 떼어내고 칼을 쓴 최시형을 일으켜 세웠다.

이때였다. 벙거지와 더그레를 입은 포졸을 보자 그만 갑년이의 광기가 불처럼 일어나 뺨을 치고 옷깃을 찢었다.

"어! 이 미친년이 어디서 행패야?"

포졸들도 기함하여 갑년이를 떼어내고 창대로 후려쳤다. 갑년이가 비명을 내지르며 쓰러졌다. 기력이 쇠진해 있던 최시형에게 어디에 그런 기운이 들어있었을까. 최시형의 성난 목소리가 쩌렁쩌렁 울렸다.

"그만하시오! 그 여인도 한울님이니 귀하게 모시도록 하시오!"

포졸들이 최시형을 데리고 급히 고등재판소 쪽으로 사라졌고, 갑년이는 그 자리에 남아서 더 많은 매를 맞았다.

이것이 갑년이와 최시형의 이승에서의 마지막 상면이었다. 이렇게, 갑년이는 포졸들에게 조리돌림을 당한 치욕을 온몸으로 저항하다가 이 세상을 떠났다.

정신이 헝클어진 갑년이의 말이긴 했지만, 당시 사람들은 정말 먼 뒷날에, 비록 나 자신이 이 세상에 없는 날에 갑년이가 서울 한복판 종로 거리에 나타날 것이라고 믿었다.

(∗)

채길순 소설집
동학 이야기

| 1쇄 발행 2022년 11월 30일   2쇄 2023년 1월 31일 발행
| 지 은 이 : 채길순
| 펴 낸 이 : 김성구
| 펴 낸 곳 : 국제문학사
| 등록번호 : 2015.11.02. 제2020-000026호
| 주   소 : 서울특별시 광진구 광나루로 15길 41(군자동),102호
| 전   화 : 070-8782-7272
| 주 거래은행 / 농협 351-0914-8841-23(김성구 국제문학사)
| 전자우편 E-mail kims0605@daum.net
| ISBN :979-11-89805-40-1 (03810)

값 23,000원

잘못된 책은 본사나 구입하신 곳에서 바꿔드립니다.
ⓒ 2022. 채길순 Printed in Seoul, Korea
  * 이 책은 경기도, 경기문화재단의 후원을 받아 발간되었습니다.
* 이 책은 해남 <인송문학촌 토문재>에서 집필되었습니다.